公元787年,唐封疆大吏马总集诸子精华,编著成《意林》一书6卷,流传至今

意林: 始于公元787年,距今1200余年

意林®轻文库

轻小说 青春最美,梦想出发

中国式优质轻小说第一品牌

福小福/著

郡主驾到·贰

吉林摄影出版社
·长春·

意林轻小说 出品

图书在版编目（CIP）数据

郡主驾到. 2 / 福小福著. -- 长春：吉林摄影出版社，2014.9
（意林·轻小说. 绘梦古风系列）
ISBN 978-7-5498-2081-8

Ⅰ. ①郡… Ⅱ. ①福… Ⅲ. ①长篇小说 – 中国 – 当代 Ⅳ. ①I247.5

中国版本图书馆CIP数据核字(2014)第197709号

郡主驾到·贰
Junzhu Jiadao · Er

著　　者	福小福
出 版 人	孙洪军
顾　　问	杜　务
总 策 划	安　雅　张　星
责任编辑	朱薏楠
图书统筹	流　木
特约编辑	李佳勍
绘　　图	akano　程　莹
书籍装帧	胡静梅
美术编辑	张云丽
开　　本	700mm×1000mm　1/16
字　　数	300千字
印　　张	14.5
版　　次	2014年9月第1版
印　　次	2014年9月第1次印刷

出　　版	吉林摄影出版社
发　　行	吉林摄影出版社
地　　址	长春市泰来街1825号
	邮编：130062
电　　话	总编办：0431-86012616
	发行科：0431-86012602
网　　址	www.jlsycbs.net
经　　销	全国各地新华书店
印　　刷	北京市兆成印刷有限责任公司

书　　号	ISBN 978-7-5498-2081-8	定价：	24.00元

版权所有　侵权必究
如发现印装质量问题，请与印务部联系退换，电话：010-51908584

· 目录 ·

章节	标题	页码
第一章	歌姬	001
第二章	阴谋	013
第三章	人心	025
第四章	离合	039
第五章	审问	053
第六章	求亲	071
第七章	争斗	085
第八章	陷阱	095
第九章	远嫁	113
第十章	心死	129

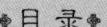
目录

第十一章 还债 145

第十二章 画皮 157

第十三章 斩情 175

第十四章 影子 189

第十五章 农家 203

第十六章 回朝 217

丰启九年夏，温暖的日光在花园里洒下一地光辉。

青翠嫩绿的葡萄藤下摆着一张小圆桌，顾明渊脸上微微带笑，品着一杯上好的大红袍，眼睛看着前面弹着琵琶的女子，隐隐露出赞赏之色。

在他身边，云罗面无表情捧着一个账本在核对数字，忽然朝后扭头，让丫鬟把算盘给自己。

"这——"丫鬟犹豫了一下，顾忌地看了眼兴致正浓的顾明渊。

云罗脸色冷了冷，起身对顾明渊道："王爷，我这里还有账目未算清，未免打扰您雅兴，我就不作陪了。"

"哦？"顾明渊仿佛才注意到云罗心思根本没在听曲上一样，笑容不变，一边冲那歌姬挥挥手示意她停下，一边对云罗温和道，"你算你的，这是正事，不用管我。"

云罗面上显出忍耐之色，沉了沉气道："王爷难得休沐，何必陪我做这些苦差事？听听戏看看舞多好。"

顾明渊的笑容退去了些，低下头抿了口茶，淡淡道："单论词曲造诣，又有谁及得上云罗你？若真觉得破坏了本王的兴致，等会儿就罚你为本王弹一曲算作赔罪好了。"

这话其实很亲昵，完全可以看作夫妻间的乐趣，但是云罗显然没兴趣陪他耍花腔，当即冷笑一声道："王爷想听戏还不容易？丰启都城里名角儿辈出，小花鼓、月玲、苏梅梅，还有眼前这位美娇娘，个个都巴不得给您献唱一曲呢！我这点雕虫小技就不在王爷面前献丑了——"说着，一福身，竟是就要走！

"放肆！"顾明渊的涵养和隐忍终于都到了头，将茶杯狠狠扔到桌上，脸色难看得吓人，"你真当自己是什么金枝玉叶不成？若不是本王给你两分颜色，你凭什么在这里挺直了腰杆子说话！"

云罗掀起眼，轻轻一笑，却是讽刺："王爷您说笑了，奴婢是什么身份奴婢当然清楚。金尊玉贵的公主奴婢没福气做，皇家的郡主王爷您也是觉得不合适的，如今奴婢和这府里的通房丫头是一样的，您需要人侍寝奴婢精心伺候，府里杂务奴婢也莫敢放松，实在是有些分身乏术。当然，若是王爷坚持奴婢再兼上伶人一职，请容奴婢先出府与那小花鼓学艺几日，免得污了王爷的耳。"

她嘴里噼里啪啦一通，愣是一个停顿都没有，顾明渊被她气得手哆嗦，半晌之后，才从牙缝里挤出一个字："滚——"

云罗扯扯嘴角，笑着又施一礼，转过身头也不回地离去。这样才好，这样最好，既然两个人之间早就没了感情，何必要做出些虚伪的温情？

顾明渊的胸膛剧烈起伏着，没有回头看云罗走远的背影，他攥紧拳，眉宇之间如压

缀着沉沉雾霭，随时都会爆发一样。

小德子被梁氏的事情牵累，已经不能在顾明渊身边服侍了，暂时接替他的是小德子的徒弟，十六七岁的小太监小全子，还没完全长开的模样。

小全子战战兢兢地上前，给顾明渊收了碎裂的杯子，又换了个新的，正要再续上些大红袍，却听顾明渊冷声道："撤下去，换壶菊花酿来。"说罢，又脸色不善地冲那红衣歌姬道："愣着做什么？继续唱！"

"好咧！"那红衣少女弯了唇，坐下来重新扶住琵琶，做了一个起手的姿势，明眸皓齿，笑容灿烂。

生气的人往往见不得别人高兴，顾明渊也不例外。此刻他看着那姑娘的笑容只觉得分外刺眼，眼睛一点点眯紧，问："你很高兴？"

盈姗怔了一下，像是没料到顾明渊会这么问，有些无所适从地站起身，呆呆地应了声："啊？"

而顾明渊已经处在发怒的边缘了，阴寒的视线瞄过去，"走了个主子，你倒是笑得出来。"

"奴婢……奴婢没有高兴啊。"她停了停，看起来有些害怕，却又鼓起勇气道，"但是奴婢也没有什么可不高兴的呀。"

"呵，这话怎么说？"顾明渊神色仍旧冷峻。

盈姗似是犹豫了下，没有出声。小全子赶紧从后推推她，低声道："主子问你话哪！快答啊——"

盈姗的样子有些委屈，被推得往前走了一步，撇撇嘴，忽然对顾明渊大声道："我是来给您弹曲儿的，您听了高兴就够了啊——别的主子走不走跟我有什么关系？"

顾明渊阴着脸，抿紧唇，沉默地看着她。盈姗明显害怕了，却还是挺直胸膛，一副豁出去了的样子。

那瞪大的、灵动的双眼，浑不怕的气势，与记忆中那个小女孩慢慢融合。而那股我就认你，其余的哪怕是天王老子又与我何干的气势，更是和某人何其相像。顾明渊静静地看着，看着，冷漠的神情竟渐渐淡了，轻斥道："歪理——真是没规矩。"他嘴里骂着，眼底的寒意却分明散了大半。

盈姗吐吐舌头，看出他神色和缓，也笑了，不等顾明渊吩咐便坐下用手拨了个漂亮的花指，抬起头，美目盼兮，娇笑着问："王爷想听什么？"

"就弹一首……《春色满园》吧。"顾明渊沉吟了一下，抬手，白玉般的手指夹着酒杯轻抿了一口，意味深长道。

盈姗嗔怪地望了眼顾明渊，脸上飞起两朵红霞，一拨调子，弹唱了起来。

当夜，蔽词就传出了消息，顾明渊纳了一名歌姬，并且打算给她个名分。

这一消息，在后院引起了一阵不大不小的波澜。

花厅内，几个有地位的侧妃庶妃齐聚一堂，边品茶边等着顾明渊下朝回来吃饭。

以前每月十五众妃都要在绣心院子的正厅与顾明渊共宴，如今绣心虽然不在了，这个习惯却并没有废除，只是从梁氏那里改到了王府的内议事厅清辉堂。如今的主持者是目前暂代府务的云罗，但云罗毕竟名不正言不顺，远没有抚养着府里唯一男丁的侧妃灵儿受到众妃追捧。

此刻，灵儿和云罗各自坐在首位的左右两边，面对着所有女人。灵儿一边哄着孩子，一边漫不经心地听着下面人的闲谈。

容庶妃几句话后就将话题引到了新被宠幸的歌姬盈姗身上：

"姐姐们听说了吗？咱们过几日可能又要添一位好姐妹了呢——"

"不过一个歌女，妹妹称她为'姐妹'没得折了她的福分。"姚侧妃不以为意道。

"姐姐您这就想岔了啊……"容庶妃幽幽地叹了口气，"不论她以前身份如何，只要王爷喜欢，封了她位分，以后她就是与我们一般无二的姐妹了。"

一番话说得几个女人都变了脸色。

顾明渊是个极重规矩的人，能选进他府里当上侧妃庶妃的，都是朝廷权臣或著名清流的女儿。一个皇商家的庶女曾经很得顾明渊宠爱，都因为身份问题迟迟没从滕妾升到庶妃之位。须知滕妾比格格通房丫头之流都高不了多少，只是能伺候顾明渊就寝的女人而已，只有庶妃才算府里正经的主子。那位滕妾得宠的时间长达一年，却在一年的时间里都没能位列庶妃，后来失宠了，就更永远停在滕妾位置了。

只有一个燕巧算作意外，但是府里的人谁不是鬼精灵，燕巧在临死前说的那番话，稍微有点脑子的想一想都明白了顾明渊杀母留子的隐秘心思。至于燕巧一度登上侧妃位……一个注定要死的女人，就算当上皇后又怎样呢？

众人的心思打了个转，一位阁老家的小女儿——郑庶妃郑元元憋不住道："王爷是最重名声的人，想来不会破格正儿八经封个歌姬的，大不了让她做个通房或滕妾那就是天大的福泽了。"

"身份不身份的还不是只在王爷一句话？"容庶妃颇为无奈道，她的视线在周围几个女人间打了个转，忽而又压低声音继续说，"我可是听到风声了，王爷有意直接赐她滕妾的位分。她如今新宠，回头稍微撒娇卖嗔些，就是跟我平起平坐也未可知呢！"

几句话下来，众人都沉默了。

的确，滕妾距离庶妃只有一步之遥，但是以盈姗歌姬的身份，封个不入流不记名的滕妾也并不算多么破坏规矩。为今之计，只有将盈姗的起始位卡死在格格上，这几个月顾明渊可能还在新鲜期，即使给她升了一位，也不过是个滕妾。只要她无子，单凭宠爱又能走多远呢？

几人交换了一个眼神，彼此心中都有了计较。

一个小妃子低声道："妹妹人微言轻，为了不使咱们王府被外人嘲笑，还得几位姐姐多劝着王爷些啊。"

容庶妃拍拍身侧刚才开口的女子的手，也是无限哀愁道："说到人微言轻，咱们几个又有谁不是呢？为今之计，只有请灵姐姐做主了啊。"说着，带着几名庶妃一起跪到了地上。

上首处，灵儿正在喂文杰牛乳的手稍稍一顿，随即又继续轻吹、喂食，这一循环往复的动作了，嘴里淡淡道："妹妹们这是做什么？可折杀了我。规劝王爷又是我一个小小侧室能做的？"

姚侧妃拿蒲扇轻扇了几下，眼珠一转，跟着站了起来，对上座的灵儿掩唇笑道："姐姐您莫要过谦，若说规劝王爷，在座诸位姐妹还有谁比您更合适呢？您抚育着府里唯一的世子，这就是未来小王爷的母亲啊，王爷对您尊敬有加，妹妹们也是唯您马首是瞻的……"

"哎——"灵儿终于停下了喂文杰的动作，将碗和小勺放到婢女轻轻递来的托盘上，又用蚕丝锦帕擦擦手，然后端庄无限地笑道，"姚姐姐您就别再给我戴高帽了，你我同在侧妃之位，即使我蒙王爷信赖教养着二少爷，府中的事也轮不到我插嘴啊。"说着，话锋一转，看向身边的云罗柔柔笑道，"其实这事很该云罗姐姐出面说一说的。云罗姐姐掌管府里上下所有事，后院诸姐妹都在她节制下，深得王爷宠信。妹妹斗胆，请姐姐做主呢。"说罢，将文杰交到旁边奶妈手里，朝云罗娇娇柔柔地笑开。

她这一做派，逼得在场的女人们也不得不一齐向云罗福身，只是称呼什么的都有。那些无权无宠的小庶妃大多跟着灵儿一齐叫"姐姐"，几个稍有地位的却没那么好打发，坚持还叫云罗为"郡主"。笑话，这后院的女人已经人满为患了，她们如何肯轻易接受再来一个位高权重的女人？只要顾明渊一天不松口正式给云罗身份，她们就一天这么糊弄着。

云罗却是沉得住气，任凭下面那些人吆喝着，行礼着，她自拿起账目低头看着，一声不吭。

短暂的沉寂过后，姚侧妃先沉不住气站起来道："郡主您这是什么意思？姐妹们一块跟您请愿呢，行或不行您总理会我们一声吧？"

云罗丢下账本，嗤笑开来："姚娘娘不是都替我答了吗？还要我说什么？"

"我替你答什么了？"姚侧妃丈二和尚摸不着头脑。

云罗脸上没什么表情和情绪，漠然道："你都称了我郡主，在这府里我不过是个小辈，王爷娶妻或纳妾都是他的事，我又哪里有立场规劝？"

"可是——可是您代管府务……"姚侧妃憋不住道。

云罗马上打断："这府务可不是我一个人在管。在我之下，无数管事账房可都在管府务，难道姚娘娘要叫他们一个个去规劝王爷吗？"

"但你——你……"姚氏想说云罗和王爷早有夫妻之实了，可到底没敢说出口。毕竟顾明渊没有向上请过旨，云罗还是以王爷义妹的身份住在这里的，一个闹不好，乱说话就会被扣上侮辱郡主清誉、藐视皇家的罪名。

众人正僵持间，外头突然响起一声尖厉的报唱："王爷驾到——"

厅堂里一静，所有人一起转过身跪下，高声道："妾身给王爷请安，王爷千岁千岁千千岁。"

只有云罗还秉持着皇家未出阁的郡主骄矜礼，待所有人拜完了，才慢慢站起身，对顾明渊轻轻福礼，淡淡道："王爷万福。"

顾明渊大步走进来，目光在所有跪下的人身上打了个转，然后慢慢落到了云罗的身上，冷冷注视了片刻，才移开视线，换上稍微温和些的口吻对大家道："都是一家人，无须多礼，起来吧。"

"谢王爷。"齐齐的喊声后众人起身，这次，云罗倒是跟着大伙一起站起来了。

顾明渊走进屋，大家才发现他身后跟着穿着鹅黄色贡缎裙子，头戴金饰，得意飞扬的盈姗。

王府女人们的脸色顿时变得不那么自在了，只有云罗神色未变，主动将自己刚才的位置让出来，又对下人吩咐道："给王爷旁边再加一张凳子。"此话，就是要盈姗坐到顾明渊身边去了！

一时间，女人们的眼神就跟毒箭一样嗖嗖嗖射向云罗。

云罗仿佛完全没感觉一样，保持着恭顺的姿势，微微垂着头，露出一段雪白的脖颈。

顾明渊沉默地注视着她，几乎能想象到她眼底嘲讽的、蔑视的神情……漆黑的眸底闪过一道阴郁的光，脸上却带着一点儿不经意般的笑容，一字字道："郡主果真贤良淑德，颇有大家主母风范。"

这话却比云罗的话骇人听闻得多,连灵儿都忍不住屏住了呼吸。幸好顾明渊没有继续这个话题,而是转过头对小全子道:"在本王旁边加个座,请郡主坐下。至于盈姗……不拘哪里,找个地儿让她坐下便是。"

"喳。"小全子轻声道,指挥着下人迅速无声地加了座。

盈姗的位置被放到了容庶妃下首,她欢天喜地朝顾明渊谢了恩,也不顾旁边人难看的脸色,一屁股就坐下了。

倒是云罗,好像很不愿坐到顾明渊身边那个极近的位置,站在那儿一时没动弹。

顾明渊似笑非笑地看过去,问:"怎么?郡主还要本王请——你坐下不成?"一个"请"字被他咬重了念出来,听着就不会是什么客气的举动。

云罗忍着气望向他,终是冷着脸坐下了。

顾明渊这才笑了开,拿起放到自己手边的新茶,一边用茶盏撩着漂在上面的叶末,一边对下面问:"我方才进来时,隐约看到你们在向郡主请愿,可是有什么需要的吗?"

灵儿与姚氏不动声色地对视一眼,灵儿笑着上前道:"禀王爷,妾身们在府中一切都好,没有要添置的。我们刚才只是在与郡主商量,盈姗姑娘伺候王爷有功,很该封赏一下才是,否则一直屈居婢子,实在委屈了些……"

"哦?"顾明渊挑挑眉,别有深意地笑开,目光扫了眼云罗,又落回灵儿身上,问,"那不知爱妃们商讨的结果如何呢?"

灵儿笑得温婉,一福身,一副贤淑的样子道:"妾身是觉得虽然盈姗姑娘出身不显,但是德艺双馨,又能讨得王爷喜欢,这便是大功,所以不必从通房丫头的位置开始熬了,不若直接给她脱了贱籍,册封为格格吧。当然,她唱功弹跳俱佳,和一般的格格一样恐难以突出她的特质,我们不妨再给她个封号,就封为乐格格,让她超脱一点儿,王爷以为如何?"

这个提议一出,不少侧妃都皱了眉,须知封号在皇家来说也是大体面,它与位分不同,位分有时代表的是女子背后娘家的地位,但封号却是实打实的宠爱。可以说,一个有封号的庶妃比起一位无名号只有姓氏的侧妃也不会差很多。所以家宴聚会上,容庶妃才敢一而再再而三地跟侧妃们搭话,因为她自视与一般庶妃是不同的。

而且根据王府惯例,只有庶妃以上才能得到封号,以前,给一个格格封号可是摄政王府自建府以来从来没有的事。这么想着,大家的神色就更不佳了,有的人也难免在心中怪罪上了灵儿。身为这后院现在位置最高的女人,非但不劝着王爷,反而一味讨好哄着王爷胡闹,真是上不得台面!

在这里，只有容庶妃明白灵儿的心思，她赞赏地望了那边一眼，而后又快速垂下了头。

早在宴席开前，她就私下去找过灵儿——

"娘娘，妾身听说王爷准备封赏那个歌女，不知娘娘有何打算？"

灵儿斜倚在床边修剪着一盆花，好似全不在意一般说："封便封了，容妹妹你也忒小心了。一个歌姬无论如何也是越不过你的。"

"娘娘，妾身不是担心自己，而是为您担忧啊……"容庶妃拿捏着小心，过去接替了丫鬟为灵儿递上浇水的拔丝珐琅金壶，轻声细语道，"娘娘您想，那歌姬卑贱出身，一旦得宠恐怕会拎不清自己的身份，若再给她高位，岂不是阖府都不得安宁？"

灵儿拍拍手，放下剪子，回头笑着接过水壶，一边浇水一边道："那又如何？就是府里真出了什么乱子也有郡主应对，我只管带好孩子便是。"

"娘娘，您糊涂了啊……"容庶妃低叹一声，"目前的形势，您有孩子固然是地位稳定，但是对女人而言，更需要的还是王爷的宠爱啊。郡主每日里没个笑脸，活似个讨债的，王爷眼见对她也有些淡了，这正是您固宠的大好时机啊。现今被王爷注意到的只是个婢子，您压制她还容易些，若府里再进了娘家得力的新人，您想独占王爷恐怕更要多费周折了。"

灵儿陷入沉思，短暂的时间里一直没有说话，忽地，她眸底闪过一道异芒，转过来对容庶妃正色道："容妹妹慎言，府里没有人可以独占王爷，我也没有想过。"

容庶妃笑笑，垂下眸，低低地问："那您——也没想过要个自己的孩子吗？"

"容庶妃！"灵儿突然变了脸色，严肃道，"当初我抚育二少爷的时候就曾起誓，我这一生不会再要自己的孩子，话犹在耳，莫不是你不知道？"

容庶妃"扑通"跪下，仰起脸，却是决绝："娘娘，妾身确实听过这个传言，但妾身真的为娘娘不平啊。您一心一意对小世子，但小世子心里其实只有他的生身母亲，妾身亲眼见过文杰和他母亲偷偷在小花园里见面……这样的孩子即使您养大了孝顺的也不是您啊！"

灵儿久久地盯着她，容庶妃的目光没有丝毫闪躲，不闪不避任她看，半晌之后，灵儿微微一笑，说："听起来倒的确是全心全意为我，但是，我与容庶妃并无关系，也不像你和姚侧妃这般私交甚好，你为我打算又图什么呢？"

容庶妃目光移开，一时没有说话，咬唇踌躇了一会儿，才下定决心一样道："妾身觉得，娘娘您有王妃之德！妾身希望能追随娘娘左右，当您的眼，您的手……"

灵儿目不转睛地打量着她，她的眸色本就比一般人浅，现下更如琉璃一般近乎透

明,不知在想什么。

时间在这沉寂中仿佛被无限拉长,昔日唯唯诺诺的女子也有了震慑人心的威仪,容庶妃渐渐有些紧张不安,就在她想继续说些表明心迹的话时,灵儿却忽地起身拉住了她的手,将她托了起来。

"你说,曾见到萧珍儿和文杰在花园私会?"

"是……"她低声道。

"好吧,你继续帮我留意他们的举动,有事随时来回禀我。"她顿了顿,却不再继续这个话题,转而问道,"盈姗的事你有什么看法?"

容庶妃心中大喜,知道这是灵儿接纳她的第一步,自是使出浑身解数为她分析形势,最后道:"娘娘,盈姗被册封如今看来已经是势不可当的了。为了防止引起王爷不悦,甚至是反弹,我们非但不能拦着他,还得主动提这事,但是她的位分却一定要在我们掌控之中——"容庶妃慢慢握紧了自己的手,白皙的拳握在空中,脸上是狡黠的笑,"我们可以给她一个较低的位分,再加一些没有实际意义的殊荣,比如封她为格格,但是给她滕妾的俸禄与侍婢名额,再赐她个没有主位的好院子,总之让王爷觉得咱们没有薄待她就好……"

灵儿静静思索片刻后,笑开,拍拍容庶妃的手,温婉称赞道:"妹妹果然思虑周全……"

这是她们当时讨论的结果,没想到灵儿做得比她还漂亮许多,的确,给盈姗一个封号远比俸禄侍婢之类的要体面得多。看来,自己选择暂时向她靠拢是没错的。容庶妃想着,不由得用赞赏的目光看向前方的灵儿,又极快地收回了视线。

上首处的顾明渊耐心而微笑地听完了灵儿的建议,一边听还一边轻轻点头,仿佛还赞同似的,待到灵儿停下话,他才问:"讲完了?"

灵儿笑着福身算作默认,又道:"这只是臣妾的一点儿小想法,当然最后还是要王爷做主的,总归不要待薄了我们盈姗妹妹就好。"说着,用最温柔可亲的眼神看向后面的盈姗,宛如在看自己的亲妹妹一样。

"封她为乐格格——嗯,是花了心思琢磨的。"顾明渊突然转头朝云罗问,"不知郡主以为如何呢?"

"臣妹没有意见,一切但凭王爷做主。"云罗不咸不淡地说。

顾明渊笑开,却是冷淡,挑挑眉问:"郡主代管府务,却还没灵妃对府里事情上心,也太懒怠了些吧?"

云罗望了眼灵儿,面无表情道:"臣妹知错,那不若将治府之权交给灵侧妃,王爷以为如何？臣妹年轻，管理这偌大的府邸也的确吃力得很。"

这话一出，饶是已练出泰山崩于前而色不变功夫的灵儿，也不由得双眼发亮，紧紧注视顾明渊。

须知若这府务真的移交了的话，也就意味着顾明渊后院双人对峙局面的结束，唯一的男丁和治府大权都在一个人手里，灵儿将当之无愧成为摄政王府第一人。

所有人都在等待顾明渊的回答，而那个男人的眼睛，始终阴冷地盯住云罗。

"郡主对这王府之事当真就如此不耐烦吗？"他一字一顿问。

云罗福身，要笑不笑的样子，"臣妹不敢，非不耐烦，实在是心有余而力不足。"

"呵——"顾明渊嗤笑一声，直视着她的目光，神色说不出地轻鄙，仿佛故意要气她一般，"既然郡主有心，本王又怎不会不给你学习的机会呢？府务烦冗不要紧，郡主若是需要可以随意找在座诸妃协助，相信她们一定很乐意的。"说罢，看向下面的女人们。

所有侧妃庶妃连同盈姗一起向云罗甩帕行礼，清脆的声音响起："嫔妾愿为郡主效力。"

顾明渊满意地点点头，笑着看向云罗。

云罗憋着气，冷冷坐回自己的位置，不看顾明渊一眼。

顾明渊略带嘲讽地又看了她一眼，然后才转回头对众妃道："爱妃们请起吧，相信郡主一定明白你们的心意了。灵儿，以后你无事时可以到蔽词走动一下，看郡主有什么需要的。"

"是。"如此，便是点了她协理府务之权了。灵儿面上带笑，在不少女人嫉妒的眼神中，独自朝顾明渊行礼，"谢王爷信任，臣妾定全力以赴，不辜负王爷期许。"

顾明渊含笑颔首，又道："至于盈姗——"他刻意一停，有意将下首女人们的神情收入眼底，姚氏坐直了身体，容庶妃佯作好奇地睁大双眼，郑庶妃紧张地揉弄手帕，灵儿笑容不改……更不说其他一些故作清高装作不在意的，低头不看他却竖起耳朵的，不一而足。他卖够了关子，心下笑了笑，说出一句无异于惊雷的答案："本王已决定，封盈姗为庶妃。因她的名讳与灵儿相冲，故改名为盈姗，至于称呼……你本家是姓陈吧？"顾明渊询问地看向盈姗。

盈姗强抑激动地跪下，"是，奴婢娘家是姓陈。"

顾明渊点点头，说："嗯，以后你就是陈庶妃了，不要再开口奴婢闭口奴婢了。"

"好、好……"盈姗落下泪，抽泣着，委屈得跟个孩子一样道，"臣妾谢王爷恩典，谢王爷恩典……"

顾明渊眼底露出一丝笑意，抬手虚扶了一下，"又哭又笑的像什么样子，以后你也是个正经主子了，可不许这样。"

"是，哎，臣妾知错。"盈姗"扑哧"一声笑了出来，一边用帕子抹眼睛，一边起身朝顾明渊做了个妃子适用的蹲身礼。

而其他人可就笑不出来了，连方才故作淡然的几个清贵官员家女子都忍不住用厌烦的眼神瞪向盈姗。

她们不管嫡、庶，毕竟都是大家闺秀，以后却要与一个歌女出身的女子平起平坐，这、这成何体统！

顾明渊的目光在四周扫视一圈，竟还是笑着，问："众位爱妃还有事吗？"

姚侧妃忍不住站起身，"王爷，妾身觉得盈姗姑娘的位分是否……"

"是陈庶妃。"顾明渊突然出声打断了她的话，勾着唇，轻而缓地说，"本王已经决定了。"

花厅内鸦雀无声，众人这才注意到，其实顾明渊的笑容并未达眼底。

短暂的沉寂之后，灵儿头一个默默起身，向顾明渊行礼："臣妾谨遵王爷旨意。"然后，她回过头，两步走到盈姗身边，携起她的手道："我真高兴以后多了你这位好妹妹，在府里有什么不习惯的尽管来找我。"

"是，多谢灵妃姐姐。"盈姗讨巧地眨眼笑着行礼。

剩余的女人们面面相觑，最终只能屈服在顾明渊的高压下，一起向顾明渊道贺："恭喜王爷再纳美妾。"

只有云罗，冷眼看着这些人装腔作势，与盈姗强颜欢笑，半晌之后，发出一声讽刺的笑，别过了头去。

宴席散后，顾明渊漱过了口，望向下面眼巴巴等着他点名侍寝的女子，缓声道："今夜本王就不召人了，爱妃们早些下去安置吧。"

不叫人，就意味着要歇在蔽词，或者说是歇在云罗那里。

姚侧妃不由得嫉妒地看向云罗，却见云罗连眼角都没施舍给她一个，就起身对顾明渊道："臣妹就不同王爷一起走了，您不是点了灵娘娘协理府务吗？臣妹正好带着账目，想交接与她一些。"

顾明渊的眼微微一眯，开口寡淡，语气听不出喜怒，"时辰不早了，便是交接也不需非赶在今日。"

云罗仍旧保持着行礼的姿势，没有答应，却也没有起来。

顾明渊重重地吐了一口气，冷下脸，"罢了！你想在这里就留在这吧！"说完，起身便要拂袖而去。

盈姗却突然跟着起来，朝着男人背影喊了一声："王爷，我伺候您回去好吗？"

顾明渊脚步一停，回头面无表情地看着她，手里转动着佛珠。容庶妃和灵儿都以为他会开口斥责她，毕竟以盈姗的身份，在顾明渊没有开口叫她的情况下主动毛遂自荐，视为不敬。

而顾明渊的确没有答允她的要求，却也没有斥责，反而出乎众人意料之外给了回答："陈庶妃赐住芳花园，那里没有主位，便由盈姗暂住中院吧。"说完，才对灵儿淡淡吩咐道："陈氏不大懂规矩，你找个嬷嬷好好教教她。"

盈姗脸上一红，蹲身低低应是。

灵儿捏着帕子立在那儿，看了她一眼，对顾明渊点头笑道："王爷放心。"

等到顾明渊走远，那笑容也一点儿一点儿淡了下来。今日这一战，她虽得了协理府务之权，可论实惠体面，最大的赢家却是陈盈姗。

一个庶妃之位还罢了，居然连芳花园那个小院子也分了出去！须知芳花园是背靠蔽词后的一座假山建起的小院落，景色谈不上好，地方也不大，可它却占了地利！与蔽词有一条小道相通。

那个院子以前只住了一个通房丫头，现在盈姗一进去就位同主位，真是好不风光！

灵儿微微咬着唇里的一点儿皮肉，脸色古井无波，慢慢回头，却见盈姗正围在云罗身边敬茶加讨巧卖乖。

"郡主，您喝的这茶可真香啊，一定是王爷独独赏了您的吧？"

"不是，这是清辉堂的存茶，你若是喜欢我待会儿叫人送一些去你的院子。"

"哎呀，那真是谢谢郡主了。"盈姗喜不自胜一般，坐在那儿朝云罗俏皮地拱拱手。

云罗淡笑着摇摇头："若在平常人家，论辈分我还得叫你一声小嫂，不必如此多礼。"

云罗的笑容与盈姗眉目舒展的样子紧紧相挨，那一刻，两个人眉梢眼角的风情仿若重叠，尤其肖似许久许久以前，那记忆里云罗与她和淑和在一起时，开心而无忧无虑的笑容。

灵儿稍稍一怔，然后意味深长地弯了唇角。

"主子,这是今季最好的一批人参,奴婢全拿过来了,给您补补身子。你看这参头多好,都跟小娃娃似的了。"流珠捧着个盖着红绸布的金丝楠木托盘过来,欢天喜地地说道。

灵儿脸色却是一变,"谁要你把这些拿来的?快送回去!"

"主子……"流珠不料灵儿非但没夸她,反倒训斥一通,又是当着满屋小丫头的面,当即红了眼眶。

灵儿瞧着她,想到当初她一起陪自己熬过来不离不弃的情分,只得叹了口气,先叫伺候打扇茶水的丫头们都下去,然后才缓下声音对流珠道:"不是我要说你,但流珠你也忒招摇了,就这么捧着个盘子过来,要落下多少话柄?"

流珠委屈得不行,"我哪有这么傻,从库房带出来的是食盒,只是捧给娘娘您前才换了盘子,没人会注意到的。"

"那也不行。"灵儿肃容道,"每一季每一月,各院应分到多少百年老参多少参根参柱,府里的女人只会比我们清楚。你现在把老参一窝蜂拿回来了,当各院的人都是傻了吗?"

流珠咬咬唇,将托盘放到一边的桌子上,自己走上前,跪到灵儿脚边给她捶腿,一边捶一边小声道:"娘娘,奴婢觉得您也太小心太屈着自己了。要奴婢说,府里上到主子下到管事婆娘,哪个不得对过手的东西扒下一层?从前咱们没有这个权,现在您就管着厨房,您说今季人参少了,那就是少了,谁敢置喙一声?"

"傻丫头。"灵儿笑着用扇子敲了下流珠的头,嗔怪道,"人家嘴上不说,难道心里就不想?正因为府里管事的都是这种作风,我才更得小心谨慎,不能多拿一点儿东西,这样王爷才会更信任我。"说着,她一顿,目光沉沉地望向窗外,自言自语一样道,"何况云罗管事时,府里各院得宠的不得宠的,何曾少过一分份例?"

流珠撇撇嘴,不服地嘀咕道:"那且是,她还用贪吗?她就跟王爷住在一处,全天下最好的东西都在她的院里,哪里看得上咱们这点子东西?"

灵儿眼底闪过一道狠厉之色,这次却没说话。

而流珠还在不高兴地叨叨着,一副为她不平的样子,"奴婢记得好久之前,就是您还不得意的时候,有一次我从他们院前经过,见到德公公捧着个食盒,唉声叹气地出来跟小丫头说,猪脚阿胶汤、红枣蛤蜊人参露、青笋野龟炖白鹭,郡主竟是一个都不肯碰,一口不肯喝,这下好了,白忙了,又都得倒了——"

流珠摇头晃脑地学着小德子当时为难的口气,忽然收了那滑稽样,哼了一声,颇为不忿道:"多少汤水呀。她不喝,宁可倒了也不想着给咱们,亏得您和她还姐妹一场

呢！"

灵儿听得有些出神，待她叽里呱啦说完了，才自嘲般地轻笑一声，慢慢道："什么姐妹……都不知是哪辈子的事了。你不记得吗？当初她可是眼见着我吃燕巧的毒甜汤都没反应的。何况——"

她低下头，染着豆蔻的白皙手指轻轻点上厨房采购册子，说："她这次已经算给了我一份厚礼了。"

后厨，多少油水都在里面呢。

不过，她可不是会贪图眼前小利的人……

云罗，希望你这次不是有意设个套给我，不然，一定会让你失望了……

从婢女到庶妃，陈盈姗对这种转变似乎非常习惯，在接连两日的侍寝后，她高调地出席了七月初三众妃齐聚的品茗会。

众人当时正在花园里其乐融融地喝茶闲谈，衣香鬓影，宝钗华衣，端地一片天下太平。这样的气氛却在盈姗迈进园时戛然而止。

容庶妃推推正在那儿讲笑话跟大家逗趣的郑庶妃，低头默不作声地抿了口茶，将茶杯放到一边。

郑庶妃侧头望去，就见盈姗正徐徐走来，她穿着一件艳粉色的薄纱披肩，里面是条银色丝绸缎子曳尾裙，莲藕般的胳膊和香肩从薄纱里透出来，看起来着实妖娆动人，当然，是在男人眼里。

女人们看着就不那么舒服了，弄成这副狐媚的样子是想勾搭谁呢？

陈盈姗却不管别人神色各异，自顾自在丫鬟的搀扶下走到容庶妃前头——刚刚去更衣的姚侧妃的位置上坐下，还偏头看了眼旁边用过的茶盏，若无其事地对婢子吩咐道："给我换一盏茶来。"

坐在容庶妃后头的郑庶妃沉不住气道，"那是姚姐姐的位子，陈氏你似乎坐错地方了。"

"哦？是吗？"陈盈姗装傻似的左右看看，无辜地一摊手道，"姚姐姐并没在此处，怕是走了吧？既然这样我坐下也无妨。"

"什么无妨！"郑庶妃怒道，"公侯之家行动坐卧处处都是有规矩的，就是姚姐姐真离席了，也该容庶妃补上去，坐到她的位置上，你在后头加椅子才是！"

姚侧妃恰巧更衣回来，就听到郑庶妃正在喊着让容庶妃坐到她的位置上去，当即黑了脸，问："郑妹妹，你在说什么？我不过离开一会儿，你就惦记着分派我的座位

了?"

郑庶妃吓得脸发白,"噌"地站起来,手足无措地跟姚氏解释:"不不,姐姐,我其实是……她……"

陈盈姗被逗得"扑哧"一声笑了出来,乐得合不拢嘴,手里的茶杯都拿不稳了,身边的小丫头赶紧过去帮她接了。

一直面容沉静,默不作声地坐在上首的灵儿,这会儿终于抬起眼,开了口:"姚姐姐你误会了。方才盈姗妹妹急急赶过来参宴,没找清自己的位置,竟是坐到你那里去了。郑妹妹正在教她排位之道,说如果你离席了那也该是席妹妹补到前面来。"

"是这样啊。"姚氏扯扯嘴角,却没什么笑意,对郑氏斜着眼道,"那倒是我冤枉妹妹了。"

郑氏忙道不敢。

盈姗也站了起来,对灵儿和姚氏各福了一礼,明眸善睐道:"是妹妹孟浪了。"

姚氏哼了一声,看都没看她,挥手就叫下人把刚才她坐过的坐垫撤下去,换一个新的上来。

这明显的嫌弃引来周围一片低笑声,盈姗小脸紧绷着,噘着嘴,即使是愤怒的样子都显得极为美丽。

是了,她才十五岁,花朵一样的年纪呢。

姚氏冷冷瞥了她一眼,心中厌恶更甚。

盈姗的丫头看她就这样僵立在这儿也不像话,战战兢兢地请盈姗到后头去坐。还伸手轻轻扯了下她的袖口。

盈姗却找到了发作的机会,回头便是清脆的一耳光,柳叶眉倒竖呵斥道:"作死啊!这可是王爷刚赏的锦丝纱,千金一匹,府里一共才两匹,拽坏了你拿命赔都不够!"丫鬟捂着脸落下泪,扑通跪地,拼命磕头:"奴婢该死,奴婢该死,请主子恕罪,主子饶命……"

这一耳光简直不是打在丫头脸上,而是打在在场所有人脸上。

容庶妃轻掀眼皮,秀美的美目一弯,笑意却不达眼底,声音柔柔道:"妹妹何必动这么大火气呢。真要管教丫头大可以带回自己院子随意处置。王爷规定府里不许随意打杀奴仆,这要是有嘴碎的下人给您说到王爷那儿了,总是不美。"

盈姗与她对视片刻,却展颜一笑说:"多谢姐姐提醒,不过王爷赐下缎子的时候特意吩咐过,一定要下人小心料理,千万别折损了好东西,相信就是今儿的事传到王爷耳朵里,他也不会责备我的。"

容庶妃地位虽不显，但也算长宠不衰的老人，难得在低于自己位分的小妃子那儿碰了钉子，当即脸色就不那么好看了。

盈姗挑衅地一勾唇，丝毫不收敛。

姚氏见不得她那嚣张的样子，轻斥一声道："不过拉一下，有什么折损不折损的？何况以陈氏你这穿衣的喜好，若是再撕开个口子恐怕更美丽几分呢。容妹妹你说对不对？"说着，用帕子捂住口，低低笑了起来。

容庶妃也跟着乐开，美目一挑，顾盼若兮："就是的，你看那天来的戏楼姑娘，穿的可不是破口子衣裳吗？"

"哈哈哈……"

盈姗脸上的笑僵住，咬唇含怒，姚侧妃和姓席的摆明说她有伤风化，但是姚氏毕竟是侧妃，她一时也不敢太顶撞。

这时，灵儿出来打了个圆场，笑道："好了，盈姗你就别站着说话了，坐下再叙姐妹情也来得及。"

盈姗谢恩坐下，就见灵儿继续温柔道："盈姗这两日一直服侍王爷也辛苦了，听说今儿个王爷点了容庶妃陪驾，正好你也可轻松下，待过了晌午就来我这里，内务府新送了些珍珠头面来，那款式一看便是你们小孩子戴的，你瞧瞧喜欢不，喜欢的话就都拿去吧。"

一番话既给了容庶妃面子，告诫盈姗容庶妃还是很得宠的，也抚慰了盈姗，表现了自己对她的重视，珍珠头面根本没问别人，直接就给了她。

当然，最重要的是显示自己的地位——

她已经接手了府里的后厨和一部分针织首饰，名副其实地坐稳了第一侧妃的位置，叫那些小妃子在她面前不要太放肆了。

盈姗神色一滞，随即弯唇讨巧地一笑，向灵儿蹲身行礼，然后甩着帕子婀娜行至自己的座位前，款款坐下，还不忘与容庶妃交换了一个挑衅的眼神。想把王爷抢走，不让她夺下这接连侍寝三日的彩头，也得看看她有没有这个本事了！

晚间回来时顾明渊想了想还是先去了盈姗那里，虽说点了容庶妃的夜，但晚膳他还是可以在别处用的。

这两日盈姗将他伺候得不错，这个女子骄纵而烈性，以前身份低微还有所克制，现在一跃成了宠妃马上露出本性了。

但是她那点小狂妄还在顾明渊容忍范围内，所以他并没计较，反而带着点宠溺的心态瞧着她孩子气的这不依那不依，那可爱的小样子，多像当年的云罗。

他踏进芳花园主屋的门，习惯性地脚步一顿，已经做好盈姗行完礼马上扑进他怀里的准备了，没想到今日一进去，里头却静悄悄的。

"你们主子呢？"他侧首问盈姗身边的大丫头彩蝶。

彩蝶微垂着头，声音细小："主子她……她不太舒服。"

"不舒服？"顾明渊狐疑问，"早上本王出去时不是还好好的吗？有没有宣太医来瞧瞧？"一边说一边往里头走，那丫头忙紧随在他身边给他打帘子推门，顾明渊眼风一转，正好瞅到彩蝶的半边脸都是红的。

男人马上停住脚步，皱紧眉头道："等等，你这脸是怎么了？谁打的？"

彩蝶吓得扑通跪地，慌张道："奴婢、奴婢没事，不敢当王爷记挂……"

顾明渊沉下脸，"混账，我问的是你们主子，是不是有人给你们主子气受了？"

男人大多都是这样，容不下自己的新欢受委屈，哪怕那个女子他并没有多喜欢，但只要他的目光还放在她身上一日，所有人就必须有所顾忌。

不料，彩蝶在短暂的挣扎后，却呜咽着给出了一个让他意外的回答——

"是……是我们主子打的……"

"好好的她打你做什么？"顾明渊不信。

彩蝶抹抹眼睛，起身朝顾明渊蹲了个礼，轻声道："您往前头走看看就知道了。"

前面几步就到了正房，彩蝶推开门，顾明渊往里望去，正见到盈姗在那儿捧着他才赏的衣裳流眼泪。

她哭得并不太美感，不像平时那些妃子们装腔作势梨花带雨楚楚可怜的模样，巴掌大的脸蛋上都是泪，但就是这样，才更觉得真实，也让他觉得有些不是滋味儿。

他掌权这么多年，能让顾明渊感到不悦的人大多都去了他看不到的地方。男人缓慢转过视线，看着彩蝶，声音阴郁而低沉："谁惹你们家主子了？"

彩蝶小声抽泣着答道："今日主子穿着您赏的衣裳去参加娘娘们的赏花宴，没想到被她们笑话说衣服像戏楼女子的，主子难受得很，当着灵侧妃娘娘和姚侧妃的面又不敢吭声，气愤之下就……就打了奴婢一巴掌。但是又给容娘娘抓住了错处，说王爷不许随意打杀奴婢，她这是犯了禁的。主子回来就不痛快，又怕真被王爷责备，过了会儿便哭开了……"

顾明渊听后沉默了一下，淡淡道："看来本王赏的衣服扎了某些人的眼了。"说罢，不再看彩蝶，抬脚便走了进去。

盈姗趴在床上正哭着，身旁突然陷下去一些，有人坐下了。

盈姗瞥了旁边一眼，也不叫人，继续掉眼泪。

男人磁性带笑的声音在头顶响起:"怎么?不理本王?那我可就走了?"

"不要!"盈姗红着眼,吸着鼻子噌地坐起来,一把抱住了顾明渊的胳膊,柔软的身体紧紧缠住他,委屈无限道,"不许走。"

"你这是怎么了?哭什么?"顾明渊慢条斯理地抬手,为她擦了擦眼泪。他本以为盈姗会同以前那些女子一样,欲言又止地让他问几次才肯"勉强"说出来,不料这丫头诚实得让他不知是好气还是好笑,他一问,便说出来了。

"王爷你不知道,她们都欺负我,尤其是那个姚侧妃和容庶妃最坏了。她们说我的衣服像……像风尘女子的……"盈姗咬唇低下头,跟个小兔子似的,低声问:"王爷我是不是不该穿这身衣裳出去?"她攥着手里的衣服问。

而顾明渊竟还真拿起那纱衣看了看,煞有介事道,"这衣服的确只适合穿在自己房里。"

"王爷!"盈姗"噌"地抬起头,美目含怒瞪着顾明渊,却没什么凶意,只让人觉得憋了一汪泪。

顾明渊倒不忍继续逗她了,摇头失笑着将衣服丢到一旁,顺手搂上盈姗的肩膀,说:"好了,别哭了。这事是容儿和姚氏做得不妥,衣服不管怎样是本王赏的,她们妄谈评判就不对,你当时就该大大方方告诉她们,好与不好本王喜欢便是。"

盈姗撇撇嘴,含怨带嗔地瞥他,如小辈儿跟家里大人撒娇一般嘀咕道:"王爷您说得好轻巧,好家伙,当时灵侧妃、姚侧妃、容庶妃好多人在呢,个个都比我位分高,我敢顶撞她们?"

"呵——"顾明渊饶有兴趣地挑挑眉,身体往后挪挪,好像要仔细看看她,"你不敢顶撞她们,却敢顶撞本王,这是何道理?"

盈姗仿佛哑然,下一瞬,脸却红了,低头绞着手指道:"那、那不一样啊,王爷您又不是外人……"

"不是外人?那本王是什么人?"顾明渊看着她脸色绯红,笑说之后,便起了回去的心思。盈姗看出他的意图,依依不舍地问:"王爷,你要走了吗?"

"嗯。"顾明渊调笑问,"怎么?舍不得本王?"

盈姗没应声,却缓慢小幅地点了点头。

男人心里微微一软,安慰道:"这样吧,本王毕竟点了容庶妃的牌子,我去她那儿坐一坐,晚上再回来你这里。这样——高兴了吗?"

"王爷?真的?"盈姗激动得眼睛都亮了,搂着男人的肩膀,摇晃着道,"你可不许诓我,说话要算数的!"

顾明渊笑开："本王自然不骗你。"

盈姗脸红得发烫，欢欢喜喜地念叨着："那王爷您晚上在她那儿不要吃太多哦，回来再陪我用一碗雪花蛤蜊粉丝汤，我昨儿尝了口，真是太好吃了……对了，吃完那个一定要来一杯清甜的花草茶，既去腥味又助消化……"

顾明渊应着，心里则在思考着若晚上不留宿，现在还是赶紧过去的好，毕竟容庶妃的面子也还是要顾忌些。这么想着，再回过神来时却发现盈姗不说了，低下头问："嗯？还要吃什么？"

盈姗脑袋埋他胸前安静了一下，忽然闷闷道："算了，晚上您还是不要过来了。"

"为什么？"顾明渊一怔。

盈姗慢慢抬起头，年轻稚气的脸上也带出一些忧愁，"王爷您宠我，我知道，但是府里的姐姐们家世背景都好我，又比我早进门，我一来便抢了容庶妃姐姐的夜，她们可怎么看呢？"

顾明渊没料到她会这么说，倒是偏头看了她一眼，慢慢收了笑，只是神色依旧是轻松的，问："你这是真话呢，还是仍在不忿容庶妃她们说你的话？大不了本王答应你，等会儿会替你说一说容庶妃的，行了吗？"

盈姗仿佛完全没听懂他的试探一般，情绪依旧低落，摇摇头道："不用了，王爷您别去为我说什么了。她们的话虽然不好听，但也是事实……我的确，就是个歌姬。"

一心告状的女人不是像她这样垂头丧气的，至少也要伤伤心，哭一哭才是。顾明渊瞧着她这样，倒是放下了戒心，甚至还犹豫着伸出手，摸摸她的头，安慰了一下，斟酌着安慰道："你能自知身份很好，但也不要太过贬低自己。流落乐坊也并非你自己品性的问题，而是朝堂改局、政治斗争造成的必要牺牲。平心而论，你父亲和哥哥还算清吏……"

盈姗呆住，仿佛不可思议一样直勾勾地盯着顾明渊。

顾明渊微微一笑："怎么这么看着本王？"

"没、没事。"盈姗摇头，似要落泪，咬着唇又拼命忍回去，"我只是没想到，王爷您会知道我的父兄，更没想到您会这样称赞他们……"

"这有什么？"顾明渊一边叹气一边笑，用习惯性抓着白玉佛珠的手轻轻敲敲盈姗的头道："你以为本王放到自己身边的人，还不得查清祖上几代背景？说起来，你的身世也是挺可怜，好好一个官宦家的女儿流落乐坊，吃了不少苦吧？"

"没有，妾身能有今天就不苦。"盈姗含泪笑着，乖乖坐到顾明渊身边，不再是平时那妖娆诱人的样子，就那么乖乖倚靠着顾明渊的胳膊，轻声诉说起自己这几年的经

历……

"我大概是十一岁的时候进的乐坊,我母亲是嫡妻,又是陕西布政使家的二小姐,抄家的官兵不敢太作践母亲,就说可以将她的一部分嫁妆送回她娘家,或者带一些到她发配流刑的路上去。

"王爷知道,犯人发配往往一走就是几千里,苦楚难言,能不能活下去全看你有没有银两打点差役。但是我母亲根本没为自己着想,把所有她还能动的银子都献给了那天来抄家和带我们这些小姐走的军官——刘指挥。

"她跪在那儿给刘指挥磕了数不清的头,说请他一定要代为打点我的事,将我送到个好一些的乐坊,交到个不太严苛的妈妈手里。或许是那一万多两银子起了作用,也可能是他看我母亲可怜,刘指挥对我的事确实上了心,我的几个庶妹都被一路随意分配到青楼歌坊,只有我,让他一路带上京,打点了些银子送入官乐坊……

"这里教导更严格,常常罚我们不许吃饭,有时练不好也会挨打,可是极少会有男人不知轻重来随意招惹我们。毕竟进到那里的人都与丰启国都的大官家有千丝万缕的联系,出去表演他们也能保持大面的尊重。只有一次……一个姓陈的礼部侍郎大人非要纳我去做第五房小妾,他都四十八岁了啊!年纪够当我祖父了,我怎么也不从,妈妈险些逼死我,我干脆当着那陈大人的面一头撞了柱子!头破血流,我整整昏迷了两日两夜……"泪水掉落,她的声音哽咽了。

顾明渊沉默着望进盈姗的眼睛里,这段故事他曾经在酒桌上听人戏谈过,却远没有当事人讲来可怜可悯,震撼人心。

他撩起盈姗鬓间的发丝,用长年练剑、略带薄茧的手指,摩挲着盈姗额上那块近似心形的疤痕,问:"这就是你当时撞出来的?"

盈姗不好意思地笑笑,抹抹眼角的泪水道:"也是也不是。"

"什么叫也是也不是?"

盈姗轻咳一声,眨巴了下眼睛道:"我说了实话,王爷可不许笑我。"

"你说吧。"顾明渊也忘了刚刚想走的事,饶有兴致地问道。

"其实是在我撞了柱子之后,不知道刘指挥来这里找妈妈说了什么,妈妈非但没责怪我,反倒请了好大夫为我诊治。因为那大夫说必然是要留疤痕的,我心想那没办法了啊,既然非要留,就留好看一点儿的吧。你不知道,那大夫当时听到我要个花朵形的疤痕时的表情,哈哈哈……"盈姗笑得趴倒在顾明渊腿上。

顾明渊想象着那场景也不由得莞尔:"最后就成了你头上现在这样?"

盈姗支起身子,嬉笑着点点头。

"再往后呢？"顾明渊问。

"再往后呀——我就在这里了啊！不知道是哪个和王府有关系的官儿，听说我年轻漂亮歌喉又好，就将我送入了王府。"

"不害臊。"顾明渊摇头看着她得意扬扬的小样子，点点她的鼻子，然后笑着望向远方，想了一会儿道，"应该是刘指挥的安排。"

"啊？"盈姗惊讶了，"他……他都没有告诉过我啊。为什么他这么帮我？就因为那些银子？"说完，她自己都觉得不可能，攒目思索着却不得其所。

顾明渊淡笑了一下，说："这世上并非有银子就好使的，官场之中更是如此。你刚才说，你外公家是陕西布政使是吗？"

"是……"

"哦。"顾明渊点点头，沉吟了一下，大约明白了，"要是本王没记错的话，那位刘指挥祖籍不是陕西人，就是在那里中的武状元。"

这里，大约又是有着千丝万缕的联系。盈姗仿若听得入了神，却没继续问。

"好了。"顾明渊亲昵地揽了揽她，说，"本王要去容庶妃那儿走一走，你自己先用膳，想吃什么就叫厨房给上什么，不用顾规矩。本王今日既清楚了你的身世和品性，以后就不会拿你当个寻常庶妃来看待。你现在已经是入了册的正经主子，等以后有了一男半女，本王就赐你个体面的封号，到时你比容庶妃她们也不差什么了，嗯？"

除了云罗，顾明渊已经很久没在一个女子身上费这样的心思了。从前，他喜欢的是盈姗肖似云罗的笑容，肖似云罗的骄纵，肖似云罗的背影身段……但是今天，这个女子似乎在他心里留下了一点儿其他的……说不清的印象。

男人通常不会仔细去想这种感觉是什么，但只要不出意外，那个女子就可以凭着那丁点的特殊感觉在一个府里立足。

这一点儿，从小耳濡目染后宅争斗的盈姗比谁都清楚。

她咬住唇，眼眶通红，缓缓从床上下来，端端正正地跪到顾明渊身前，磕了个头道："妾身谢王爷恩典。"她直起腰，犹豫了一下，然后才好像下定决心一般，神色郑重开口："王爷，妾身还有一事相求。"

"你说。"

"您既不以风尘女子待我，我更不能以小家女的要求来约束自己。请王爷您今夜就留宿在容庶妃娘娘那里吧，若王爷真心疼妾身，往后几日晚上便来我这里用了膳再去别处。"

顾明渊听出了她的画外音，眸色深了些，弯腰看她道："你不喜欢本王歇在你这里吗?"

"喜欢。"盈姗垂下头,低低道,"但是我以前在家里时母亲曾教过我,后院中最重要的就是制衡,作为主母一定要有主母的样子,当小的也要有小的样子。在这个府里我只是个普通的庶妃,接连侍寝两日已经够了,妾身不愿王爷为难,也不想争这朝夕相守,妾身希望……希望能陪在您身边一辈子。"说完,深深地叩下头去,凝重的神情宛如带着她这一生最大的信仰。

顾明渊久久地盯着她,而后,轻轻伸出了一只手,拉起地下微笑着红着眼的女子,叹了口气道:"你很像一个人,但是比她懂事,比她惜福。"

盈姗没有问是谁,默默地依偎进顾明渊怀里,搂紧了他的腰。

灵儿坐在窗边的美人榻上，漫不经心地逗弄着一只极美丽的波斯猫，问："这么说，是王爷想留在她那儿歇第三宿，却被她坚决辞了送到容庶妃那儿去了？"

"是的，娘娘。"

灵儿面无表情地沉吟了一会儿，问："那王爷这两日对她如何？"

流珠噘着嘴道："说来也奇怪，王爷被她赶了一次，非但不恼反而每天晚上都去她那儿用晚膳，还赏赐下好多东西呢！"

灵儿的手骤然一紧，抓痛了那猫，那美丽脆弱的小东西"喵呜"尖叫一声，然后便跑开了。

正午的阳光下，灵儿的脸色却显得极为阴郁，只听她低低叹道："如此，这个人却是不能留了……"

府里的风向在慢慢发生变化，开始有一些媵妾格格和没有封号的庶妃三五不时去拜访芳花园。里头三五不时便是个小聚会，厨房里的宴请席面流水似的抬进去，做派宛如当年梁氏还当正妃时的派头。

后院的女人间很快就起了些风言风语，有人有意在盈姗大宴府妾们时将顾明渊引了过去，不料顾明渊非但没有发怒，反倒宽容笑笑，夸盈姗此举做得好，调节了后院沉闷的气氛。

姚氏听说后气得摔了几个杯子，带着容庶妃去灵儿那里串门子。

三个人落座后，奴婢上了茶，姚氏看灵儿还能慢条斯理地品茶，心里怄得不行，急道："娘娘您还有心思喝茶啊？没见那个贱蹄子都要踩到我们头上来了！"

灵儿没说话，喝完嘴里那一口茶，放下杯子，还用帕子沾沾唇，而后才语气平静道："你急什么？该急的人还没急呢。"

"娘娘你的意思是……"灵儿近些时候声威日盛，姚氏已经不敢再称她为妹妹了。

灵儿微微一笑，侧首看向坐在自己下方的姚氏，问："在陈氏之前，你见是府里的哪个女子享受这样的殊荣？日日陪伴，要做什么都由她？"

"您是指……郡主？"姚氏低声问。云罗在府里是个讳莫如深的话题。她是太后义女，身份显赫，却沦为顾明渊的侍妾，还是无名无分的那种。长眼睛的都看到，她对于跟了顾明渊这件事并不情愿。

"可是娘娘您觉得郡主会出手对付那个贱婢吗？"姚氏踌躇地左右看看，见没有外人在，才又压低声音道，"怕是那位金尊玉贵的郡主还觉得，王爷不去理她才最好吧。"

"金尊玉贵，金尊玉贵……"灵儿看了姚氏一眼，似笑非笑地念了几次这个词，仿佛要在嘴里嚼碎了，揉烂了。是啊，现在人们都只记得她是高高在上的皇家郡主，是摄政王府的得意女人，谁还知道在一年前这个女子还只是个平常的县令之女，要靠她的庇护才能安然无恙呢？不公平，这世道真是不公平，天生高贵者却被小吏之女踩在脚下——不过没关系，她会拨乱反正的。灵儿低头拨弄着自己侧妃象征的宝石假指甲，唇边露出一抹笑容。

姚氏见她神色有异，略微忐忑地问："娘娘，您怎么了？"

"哦，没事。"灵儿摇摇头，淡淡瞥了她一眼道，"她会不会出手并不重要，只要别人认为她会出手就够了。你们——去府里给我放个消息……"

姚氏和容庶妃附耳过去，一边听灵儿的话，一边不住点头。过了会儿，容庶妃笑了开，冲灵儿诚恳赞扬道："娘娘这招可真是妙！"

王府里渐渐流传开一些话，说盈姗之所以那么受宠都是因为她样貌神态肖似云罗，甚至还有不知名的丫鬟偷偷说，曾听到王爷在面对盈姗的时候，喊出了云罗的名字。

这件事在后院里被传成了笑话。

以姚氏为首的几个侧妃庶妃坐在凉亭里，帕子捂着嘴，笑得花枝乱颤。

"哎哟，你说那陈氏当时怎么想的？明明对面坐着的是她，却喊着……喊着……哎哟哈哈……"

"就是的，要是我可就羞死了，正经的女子哪里能容得了这个？"

"问题她就不是正经女子嘛。你们没听说吗？她是个犯官家的女儿，以前是在乐坊给官员们寻乐子的，这种女人哪里会有廉耻心？"

"是啊，就是不知道咱们那位郡主会怎么想，用一个歌姬当她的替身，真恶心……"

低低的言论戛然而止，只因容庶妃眼尖地看到陈氏已经到了，就站在前头不远处，铁青着脸不晓得听了多久，大概，该听到的都听到了。

她垂下眸，唇边露出几不可察的笑容，随即抬起头使了个眼色，向大家示意，几人顺着她的目光回过头去，也看到了陈氏。

与盈姗平级的几个庶妃都不由得躲闪开了视线，容庶妃则只是淡淡一笑，低头接着喝茶。而姚氏更是故意高声挑衅道："哟，我们的宠妃过来了，不知道做替身的滋味儿如何？"

盈姗在侍婢的搀扶下一步步慢慢走过来，脸色阴晴不定，最终只是轻蔑一笑道："我说府里最近怎么多出这么多谣言，原来是姚姐姐在这里念话本，什么替身不替身的，我不懂你在说什么。"

"不懂？还要我再讲明白点吗？"姚氏讽刺地上下打量着盈姗，一字字道，"以前不说还不觉得，王爷一提你像她，呵呵，果然是真像呢，只是终究是形似神不似，郡主是皇家女，何等尊贵，怎得王爷就选了你来替？又或许是——乐坊女子还别有些其他味道？"

明晃晃的侮辱气得盈姗浑身发抖，她几步冲过去，就到了姚氏近前，横眉怒目道："姐姐怎就连我房里这些私密话都知道得一清二楚呢？莫不是你每日没事做就趴在我墙下听壁角？呵呵，怨不得人都说没男人的女子会出问题，看看姐姐，可不就是想当替身想疯了，却又当不成吗？"

"陈庶妃，你不要太放肆了。"容庶妃站起身走到怒得几乎要动手的姚氏身边，用力拦住她，转头寒着脸盯着盈姗道，"不论你过去如何，好歹现在与我们同为王爷妃子，该知长幼尊卑有序的基本道理。你现在这做派，跟那些市井泼妇又有何区别？"

"容妹妹你可别恶心我了，就她这样的真是给郡主提鞋都不配，还妃子，我呸！"

姚氏按照灵儿吩咐一而再再而三用云罗来辱没她，终于激得盈姗脱口而出："你位置比我高又如何？郡主又如何？如今还不都是失宠的怨妇！我就算真是替身，至少也是个夜夜见得到王爷的替身，比你们强千百倍！"

得到了想听的话，姚氏与容庶妃微微一顿，对视一眼，都笑了开。

容庶妃转过头，透过影影绰绰的树丛，果见厨房的一个管事正陪着云罗走到此处，想必也是灵儿安排的。

云罗应该是听到了盈姗的话，脚步略略一顿，随即转了过来，面无表情地走向她们旁边的唯一一条小径。

花园里一时鸦雀无声，却是云罗的丫鬟在经过陈氏身边时狠狠啐了一口，万分鄙夷道："再没见过比你更不要脸的女子了。每晚替别人服侍男人的事也值得拿出来炫耀。"

盈姗原本还有些紧张，怕云罗不忿向她发难，却没想到云罗还没出声，她身边这个眼生的小丫头就来骂她，当着这么多人的面，盈姗下不来台，涨红脸道："郡主，你就是这样管教下人的？一个三等丫头敢辱骂庶妃？"

那丫头翻了个白眼，斜眼嘲讽道："想告状也要分清对象，我们郡主看着你这张脸恶心都来不及，还会为你出头吗？"

"混账！"盈姗大怒，回头就对自己的丫鬟彩蝶道，"给我掌嘴，重重掌嘴！"

彩蝶才上前一步，就被云罗一个冷淡的视线给定在了原地。她虽知道自家主子现在

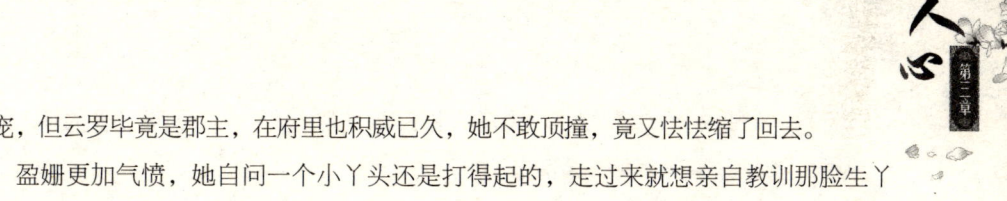

受宠，但云罗毕竟是郡主，在府里也积威已久，她不敢顶撞，竟又怯怯缩了回去。

盈姗更加气愤，她自问一个小丫头还是打得起的，走过来就想亲自教训那脸生丫头。

云罗却忽地阴寒着高声道："陈庶妃！"

盈姗看着云罗，举着手迟迟不敢落下，最终咬牙收回，狠狠一跺脚道："郡主如此偏帮下人，不肯责罚，难道就不怕王爷责备吗？我好歹也是府里上了名册的妃子！"

"呵呵，上了名册……"云罗玩味一笑，冷淡讽刺的视线是那么扎眼，"一个庶妃而已，就让你连自己姓什么都忘了吧？若是真忘了也没事，但至少该记得我来自哪里——"她忽然收了笑，大喝道，"我是接了太后懿旨，拜过赵家宗庙，记入皇家玉牒的多罗郡主！莫说我的人骂你笑你，便是打你杀你也得给我受着！"

"来人啊！"她回头对几个壮实嬷嬷道，"看着陈氏在这里跪两个时辰，让她好好醒醒脑子！"

"你敢！"盈姗尖叫着想摆脱嬷嬷的手，却被那几个如狼似虎的壮实妇人狠狠压在地上不得动弹。头发散了，衣衫开了，她疯了一样朝云罗大叫道："你这么对我，王爷不会放过你的，不会放过你的！"

云罗漠然看了她一眼，像是看一堆垃圾一样，轻轻抬手，示意那丫头扶住她的胳膊，便一步步朝前走去。几步之后，她忽然回头，眼神冰冷微微透出厌恶，目光在盈姗身上短暂停留，而后看向所有人，一字字道："还有，别再让我听到有人拿什么阿猫阿狗与我相提并论。要做替身，也得问问正主愿不愿意。"最后那句，她是看着盈姗说的。说完，衣袂翻飞，缓行离去。

片刻之后，小径那头传来盈姗的放声大哭，那委屈和痛苦仿佛发自心底，伴着仇恨在这一日的花园里生了根。

回到屋里后，云罗遣散了其他下人，只留下方才在花园里与盈姗争执的丫头。

待门关上，房里再没其他人了，云罗才一屁股坐到床上，郁郁道："姐姐你也太冲动了，何必跟那种人多费口舌？我原不想跟顾明渊的姬妾们再有瓜葛的，现在责罚了她，恐怕难以善了。"

那丫头嘻嘻笑着撕掉脸上的面皮，露出的脸赫然是琴娘！

她走上前，亲亲热热地揽着云罗坐下，说："你还怕她？别忘了，你可是郡主，大好的身份不用来欺负人岂不白费？何况我看你罚跪她也罚得很痛快嘛。"

"别胡说。"云罗瞪了她一眼。

"我可没胡说——"琴娘依旧笑着，想了想，却收了笑，小心盯着云罗的神色问，"我说，你是不是还对顾明渊余情未了？"

"姐姐，你这是什么话！"云罗就跟被踩到尾巴的猫儿一样，浑身毛都竖起来了，"噌"地立起来怒道，"我与他早就没关系了，要不是为了母妃，我是绝不会留在此处的。"

"哎，好好好，你别生气。"琴娘没想到她会有这么大反应，赶紧一边安抚她，一边拉着她坐下，"当我说错了行不行？你是为了王妃才待在这儿的，否则这地方谁稀罕！"

半天才哄得云罗消了气。

"姐姐，我请你办的事如何了？我母妃身边安插进咱们的人了吗？"云罗问。

琴娘点点头道："很是费了些功夫，但总算送进去了，目前在外院做洒扫，暂时还没办法接近王妃的房间。"顿了顿，她又说："你放心，秋霜的易容术也很有两分本事了，只要她能与王妃接触上，肯定马上将王妃换出来。"

云罗叹了口气，双手拉住了琴娘的手道："如此，就拜托姐姐了。"

云罗的猜测并没错，盈姗在被迫跪足了两个时辰后，果然去找顾明渊告状了。

那晚，已挺久没踏足蔽词正屋的顾明渊竟来这儿了。

云罗回去时看了他一眼，唇角露出嘲讽的笑，"王爷？您是来给那位新宠出头的吗？"

顾明渊坐在桌边喝着茶，见她回来只是淡淡瞥她一眼道："盈姗还只是个孩子，你又何必这样难为她，居然就那么让她跪了两个时辰。"

云罗冷冷吐出几个干脆利落的字，如剑锋一般，每一字都留下深刻的痕迹，"冒犯皇族，其罪当诛，我已经很宽容了。"

"砰"的一声，顾明渊用力拍了下桌子，阴寒着脸道："什么皇族？本王希望你最好记住自己的身份，既然进了这个府，当了本王的女人，你的身份过去就都不重要了，你与她们并没有多大差别！"

他最看不得云罗那鄙视而高高在上的样子，好像一直以来他就是一个跳梁小丑，他明明几乎付出了自己所有的心，可似乎只是那位公主殿下的玩具，可以肆意丢弃。

云罗漠然看了他一眼，忽而古怪一笑："是吗？王爷觉得我与她们并无区别？其实我也是这样认为的。在您心里，谁又不一样呢？没了云罗，自然还会有盈姗、容姗，或随便什么姗的。可是我是否冤枉了些？就因为被王爷你强要了，便得放弃过去的身世身

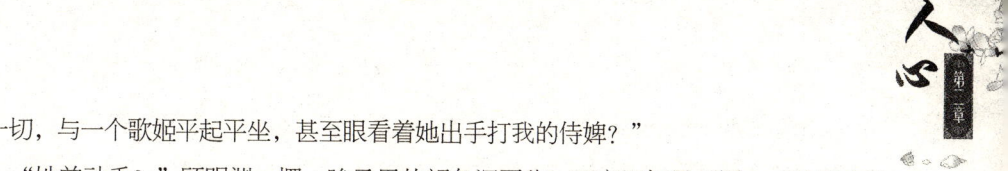

份一切,与一个歌姬平起平坐,甚至眼看着她出手打我的侍婢?"

"她曾动手?"顾明渊一愣,眸子里的颜色深了些,下意识打量云罗,"她可有冲撞到你?"

"没有,有或没有重要吗?王爷不说了我们只是两个无甚差别的女子,那即使有冲撞也只是两个女子间的口角罢了。"云罗声音平平,神色冷淡,摆出了送客的架势道,"云罗已经认清了自己的身份,以后一定对陈庶妃恭敬相待,王爷您好走不送。"

顾明渊薄唇紧抿着,脸色难看,他站起来,几步逼近到云罗近前,幽深的眸子仿佛积雪千年的深潭,一字字道:"云罗,你真是本王见过的最不识好歹的女人。"说完,他大步离去。

那一刻,他来时的初衷就这样远了。明明,他不是来吵架的;明明,他还暗喜过云罗对盈姗出手的。可是这个女人就有这样的本事,将他逼到死角,逼到他说一句软话的余地都没有。

她就不怕自己有朝一日真的厌弃了她吗?一个没有身份,没有经过三媒六聘,已失了清白的女子,不是该迫切地想抓住男人的心吗?

他想补偿她受的委屈,但到最后,却不得一次次再伤害她。

当夜,顾明渊在芳花园传出了旨意,云罗郡主身边的所有丫鬟奴才取消月俸双倍的惯例,只食皇家给的郡主下人薪俸。

听说云罗在接到这道旨意后坦然领了谢恩,转头却对下人们道:"以后谁都不许拿王府一分钱,你们的月例照旧,从我这里支取。"

子荷是跟着一起来传旨的,瞧着几名下人惊诧莫名的神色,暗暗叹了口气,将他们打发下去,才对云罗低声道:"郡主你何必如此呢?让王爷下不来台,对您又有什么好处?"

云罗轻蔑一笑:"回去转告你家王爷,我云罗从不希图什么好处,莫说是出我这里下人的俸禄,便是他要我出全府的支出我也认了,只当是我上辈子欠下的孽债,今生来还债的!"

子荷沉默着退下,回去后,"奉郡主旨意",照实将这番话转达。

盈姗看着顾明渊阴郁的神情,心里剧烈挣扎,她知道这个男人对云罗深情,否则她也无法因有两分像云罗而扶摇直上成了庶妃。但是,他对云罗的感情到底有多深?是否深到可以容许她一再忤逆?

她到底是应该趁着这个机会将云罗彻底拉下马,还是小意认错,自保为上,免得顾明渊的怒火波及。

头脑里有两个声音在激烈拉锯，盈姗的手心里都紧张地冒出了汗，最终，她深吸一口气迈出了脚，扑通跪地，眼里噙着泪道："王爷，都是妾身的错才让您和郡主闹到这个地步。全是妾身不知轻重，居然跟郡主的丫鬟口角，妾身愿意自请去庶妃之位，给郡主磕头认错！"说着，流着泪，深深叩首在地。

顾明渊目光沉沉地盯着盈姗，原本他是气这个女人轻狂，引得他与云罗关系更加恶劣。可是，看着现在跪伏在地，哭得浑身颤抖，口口声声请自己严惩她的女人，顾明渊忽地说不出更多的责备话了。

他闭上眼，很疲惫似的招招手道："罢了，这次的事也不全错在你，可你也须记住，郡主毕竟是君，你是臣，万万不可对她无礼。"

"是，妾身知错，妾身知错……"盈姗呼吸停滞，心中骤然一紧，连头都不敢抬，拼命叩首，额头都痛了也不敢停止。

也不知过了多久，身边才响起女子淡淡的声音，却是来自子荷："娘娘请起，王爷已经走了。"

盈姗心有余悸，到现在心还跳得有点快，她慢慢地，试探着一点点抬起头，看到前面敞开的大门，胸腔里一松，才吐出一口气，瘫软在地。

子荷的脸上挂着惯常的抚慰人心的浅笑，伸手扶起盈姗，搀着她到一边坐下。看盈姗还是有些回不过神的样子，亲手为她倒了一杯茶，放到她手心里说："娘娘别怕，您刚才做得很好，已经没事了。"

说是这样说，但哪个女子能不怕？以刚才的情形，她是否还能继续得宠只在一念之间。

幸亏，她选对了。盈姗攥紧杯子，脸色阴沉，微抖着手捧起杯子喝了一口热茶。

子荷轻轻俯下身，从下看进盈姗的眼睛里，盈姗一愣，一时忘了躲开，只听那个伺候了顾明渊许多年的女子柔柔道："娘娘您一定要记住，您唯一固宠的筹码就是您与郡主相像，所以千万别妄想让郡主失宠，一旦她被王爷厌弃，您也就失去了价值。"

"你——"盈姗咬紧牙，脸色青白交替，而子荷已微微一笑，倒退着，恭顺地退出房。

夜色深，风剌剌，花香袭来，仿佛刚才侍婢胆大包天的话只是一场梦。

待子荷走远了，再次回过头去看这座因顾明渊特别偏爱而布置得精雅美丽的小院，唇边露出了志在必得的笑容。她相信，只要她能被顾明渊接纳，她所将得到的必然会比盈姗，甚至徐灵儿要多得多。不过，在此之前，她需要各种各样的女子站在王爷身边，分散他的注意力，不让他与云罗有机会和好如初。因为她知道，在这个府里，她始终只有一个对手——云罗。

那个女子不恭顺，不美丽，不温柔，但是，她在顾明渊的心里扎了根。

陈盈姗没有让她失望，当夜便到蔽词门外跪求郡主原谅。

第一夜，云罗没有见她，顾明渊也没有出现。

第二夜，云罗依旧没有见她，顾明渊的房里也静悄悄的。

第三夜，那扇代表着府中最高权力的中门打开，男人穿着一件绛紫色的常服，负手而立，低头看着跪在地上的她，叹息一声道："你这又是何必？"

盈姗噙着泪，低头跪伏在地，"不得郡主谅解，妾身无颜苟活于世。"

顾明渊沉默了片刻，缓缓朝她伸出了手，那手，可以翻云覆雨，可以托起整个丰启王朝。盈姗抓住他，知道自己已经握住了这万里河山。

盈姗在时隔三日后复宠，顾明渊有时甚至会一天去她那边两次，陈庶妃在府中渐渐有了一枝独秀的势头，连府中不甚露头的侧妃也慢慢开始向她示好。

清虹苑内。

灵儿一脸慈爱的表情，抱着顾文杰在树下念书，清朗的读书声在院子里响起："道可道，非常道；名可名，非常名……"

灵儿不住点头，时而还拿出帕子，给文杰擦擦头上的汗，那模样，便是亲生母亲也不过如此了。

忽然，流珠从外头快步跑来，脸色郁郁懊恼，到灵儿耳边低声道："主子，小全子刚才传话来了，说王爷午膳不在这里用了，陈庶妃突然晕倒，王爷去看她了。"

"晕倒……晕倒……"灵儿面无表情，手却一点点攥紧，揉烂了刚才给文杰擦汗的帕子。而她另一只手还放在文杰的肩上，随着力量加大，男孩终于忍不住发出一声痛呼："母妃！你弄痛我了！"

"哦……"灵儿回过神来，低头淡淡看了一眼文杰，推开他，起身道，"你自己念书吧，母妃有点事要做。"

"是……"文杰仿佛一点儿都不意外，更没有吵闹，乖顺地起身从灵儿身边退开，看着灵儿与流珠一起朝屋里走去。

当流珠扶着灵儿拐过花丛时，眼角的余光看到文杰稚气的脸上竟隐隐露出了不符年纪的成熟黯淡。

她心里隐隐有些不安，小声对灵儿道："主子，我们这样是不是不太好？也该顾忌着二少爷感受些。"

"我顾忌了他，谁来顾忌我？"灵儿脚下不停，眼底隐隐有不耐烦，"没关系，他还是个小孩子而已。倒是盈姗，已经要踩到我头上来了！"

待进了房，灵儿赶走所有小丫鬟，单留下流珠，然后冷着脸快步走到中间坐下，细长的宝石假指甲搭在桌边，反射出耀眼的光芒。

"你刚才说陈盈姗晕倒了是吗？打听出是怎么回事了？是不是装腔作势，故意拦着王爷来我这里？"

"回娘娘的话，奴婢听到消息的时候就找人过去问了……目前还只是猜疑，还、还没有确认……"流珠小声道。

"猜疑什么？"灵儿见不得她那磕磕巴巴的样子，皱眉道，"给我照实说！"

流珠扑通跪下，一咬牙道："陈庶妃许是有了！"

灵儿顿时愣住。

流珠膝行两步过去抱住灵儿的腿，紧张道："主子您没事吧？许是那位太医误诊了呢！王爷已经派人去请陆、王两位太医来一起会诊了！"

灵儿摇摇头，没有说话，眼神阴郁得可怕，她慢慢看向窗外芳花园的方向，尖锐的假指甲勾起，一点点扎入桌面的衬布，一句轻得不能再轻的话，就这样飘散在这满室馨香中。

"也许，一开始就是个错误……"

十天后便是顾文杰的生日，作为府中唯一平安的男丁，顾明渊原本想大办一番，不料却被灵儿婉拒了。

"王爷，文杰身体本来就不好，我不想让他平白多受累，只要咱们一家人在一起开开心心吃顿饭就好了。"

顾明渊沉默了一下道："如此，本王当然没什么意见，就怕委屈了你们母子。"

灵儿笑着摇摇头道："有王爷的疼惜，妾身和文杰都不觉得委屈。大肆庆典本来就是浪费，文杰还小，怕会折了他的福气呢。"她顿了顿，眉间染上些轻愁，低低道，"而且今年直隶大旱，京郊附近一些百姓日子也不好过，宫里大约会请京中贵族募捐施饭，这时候，咱们还是不要花钱了……"

顾明渊深深看向她，仿佛没想到她会说出这样一番话。

灵儿在他的目光下羞红了脸，不自在地伸手顺了顺耳鬓间散落的头发，略微羞涩地问："王爷怎么这么看我？"

"本王只是觉得，爱妃当家之后好似成熟了许多——"顾明渊执起她的手，在手心里慢慢把玩着，如竹般的坚硬和恍若无骨的柔软，形成鲜明对比。

他看着，揉着，眸色不自觉地深了……

灵儿脸上的绯红之色愈深，呼吸也变得急促了，仿佛承受不住这样的暧昧与挑逗了，美目含嗔地瞪了他一眼道："什么成熟？王爷是想说妾身老了吧？当然，妾身是比不得陈庶妃那般好颜色……"

她嘴里说着埋怨的话，可那股子酸味非但不惹男人讨厌，反倒透出一个女子对夫君满满的爱。

顾明渊被那样的眼神满足，微微笑开，轻轻地把她揽进了怀中。男人在她耳边轻声道："卿真美……"

"王爷……"

两个人在房中直待到要晚膳时才出来，灵儿面上的娇羞与红晕掩都掩不住，引来流珠等几名心腹丫鬟的打趣。

"王爷您看我们主子脸上今天的胭脂是不是特别美？"

另一个丫鬟捂嘴笑着凑趣："一定是王爷您亲手给我们娘娘上的吧？"

顾明渊难得好性子，竟是攥着佛珠朝流珠指了指，朝灵儿玩笑道："你这个丫头，越发牙尖嘴利，赶紧找个婆家给她嫁出去吧。"

"王爷，您、您怎还拿奴婢来打趣——"流珠跟着红了脸，草草福了个身就退出去了。隐隐地还能听到里头王爷在跟自家主子说，若是有哪个看得上的得力管事觉得配流珠的，便跟他讲……

这就是得宠妃子与无宠妃子的区别。

有宠的，就是她们这些亲近下人也能得到王爷的和颜悦色；无宠的，便是冻死在茅屋里也无人问津。

流珠低下头，缓缓吸了一口气，握紧了手，即便是为了自己，她也要保证自家主子一直是位高权重的灵侧妃。

她招手叫过一个小丫头，吩咐她去盯着芳花园的情况，自己则快步朝后头去接今日的小寿星顾文杰。

晚膳是在灵儿平时用膳的偏厅，那里地方虽不大，可浅黄和草色相间的淡雅布置十分清爽又不失大气。

灵儿虽一再跟厨房说了不要铺张，但因为顾明渊的特别交代，后厨还是做足了十八道菜来给王府金贵的独子庆生。

文杰跟个小孩子一样，高兴地指着桌上，这个是他爱吃的，那个也是他爱吃的……

顾明渊含笑听着，也不忘问了他最近的功课。提了几个问题后，当即满意点头，夸奖道："文杰功课果然大有进益，真是孺子可教。"说着，又转头看向灵儿，温和地说:"你把孩子教得不错,辛苦了。"

灵儿微微张唇,眼圈红了红,随后忙将头往一侧偏过,好像不愿意让顾明渊注意到似的,声音略微哽咽地笑道:"王爷说这个做什么,都是我应该做的。您是我的夫君,他是我的儿子。"

顾明渊抿抿唇,伸手将灵儿的手握住,放在自己腿上道:"对。"

灵儿反手攥紧他的手,诚心想博他高兴,用帕子沾沾眼睛,笑着逗趣道:"不过话说回来,文杰最近的确读书辛苦了,那天还忽然跑过来问我,什么叫闻鸡起舞,等我跟他解释了他就给我拍胸脯说,儿子以后也要闻鸡起舞,好好念书!哈哈,你说他这小人儿,怎么就那么可爱……"

灵儿用帕子捂着嘴,咯咯直笑。

顾明渊也笑了开:"是吗?他真这样懂事?那我倒要好好奖励他一下了。"

他高兴之下,竟是朝文杰伸出手。

文杰看了灵儿一眼,在得到她肯定的视线后,下了凳子走过去,就被顾明渊一把抱起,放到了腿上。

男人面带笑容地低头问:"说吧,想要什么生辰礼物?"

"我真的……什么都能要吗?"

"当然了!"顾明渊朗声大笑,"你父王一言九鼎!"

文杰鼓了鼓勇气,一口气道:"那——那儿子想要见我母妃!想要母妃每日能来看看我!"

伴着这一句话,屋里陷入了死寂,两个人脸上的笑都如冬日里的霜雪一般,凝住了。

"哎哟,小主子怕是昨晚上没睡好,说胡话呢!你母妃不是就在此处吗?"奶娘吓得脸色惨白,上去就想将文杰抱出去。

"不是不是,她不是!我要亲母妃,我要生我的额娘!"文杰一个劲儿往顾明渊方向躲,不想被抱出去。

而顾明渊只是垂着眸,面色淡淡地转着自己手上的玉扳指,对奶娘过来抱人的动作沉默着。

文杰被奶妈抱起来,在她怀里拼命挣扎,一个已经有些力气的六岁男孩子真顽固起来,可不是上了年纪的妇人能弄得动的,一来二去之下,居然让文杰掉了下来!

"啊!"灵儿惊呼一声就要往文杰的方向跑,将一个慈母形象展现得淋漓尽致。

文杰却在地上就地一滚,躲开了灵儿的手,小牙咬着,也看不出是受伤了还是害怕的,就那么跪伏到顾明渊脚边,头一抬,大滴大滴的泪珠从眼眶滚落,"父王,求求您

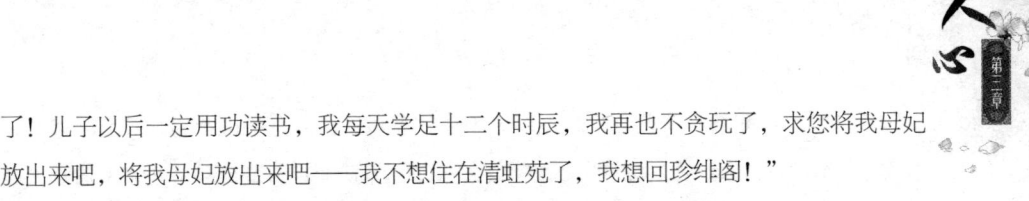

了！儿子以后一定用功读书，我每天学足十二个时辰，我再也不贪玩了，求您将我母妃放出来吧，将我母妃放出来吧——我不想住在清虹苑了，我想回珍绯阁！"

灵儿手捂着自己的胸口，脸色苍白，身子摇摇欲坠，她慢慢摇着头，看着文杰的方向眼里充满不可思议，泪盈盈的样子真是我见犹怜。

顾明渊望了灵儿一眼，低头看向文杰，并没将他扶起，而是声线平静地问："为什么不喜欢待在这儿？你的灵母妃将你照顾得不好吗？你看看她，现在多伤心。"

文杰微微用余光看了眼灵儿，又像受惊一样迅速转回来低下头，他两只小手扣着青石地面，到底没敢说灵儿不好，只是吸着鼻子道："灵母妃好……只是我更想我额娘，我想我娘……"

灵儿一直僵硬的脊背在文杰说出"灵母妃好"这四个字的时候，终于微微松了些，她用帕子沾着眼睛，缓步走到文杰身边蹲下，将他颤抖的身体搂进怀里，努力温柔地说："文杰乖，今天是你的生辰，我们先将生辰宴吃了下来再说你萧额娘的事好不好？"

文杰不吭声，却执拗地低着头，跪在地上不肯起来。

灵儿看了上头已闭目不语的顾明渊，无声地沉沉吐口气，脸上温柔之色不改，只是声音更轻缓："文杰你听我说，你萧母妃最近身体不好，所以才暂时不方便来见你，等回头她身子好些了，我亲自带你去探望她，行吗？"

"她不会再出来了。"顾明渊却忽然睁眼，突兀地打断了灵儿的话，他盯着自己儿子的眼睛，一字字道，"你的生母犯了错，会被送到庄子上幽闭，以后你就跟着你灵母妃，她就是你的额娘。"

文杰呆呆地与顾明渊对视片刻，突然"哇"一声哭了出来，眼泪成串似的掉落，巴掌大的脸蛋惨白惨白的，看着可怜极了。

顾明渊却不再看他，而是径自站起身就往外走，灵儿赶紧跟着起来送他，顾明渊却摆摆手，颇为疲乏道："不必送本王了，你且回去，和他好好讲讲道理。"

"是……"灵儿眼圈也是红的，慢慢地福下身去，等再起来的时候，男人早已大步走远了。

"主子……"流珠这会儿恰好回来，给顾明渊送了驾，心惊胆战地走到灵儿身边，扶住她，感觉灵儿搭在自己胳膊上的手都在哆嗦。

"您没事吧？"流珠吓得眼圈也红了。她在外头隐隐听到了几句，不禁又气又恨地朝顾文杰的方向瞥了一眼，压低声音对灵儿道，"这小主子，也太不知好歹了！您待他不薄啊！"

流珠嘴里埋怨着,灵儿却一言不发,她紧抿着唇,表情有些扭曲地一点点回过身,看着依旧跪在地上呜呜哭泣的顾文杰,眼底闪过一丝骇人的阴狠!萧珍儿,陈盈姗……萧珍儿,陈盈姗,她们一个都不能留,都去死吧……去死!

　　灵儿眼中那朦胧的水汽渐渐消散,留下充斥着杀意的血红,尖锐的长指甲狠狠扣进了自己的手腕,只是,灵儿就好像感觉不到痛似的,用力,再用力,仿佛恨不得将那些人就此揉碎在自己的手心。

深夜，珍绯阁。

萧珍儿半梦半醒之间，仿佛听到门上一阵窸窸窣窣的声音，她揉着眼睛坐起身，低唤道："嬷嬷？"她还以为是自己的奶娘来给自己添香的。

身边却响起一声低笑，在这静谧的晚上显得格外阴森恐怖，萧珍儿顿时吓得一个激灵，整个人都清醒了，大喝道："谁？谁在那里！"

"不用紧张，是我。"灵儿不紧不慢地伸手挑亮了蜡烛，在影影绰绰的烛光下，朝她一笑。

萧珍儿却好像更紧张了，左右看看，下意识地抱着被子往后退，"你、你怎么会来这儿？我的丫鬟呢？"

"哦，我把她们打发出去了，因为，我有些话想和你说。"

"我没有话和你说！"因为恐惧，萧珍儿的声音有些变了调，她甚至下意识想从床上寻个趁手的东西防身。

灵儿看出了她的意图，淡淡一笑，华丽的暗红色锦袍红得似血，宽大的纱袖一摆，她站起身一步步走近，柔而缓的声调像开在暗夜里的索命株藤，缠得人无法呼吸。

"珍姐姐仿佛很怕我呢，怎么，是做了什么对不起我的事吗？"

"别过来！你别过来！"萧珍儿的手在床上抓了两下，突然拿起了自己的青瓷枕头，疯了一样挥舞起来，"滚开！"

灵儿果然停下脚步，看着她的样子却是冷笑，"看来珍姐姐是真不愿见我了，那也没办法，姐姐明日一早就要被送到庄子上，这辈子大概都没法再见到文杰了，我还以为姐姐会有话希望我能代你转达呢。"说着，她转身作势要走，"不打扰姐姐休息了。"

"等等！"萧珍儿在片刻的呆怔后却扔下枕头，顾不得害怕了，光脚从床上跳下来，紧紧拉住了灵儿的手，用力之大连指甲都显出了白色，"你刚才说什么？我要去庄子上？我为什么要去那儿！你骗我！"

"我骗你做什么？"灵儿被她抓得有些痛，脸上却不动声色，只是冷淡道，"你怂恿文杰在生辰的时候为你求情，王爷觉得你不安分，故意挑唆王府子嗣，所以决定将你赶出去，旨意明天早上就发了。"

"不可能的！不可能！"萧珍儿的眼睛红了，失控地喊了起来，"我没有挑唆！我只是想要我自己的儿子！他本来就是我的孩子，是我十月怀胎生下来的！"

"也是你不要的孩子。"灵儿冷静道，"你忘了吗？早在一年前你就将他寄认到王妃名下了，而现在，他是我徐灵儿之子。王爷一心想让王府尽快恢复平静，你偏偏不识

好歹,兴风作浪。你说,王爷怎会容你?"

"……"萧珍儿低下头,脸色惨白,发髻凌乱,低喃道,"不行,不行,我要见王爷……"说着,就想拉门而去。

灵儿在她背后笑开:"你以为王爷会见你吗?蔽词守卫森严,你深夜硬闯,只怕还没走到王爷跟前就被当成刺客给杀了。"

萧珍儿停住,手还停在门闩上,却再也无力拉动。慢慢地,她回转过身来,身体依然在发抖,语气却好像冷静下来一些了,她问:"灵侧妃希望我怎么样?"

灵儿挑眉看着她,不语。

萧珍儿深吸一口气,再次问道:"您露夜前来,大约不只是为了给我这样一个即将被赶出府的庶妃通风报信吧?"

"哈哈哈,珍姐姐果然快人快语——我今日来,是为寻求合作。"灵儿笑了开,说着,一摆手,自己先行坐回到桌边,也示意萧珍儿坐下。

萧珍儿冷着脸,动作迟疑地过去,望着她的眼神却如视蛇蝎,"我已落魄至此,哪里还有跟您合作的分量?"

"姐姐何必过谦呢?您不是还有一位听话的好儿子吗?"她着重强调了"听话"二字,明显意有所指。

而萧珍儿就如同被那两字惊了一样,才要坐下的身体弹跳起来,眼神如困兽一般死死瞪着灵儿,"你想做什么?告诉你,别打我儿子的主意,否则我就和你拼了!"那模样,倒像下一刻就要扑过去掐死灵儿一样!

门外隐隐有了动静,但碍于灵儿还没出声,倒不曾冲进来。

灵儿依旧笑着,却是轻蔑,"顾文杰不过一个失宠妃子的儿子,就算是目前的王府长子,又真有什么稀罕的吗?何况,还是一只养不熟的白眼狼。你大约真是关得太久了,早已不清楚这府里的形势了,现在云罗郡主是王爷心目中第一个人,只要她笑一笑,王爷就肯为她翻了天!陈盈姗那个贱婢后来居上,从歌姬一跃成了庶妃,现在又有了孩子,若是等她生下了,恐怕侧妃之位也指日可待了!这两个人才是本妃的心腹大患,你和你那个损了身子的儿子,对我来说又算什么?"

她这一番话,分明将萧珍儿和文杰鄙视到了骨子里,却让萧珍儿莫名安心了下来。既然自己和孩子现在连对手都不够瞧,也就意味着灵儿至少不准备出手对付自己了。但她仍不会就此放心,而是提着警戒道:"既然如此,你还来找我是何故?"

灵儿一勾唇,眼神在黑夜里亮得惊人,美丽的红唇缓缓吐出骇人听闻的字眼:"我要陈盈姗生不下这个孩子,我要云罗认下治府不严之过为这个孩子负责!"

萧珍儿震惊困惑，想问似又问不出来。

灵儿诡秘一笑，为她解答了疑问："陈庶妃平时散步的路线，与杰哥儿下学时走的倒是同路呢……"

萧珍儿哆嗦着唇，指着她，突地放声笑出来："徐灵儿，你是疯了还是傻了？你以为我会教唆自己的儿子帮你争宠，帮你扫除敌人？凭什么？"

灵儿拨弄着自己的宝石指甲，语气平静寡淡，"就凭——我可以把你的儿子还给你。"

"……"萧珍儿几乎以为自己听错了，完全呆愣在那里。

灵儿抬起头，看向她，微微一笑道："等陈盈姗的胎掉了，我会向王爷请奏力有不支，将孩子送回你身边，由你自己教养。"

"待木已成舟，你还会遵守诺言？"

灵儿嗤笑一声："若我不遵守，至少你当时也在府里，而不是在哪个叫天天不应叫地地不灵的庄子里，大可以去向王爷告发我。"

萧珍儿依旧怀疑地看着她，"杰哥儿可是王府唯一的男丁，你舍得放弃？"

"唯一吗？"灵儿讽刺一笑，"很快就不是了呢，陈庶妃肚子里有一个，而我……"她低下头，没有戴着假指甲的左手轻柔地抚上了自己的小腹，眼底流露出一抹温柔。只消一个神色，便什么都不必多说了。

萧珍儿心中暗恨，居然叫这个贱人给怀上了，但是她当了宠妃也有大半年了，即使有孕也并不奇怪。她现在自身难保，还顾不上计较这些，眼下脱困才是第一。

萧珍儿沉下心，细细思索了片刻又问道："就算你有了自己的孩子已经看不上杰哥儿了，但我怎么敢确定陈氏的事儿了结后，你不会把我们母子推出去当替罪羊？毕竟你有了儿子，府里的孩子还不是越少越好……"最后一句话，她说得极低，却是大实话。有哪个有儿子的女人，希望府里还有别的男孩在？

灵儿只用眼角瞥了瞥她，手依然护着肚子，神色淡淡的斥责："短视！所以像你这样的人，最多只能做一时宠妃，永远当不得一府之主。你的儿子被毒伤了根本，文不能过度读书，武不能勤加操练，又有你这么一个不被王爷喜欢的娘，将来除了做一个碌碌无为的少爷，还能有什么作为？这样的男丁也值得我来忌惮？倒是正好给我的儿子吸引些目光，保驾护航呢！把你推出去做替罪羊？呵呵，这么大一件事只用来对付一个失宠庶妃，我图的是什么？你以为自己能跟云罗郡主比吗？"

她一字一句，都能显出自己的骄傲和对萧珍儿母子的蔑视，但就是这样，反倒让萧珍儿彻底踏实下来。事到如今，她早就不求世子母亲的位置了，不论她将来能不能复位如昔,不论自己的孩子以后会不会受到王爷的重视,只要她还可以跟儿子在一起,都是平平安安的,待儿子长成人,出去开衙建府,再将她接出去,喝杯儿媳妇茶,带带孙子,过些再也不用担惊受怕被赶出去的日子,就已经是上苍的额外恩赐了。

萧珍儿闭上眼,沉默着,也屈服着,许久之后,终于声线沙哑地开口:"你希望我怎么做……"

流珠扶着灵儿往外走的时候,表情似哭似笑,眼睛不住地往灵儿肚子上瞟,显然是欢喜坏了。灵儿心里暗暗叹了口气,倒是叫这个丫头白开心了。

她拍拍流珠的手,示意流珠不要在花园里多言,低声道:"回去我再跟你讲。"

流珠捂着嘴,眼睛红红的,警戒地朝周围看了看,然后拼命点头。

等到进了屋,流珠马上将所有丫鬟太监都打发出去,几步冲到灵儿身边,想要伸手摸灵儿的肚子,又不敢的样子,"主子,您、您有了?"

灵儿深深地注视着流珠,脑子里闪现的是她一路跟着自己从宫里到府里的不易和忠诚,过了一会儿,灵儿伸手拉了她到自己身边坐下,缓声道:"流珠,我要告诉你一个秘密。"她手轻轻放在自己的肚子上,"我没有孩子,并且以后大约都不会有了。"

"什么?"流珠下意识想惊呼出声,又立刻捂住了自己的嘴,整个人震惊而不可置信地站起来,低头看着灵儿。

灵儿点点头,目光幽暗地看向窗外,"就是那次燕巧下毒,我被伤了身子,太医说以后怕是很难怀上了……"

"怎么会呢?不会的……"流珠流下泪来,蹲下身紧紧握住灵儿的手道,"您还这么年轻,奴婢去禀报王爷,让王爷延请天下名医,一定有办法的啊……"说着,就想转身往外走!

灵儿苦笑着一把拉回她,叹道:"别傻了,这件事王爷早就知道了。何况给我诊脉的是陆、王两位太医,太医院的圣手,若是连他们都无法,民间那些大夫又有何用?"

"主子您别灰心……"流珠见灵儿眼圈也有些红了,赶紧扭过头,擦擦自己的泪,生怕自己带得主子更不开心,"就是医师不行,我们可以求助神明的,据说法华寺的慧明禅师非常灵验,很多京中无子的贵太太都是在那里求到了子嗣,我们、我们也可以试试啊……主子您好人有好报,一定可以的……"

"神明?"灵儿眼里一闪,轻嘲笑笑,自言自语一般低语道,"我自问是个好人的时候都没有得到福报,现在又哪敢去亵渎神灵呢?"

"您……您说什么?"

"没什么。"灵儿摇摇头，吐了口气，扶起流珠，语重心长道，"你不必为我担忧，即使我一生不孕又怎样？多少女人生子都在鬼门关走一圈，现在我什么都没做就已经有了一个儿子，那是顾王府唯一的男孩，玉牒已改，我就是他的生母。"

"可——可是杰哥儿身子毕竟有损，他将来能成为您的保障吗？"流珠吞吞吐吐道。谁都知道，一个不健康的男孩是无法继承爵位的。

"傻丫头，就因为这样，他才是我的保障。"灵儿笑笑，伸手为流珠正了正一路疾走都歪了的簪子，亲昵的姿态倒好像是在看自己的妹妹，"我问你，十年后文杰成婚时王爷多大年纪？"

"王爷四十出头，正是春秋鼎盛……啊！"流珠说完，就仿佛发现了什么大秘密一样，惊讶地捂住嘴，看向灵儿。

灵儿只是淡淡一笑，并未再过多解释。

没错，待到文杰成婚甚至生子的时候，顾王爷仍旧大权在握，到时——不看王子看王孙。

甚至，还有更深一层，四十岁的男人正是权力顶峰却又才开始害怕失去的时候，那会儿，恐怕一个健康能干的儿子才会成为他的忌讳呢！

只要她能严格把控住顾文杰的后院，未来多为他娶贤良淑德女子，从十五岁到二十五岁，十年时间，总能培育出一个健康又可塑的男孩。前提是——顾文杰就是她的儿子，从他的心里到事实都是如此。

"流珠，你是我的贴身侍婢，这段时间你一定要尽力做出我有孕，却为了安全暂时隐瞒不报的假象。咱们院里怕是有萧珍儿那个贱人的钉子呢，只要她相信我有孩子，不稀罕文杰了，一定会铤而走险，为我对付陈盈姗的。"

"主子您放心，奴婢一定办好这事！"流珠跪下发誓，说着，又真心地对灵儿赞叹道，"这招一箭三雕真是妙计呀！只要萧珍儿、陈盈姗、云罗都不在了，谁还能跟您争呢？"

灵儿笑笑，目光看向跳跃闪动的烛火，慢慢模糊了面容。

清晨时分，天还没亮，顾文杰难得不用奶娘叫，早早就收拾了书包衣裳，做贼一样溜边往外走。可还没走出清虹苑，身后就响起了淡淡的声音："早膳还没吃，这是要去哪儿？"

顾文杰小身体僵住了，缓缓回过头，就见流珠扶着灵儿站在廊下。

灵儿没什么情绪地看了他一眼，径自转过身道："备了你最爱吃的点心，进来用些

再去上学。"

顾文杰一步三蹭地过去，低着头，老大不愿意。坦白来说，这个灵母妃对自己并不算太差，吃的用的一切都给最好的，但他知道这不是他亲娘，她看着自己的眼神没有真正的关怀。

他走进去，在丫鬟的帮扶下坐下，灵儿已经亲自执起筷子，为他夹了一块芙蓉糕，"快点吃，一会儿再喝一碗羊奶，太医说那个对小孩身体好。对了，等会走时也带一些，中午喝。"

"是，母妃……"顾文杰闷闷道，迅速吃东西，只希望早点吃完早点走，省得被灵儿提起昨天的事再把自己骂一顿。没想到一顿饭下来，灵儿除了给他夹菜，嘱咐他上课要听先生话之类，对昨日的话只字不提。

好不容易吃完了，他滑溜着从椅子上下来，也不要奶娘擦嘴了，直接用手抹了就对灵儿草草行礼道："母妃，我……我吃饱了，上学去了，晚上回来再给您请安。"

灵儿摆摆手，无话，示意他去吧。

文杰一溜烟走了，快到门口马车的时候，后头流珠却追过来喊："二少爷！二少爷！"

文杰本想叫马车快走，可流珠都已经到近前了，那马夫也不敢撂下灵侧妃身边的大丫头不理，只好当没听见文杰的话。文杰气得踢了马车一脚。

这时，流珠也气喘吁吁地走到他跟前了。

文杰没办法，只得从马车上慢悠悠地滑下去，垂头丧气地站着，也做好了被流珠代传话，让灵儿骂一遭的准备了。

没想到流珠对他却如以往一样亲昵，低头摸摸他的脑袋道："二少爷，怎么奴婢越叫您跑得越快呢？"

文杰不吭声。

流珠叹了口气，从身后拿出一个极精美的盒子，塞到他手里道："拿着吧，这是娘娘给你准备的生辰礼物。但昨天……昨天没机会给你。"

文杰的脸莫名地有些发烫，闷闷应了一声，接过扔给身边的小厮，问："流珠姑姑还有事吗？没事我要去上学了。"说着，就已急慌慌地钻进马车里了。

一上午的读书时光很快过去，合得来的侯门贵子三三两两聚在一起，坐到庭院里分享食物。小厮在给文杰放下食盒，摆上羊乳的时候，顺便也留下了那个包装得很漂亮的锦盒。文杰没有拆开的兴趣，倒引来了同桌海运司主事独子郑云的注意。

"咦？这个东西看着好眼熟啊，文杰我能打开看看吗？"

"啊？哦，你说那个啊，看吧。"顾文杰心不在焉道，"那是我的生辰礼物。"

几个小少爷嘻嘻哈哈地打开盒子，看到里面物品的一瞬，都停了闹声，下意识地低低"哇"了一声。

正午的日光下，木盒以丝绒作底衬，纯银打造的怀表上雕满了花朵与宝石。海运司主事家的小少爷试探着按了开启怀表的按钮，表盖"啪"地翻开，一只做得活灵活现的鸟从内侧立了起来，极好听地叫了两声，又缩了回去。那技艺，简直巧夺天工。

"天啊……这东西也太好了吧？我在大内都没见过呢！"

"就是就是，这一看就是西域那边过来的东西，可是我父王怎么没有？不行不行，回去我一定央着他送我！"

小孩子们闹哄哄围作了一堆，这时，郑云咳咳两声，故作大人样地开口了："你们别吵了，这东西来头可大着呢，你们想要，也得要得着啊！"

众人见他知道这怀表的来历，立刻央着他说，连顾文杰都忍不住朝他看过去。

郑云卖够了关子，才得意地对大伙道："告诉你们吧，这可不是普通的怀表，这叫灵鸟怀表，每日打开的第一次会有灵鸟蹦出来歌唱，意寓一日吉祥的好彩头，其他时间开表它是不会出来的。西域国王那里一共有四块，我父亲两个月前从他们那里带回来两块，都进献给了太后。太后老人家说这是年轻女子才喜欢的花里胡哨样式，自己一个都没留！一块赏给了才诞下皇子的和妃娘娘，另一块就给了当时跟顾王爷一起进宫的灵侧妃娘娘。"说到这，他又看向顾文杰，压低声音道，"哎，其实你那个便宜母妃对你还不错呢，这天大的体面都送给你了……"

顾文杰抿着小嘴巴，伸手将怀表拿回来，盯着那鸟，陷入沉默。

回府的时候他故意到灵儿那里晃了一圈，本来想着这位灵母妃一定会借机说怀表的事，来体现她有多么宽大仁义，非但不怪责他生辰闹事，反而报之厚礼。没想到他料错了，这个女人还是跟之前一样，对自己面上淡淡的，该给他拿点心就拿点心，该叫他回去读书就打发他走。

顾文杰人小鬼大，听灵儿的话告退了，但是绕了一圈又溜了回去，回到廊下，趁着天色微暗，门口又没人，光明正大地听起壁角来。

只听流珠在里面道："主子您何必总是对二少爷这样呢？他毕竟孩子心气，您就是给他再好的物件，再好的食物，也比不得您温言软语，天天陪他玩来得好。"

"糊涂！"灵儿仿佛在里面斥责人，"他是男孩子，将来要支撑门户，总依偎在母亲身边像什么样子？就是王爷也不会喜欢。我不愿太宠他，你们也要记得，二少爷的衣食住行全要精心，但日常玩耍休息切不可随着他的性子来。"

"是是是，都是奴婢们宠……"流珠好像无奈了一般，嘀咕道，"羊奶那东西都是草原运来的，全王府每日也就那一小桶的份例，您倒好，连吃带送地全紧着二少爷一个人了。还有太后娘娘赏赐的怀表，那是多贵重的东西，怎就轻易给了二少爷呢？到时候跟大内还要好一番交代……"

"你就别絮叨了——"灵儿叹气打断，"我一个深闺妇人，要那么多'贵重'做什么？反倒是文杰，他生母顾不上他，王爷又不理会后宅的事，我现在是他的母妃，他出来进去的我总要给他准备个体面在身上，才不会被人小瞧……"

"您哟，就是太善了，好心又不说，您拿杰哥儿当儿子，也要他将您当娘才好……"

后面的声音渐渐低了，文杰抹了把眼角边的湿润，蹑手蹑脚地走远。

屋内，灵儿与流珠对视一眼，发出意味深长的笑容。

文杰回到自己房里时，拿出怀表发了好一会儿呆，总觉得很多事跟自己想的好像不太一样。打从他被认到徐氏名下，母亲只要一有机会见他，就会跟他说灵儿如何不安好心，府里除了她以外的妃子也都是坏的，恶的。

是，没错，自己现在三天两头闹场小病都是因为之前燕巧给他下毒，可他在灵儿身边也住了快一年了，这不也什么事都没有吗？再加上今天听灵儿说了这样一番话，仔细回想起来，她可不就是这样的人？对自己淡淡的，可什么事也都给自己打理好了，比起以前在亲母身边时，似乎也说不上差在哪儿。

只是……感情上总归觉得不如生母。文杰叹了口气，放下怀表，转而摸上自己小脖子里挂的白玉吊坠，那是母亲在他很小时亲手为他从庙里求来的。

他心里依旧是向着自己母亲的，但多多少少，已经开始为昨日生辰给灵儿闹了没脸而感到愧疚。或者，他不应该听母亲的话，生日时突然发难，向父王求情，而应该……应该先跟灵母妃说一声？

是啊，她现在的身份那么高贵，她的品格也那样美好，或许她愿意帮助自己的母亲也说不定呢？

在几日的踌躇后，顾文杰跪倒在了灵儿房外。

灵儿一听说他在外头，马上叫人把他带进去，用比平时快了很多的速度梳洗完后，穿着一身家常的浅绿色常服就出来了。

"文杰怎么了？今天不用去上学吗？这么早来找母妃有事？"

文杰左右看看，小大人一样走上前，咬着牙，突然扑通跪下，"请母妃屏退左

右。"

灵儿吓了一跳,伸手赶紧去扶他,"这是怎么了?有话好好说。"

而流珠已在这个时候悄无声息地带着下人都离去了。

门关上,文杰委屈又羞愧地落了泪,被灵儿抱在怀里,干脆也不抬头了,闷闷道:"母妃,对不起……"

"傻孩子,跟我道什么歉啊?是不是没睡醒呢?哈哈。"灵儿故意轻松笑笑,好像想引他开心一样。

灵儿难得和颜悦色,却叫文杰心里更不舒服,他将头埋得更深,在灵儿膝上一个劲儿摇头,"不是,是我做错了,母妃,我那天不应该去求父王的……我不是故意的,不是想让您丢脸……"

"就为这事?"头顶上,灵儿叹了口气,手上稍用了点力气,将他从怀里拉出来,伸手为他擦眼泪。

文杰觉得不好意思,扭过头还不想让她看。

灵儿笑笑,收回手,没再勉强,而是用了些力,将他抱到膝上,语重心长道:"母妃并不怕丢人,也没有觉得丢人,只是……只是有点伤心。你在我这里住了一年,我不敢说能让你全然开心,但自问也是把你当成亲生儿子来看待的。可是你,明显没真的将我当成过你母亲……"

"母妃!"他急急开口想解释,却被灵儿柔柔的手指轻轻挡住了嘴。

灵儿微笑着继续道:"别怕,我没怪你,可能就像很多人说的,你长大了,也记事了,会比较了,觉得我不如你的生母,想回到她身边也是人之常情。我们总算有一年的母子缘,我也不想你伤心,其实只要你来跟我讲,我会为你母亲周旋的……"

"母妃……"文杰眨眨眼,不可置信地看着她,眼圈都红了,"你、你真的愿意帮我娘……"

"傻孩子,我不是已经在做了吗?"灵儿笑笑,搂着他又往自己膝上抬了几分,好似是怕他滑下去,而后看着窗外,斟酌着道,"你母亲被送到庄子的事已被我拖下来了。你父王现在是还没消气,赶明好些了,我就想法子让他把你母亲放出来,到时你们母子二人便可以团聚了……"

文杰呆呆地听着,突然"哇"的一声哭了出来,小身子一转,回过头就抱住了灵儿的脖子,一边哭一边喊:"母妃,对不起!母妃,对不起……"

"好了,没事了,没事了……"

过了好久,文杰才平复下来。

灵儿看着时间，一边招呼人进来快点给他更衣擦脸准备上学，一边对他温和道："行了，今儿咱娘两个把话说开了，以后你再想去看萧氏也别偷着藏着了，带上人大大方方去，有人问就说是我准的。我现在管着府权，这点脸面还是有的……"

文杰听灵儿交代着，不住点头，小模样服顺得很。

很快文杰便被流珠等几个大丫头重新梳洗打扮完了，灵儿牵着他的手，往廊下走，如这一年间很多次做的那样，絮絮叨叨交代着："好好念书，别惹先生生气，和同窗口角了也不许先动手，回来跟你父王母妃说……"

文杰听着，听着……不知怎的，心念一动，停住脚步，仰起小脑袋，有些担忧地问："母妃，如果有一天文杰真的不住在这儿了，您会不会不习惯？会不会闷？"

灵儿一愣，像是没料到他会这么说，眼底微微一红，随即又别过头掩饰了。她蹲下身，抱住他，满足地笑着道："杰哥儿真是长大了，懂事了，不过没关系，母妃不会闷，母妃……有其他很重要的事要做。而且，你也可以常来看母妃的，对不对？"

文杰用力点头："对，我一定不会忘了您，我肯定要经常看您的。"说着，稚气地伸出手，"不信拉钩！"

灵儿笑着伸出手，两只大拇指在清晨的日光下重叠——只是小的那只手指近乎透明，大的却因染了过度雕琢的蔻丹，而早已看不清本来的颜色……

两日后文杰再去看萧珍儿的时候，果然是被流珠大大方方领到珍绯阁大门外，由侍从打开门放进去的。

文杰特意给母亲拎了一篮子的点心，只是萧珍儿打开盒子，却明显没什么胃口。

"母妃，是不合口味吗？还是您病了？"他担心地问。

萧珍儿苦笑着摇摇头，伸手摸摸儿子的头，说："不是，杰哥儿带来的都是母妃爱吃的，只是——整天憋在这四方院子里，就是山珍海味也吃不出滋味儿。"她环视饰物简陋的房屋，叹了口气。

文杰心里也不好受，握住她的手低声劝慰："母妃别这样，您再坚持一下，儿子已经向灵妃娘娘恳求，请她帮忙将您放出来，她还应允儿子会让我回您身边……"

"她答应了？她会那么好心？"萧珍儿冷笑一声，想到灵儿一朝得势那耀武扬威的德行，自言自语一样道，"以前我竟是没看出来，这个表面老实的丫头却是条蛇！早知道，在她一进门时就该铲除了她！"

"真的！她答应了！"文杰莫名有点不爱听母妃辱骂灵儿了，可又不好顶撞，遂将灵儿的话转述给她，"灵妃娘娘说了，她有更重要的事要做，让儿子回您身边比较

好。"

"她这么说?"萧珍儿垂眸思索片刻,倒是跟之前文杰身边的内应婢女回过来的话对上了——婢女说灵儿时常呕吐,屋里禁了香料,小衣全权由流珠自己料理。这些倒真像怀孕了的样子。不过那个女人为什么不说呢?她现在已经是侧妃了,难道不想更进一步?

不……不对,萧珍儿这一年被拘禁,平时除了思考也没有太多事做,性子倒是比以前沉稳聪慧了些。她琢磨着顾明渊的性格,觉得以那个男人的行事秉性,为了一个未成形还未断定男女的胎儿给后妃晋位是有可能的,但贸然再封正妃的可能性却不大。灵儿或许也在等胎象稳固,甚至,在等这个孩子能被诊出男女。

要不要……趁这个时候狠狠打击那个徐灵儿?这个念头才一出来,就被萧珍儿自己掐断了,且不说这会儿她能力有限,就是徐灵儿的孩子没了,对她短期来说也是有害无利。只有徐灵儿有了儿子,才能不稀罕她的儿子。萧珍儿沉了沉气,眼神幽深了下来。

文杰看着母妃的神色,最终也没把怀表的事说出来。母亲一定不相信灵儿是对自己好的,说出来反而招骂,罢了,只要自己记得这位灵母妃还是不错的,以后多多走动孝敬就好了……文杰偏头想着。

那块灵鸟怀表,就这样在孩子心里第一次扎了根。

那是一个很普通的清晨,灵儿如往常一样将文杰送走,她穿着玫红色的侧妃常服,外罩着鹅毛白笼袖小衫,含笑站在廊下,目送着"儿子"远去,嘴里发出淡淡的低问:"奶娘确定在杰哥儿的贴身衣服里发现了两颗琉璃珠子?"

"是的,主子。"流珠福了福身,小声道,"奶娘按照我们的吩咐,发觉了也没出声,先来禀报的。"

"很好——"灵儿喟叹般地笑了一声,"杰哥儿平日读书辛苦了,便是偶尔带些珠子玩,也是孩童本性,下人不便多说的。"

"正是这个理呢。"流珠也跟着笑了起来。

灵儿微微眯着眼,看向远处渐渐升起的太阳,心想,今日应该是个好天气吧。

三个时辰后,摄政王府的沉静肃穆被一声尖叫声打破——

"不好了,不好了!陈妃娘娘摔倒了!"

芳花园。

府里所有有名位的妃子大管事全都齐聚于此,灵儿已经换下那身红艳的装束,穿着一袭浅绿色常服,素淡又不失礼地守在门外,满脸焦急。

"章太医呢?我不是让你们拿王爷的名帖去太医院请人了吗?怎么还没来?"

"主子您别急,有刘太医在里头守着出不了乱子。章太医现下正在宫里给和妃娘娘诊平安脉呢,咱们的人就等在太医院门口,只要他一回去立马就接过来人——"流珠红着眼,担忧地扶着灵儿,想让她先坐下。

灵儿却烦躁地一把推开她,"你别扯我了,我眼下坐不住。章太医是多少年的医界圣手,刘太医比不得的——对了,你刚才说章太医正在和妃娘娘那里是吗?"她突地定住,微微咬牙,下定决心一样道,"不行,我得进宫一趟,亲自去将章太医请过来。"说着,就想出门往外去!

流珠在后头赶不及,跺着脚连声叫着就来追。灵儿却理都不理,径自走到门口,掀开帘子,正好跟脸色阴沉的顾明渊走了对脸!

"呀!王爷!"灵儿吓得往后退一步,险些摔倒,就被顾明渊一把拦腰给扶了。

男人的神色仍旧难看,可看着灵儿的眼神难得露出一点儿复杂的柔和,他扶着她站稳了,才道:"我在门口都听到了,你先别去,看看陈氏情况再说。和妃肚子里是皇上的长子,全天下都看着,你在这个时候强把章太医叫出来,御史台一定翻了天。"

"王爷……"灵儿怔怔盯了顾明渊片刻,突地眼圈一红,落了泪,"您可算回来了,妾身都不知怎么办好了。"顿了顿又福身请罪,哽咽着说,"是妾身思虑不周,差点给您闯了大祸,请王爷责罚。"

顾明渊摆摆手,叹息道:"本王知道你也是为陈氏着急。"他拍拍灵儿的手,真心道:"这么大个家,辛苦你了。"

"……不辛苦。"灵儿样子险些哭出来,又忍住了,扶着顾明渊往里走,"您还是快看看盈姗妹妹吧。"

说到盈姗,顾明渊的眼神又阴郁了,一边往里走一边问:"好好的怎么会摔跤,问过了吗?"

"眼下忙成一团,妾身还没顾上审问,不过已经将所有相关下人都关起来了,只等爷回来问话。"

顾明渊点点头,模样也是极烦躁。

刘太医听说顾王爷来了不敢耽搁,朝床上已如血人一般昏迷的陈氏叹了口气,吩咐婆子准备好打胎药,然后便带着医官出来给顾明渊请安兼汇报。

"奴才给王爷请安,王爷千岁……"

"行了!"顾明渊嫌他一大把年纪腿脚慢,不待他将礼行完就摆手道,"这时候就别讲虚礼了,告诉本王陈氏到底怎么样,孩子还能不能保住?"

刘太医到底跪下了,颤颤巍巍磕了个头,"回王爷,娘娘是在硬石路面上摔倒,她月份本就不稳,重创之下,恐、恐……"他不敢再说。

顾明渊沉默了。屋里的气氛顿时如千里冰封,叫人连呼吸都困难。

在这沉默中,刘太医觉得浑身血液都要给冻住了,明明冷到极致,头上却有大滴大滴的汗滴到地上。

突然,他听到顾明渊用低沉得骇人的语气问:"如果……不计较大人呢?"

刘太医剧烈颤抖了一下,连屋子里的女人也不由得打了个寒战。众人都明白他的意思,顾明渊这是要太医用虎狼之药,强行将母体养分逼入胎儿,保孩子能到降生月份。当然,之后母亲会怎样就是一个谁都知道的结局了。

刘太医佝偻着背,头都不敢抬,哭丧着脸说:"王、王爷,此法若是用于临近七月的产妇或许可以一搏,但陈妃娘娘她、她尚不足三月!跌伤又重,强行保胎只会……只会母子俱亡啊!"

顾明渊终于闭上眼,这个男人终年都是冷漠而孤傲的,风霜一样的眉宇难得露出了沧桑疲惫的模样。

这是他死去的第几个孩儿了?

顾文宇,顾文英,顾敏敏,燕巧肚子里的,还有以前许多妃子没生下来的……

是不是上苍在报应他前半生杀戮太过,所以要让他晚景苍凉?

如今,他只有一个被太医断言活不过三十岁的儿子,还有一个迄今未找回生死不知的弟弟。多可笑,想他堂堂摄政王,掌丰启半壁江山,令外敌闻风丧胆,眼下遇到的困局却是顾王府要断了香火。

不,不能再这样下去了。顾王府必须要有个根。他睁开眼,沉沉地吐了口气,一瞬间,他又是高高在上的王。

"你们,该怎样治就怎样治吧,就是孩子保不住也不要亏待她。"顾明渊扶着椅子扶手站起身,拒绝了灵儿想要将他搀扶出去的举动,眼底闪过阴鸷的杀意,"你留在这里,本王,要去看看到底是什么妖孽要翻了天!"

"把陈妃摔倒时她身边的奴才都带上来。"顾明渊坐在宽大的太师椅上，眉目阴沉，整个人仿佛一把出鞘的剑，冷凝锋利。

以彩蝶为首的几个婢女太监浑身脏兮兮地被拖上来，许是因为灵儿交代过不许用刑，他们身上倒是没有伤痕，只是似乎怕极了，从跪下开始就不停哆嗦。顾明渊不断转动着白玉佛珠，似是要通过这个动作让自己镇定下来，他淡漠的视线在下面人头上一扫，最后落到彩蝶身上，沉声道："把你知道的都给本王说出来。说错一个字，本王就扒了你的皮。"

淡淡的语气却带着骇人的杀气，彩蝶的手颤抖了一下，险些趴在地上，她深深磕头，带着哭腔道："回、回王爷，奴婢真的不清楚是谁做的，奴婢当时扶着娘娘在湖边的青石子路上散步，娘娘不知怎的就滑了一跤，整个人重重地跌倒了……"

顾明渊看向身后的侍卫，那侍卫对他微微点头，而后上前一步，双手奉上几颗琉璃珠子，低声道："这是银衣卫在娘娘滑倒的地方找到的。"

顾明渊视线阴沉地拿起一颗珠子，只见那宝石呈现青中带蓝的颜色，若是撒在青石子路的缝隙间，确实让人防不胜防。他的胸膛剧烈起伏着，突然发怒，将那珠子狠狠掷在地上，"查！去给本王查这是哪里的东西！"

那脆东西弹跳几下便到了文杰奶娘身边，差点打到奶娘的头。她惊呼一声，忍不住颤巍巍地将头垂得更低，视线的余光却突地扫到了身边的珠子，随即一愣，轻轻"咦"了一声。

顾明渊注意到她的样子，眯了眯眼，森冷的视线定在她身上，问："你认识这个？"压抑的语调，仿佛山雨欲来。

那婆子怕得话都说不利落了："王爷明鉴，奴婢真的、真的什么都不知道……只是，只是隐约记得好像在杰哥儿荷包里见过……"

顾明渊瞳孔剧烈变色，刀锋一样的目光猛地射向流珠！

流珠接触到那视线就跟被雷劈中一般，下死力拼命磕头，哭着道："王爷！我们娘娘对您和杰哥儿都是十足的心，把王府的事看得比什么都重要，她是绝对不会伤害未出世的小世子的！您千万别冤枉了娘娘啊，她会冤死的啊……"

顾明渊想到方才在屋外听到灵儿急到要去闯宫的话，心里的怀疑多少淡了些，只是脸色依旧阴沉不变，问："杰哥儿是由你家主子教养着，他一应物品也都是由你们主仆准备的，若不是你们给了他那东西，文杰一小小孩童敢出去偷了珠子撒在青石路上害人？混账东西！"

流珠好似说不出话来，只流着泪拼命磕头。

静默中，顾明渊的心腹侍卫低头想了想，却再次走上前，小声道："王爷，二少爷昨儿个去过珍绯阁。"

顾明渊抬头，冷然的视线看着侍卫，侍卫对他轻轻点头。

顾明渊沉了沉气，说："把这珠子送去府库查，看是哪里来的，又是从哪里出去的。"

侍卫带回来的消息在意料之外，却也在情理之中。

府库记载：丰启五年，庶妃萧氏晋封侧妃，赏赐金银珠宝若干，其中就包括一盒翡翠琉璃珠。

而萧珍儿的贴身丫鬟也在被打得半死后招认，她曾经被萧珍儿指使着找出这盒珠子，就在文杰过来的前一天，而在二少爷走后，这盒珠子也不见了。

顾明渊拿着那书册，还有书册里染血的供状，指甲深深用力，显出瘆人的白，半晌之后他狞笑开来："把萧氏带过来。"

无关的奴婢已经被拉了下去，蔽词正厅内难得众妃齐聚一堂，但是无一个人敢再花枝招展故意引王爷注意了，全是怎样素淡便怎样打扮，绷紧脸力图不被顾明渊的怒火波及。

一个时辰前陈盈姗彻底落了胎，刘太医和后来赶来的章太医费尽一生所学，终于勉强护得母体平安。章太医说只要好好保养，以盈姗年轻健康的身体很快就会再次为顾明渊怀上一个孩子。但盈姗显然不接受这样的安慰，在屋里哭得惨烈。

"孩子！我的孩子！"那撕心裂肺的哀泣传遍了整个王府。

顾明渊的胸膛剧烈起伏着，在见到萧珍儿的一刹那，他控制不住地将手里的茶杯用力扔出去，两个字从细白的牙缝里挤出去，带着金属摩擦般让人耳根发酸的声音："贱人——"

"砰！"茶杯准确地砸到了萧珍儿的额头上，碎裂开，尖锐的瓷片扎破了她的皮肤，一道蜿蜒的血液流了下来。萧珍儿颤抖着手摸了摸，低头一看，眼前一阵眩晕。

灵儿别开视线，仿佛不忍看眼前这一幕。

才踏入门的顾文杰哭着扑上去，挡在萧珍儿面前，对顾明渊哭求道："父王，你为什么要打母妃！为什么要打母妃！"

"不学好的东西！居然敢毒害自己的弟弟！那个哪里是你的母妃！你的母妃是灵儿！"顾明渊怒气勃勃，想到自己未出世的孩子，"啪"地一拍桌子就站起身，一脚蹬上文杰的肩膀！

"啊！"瘦小的身体被踢了起来，饶是顾明渊留了劲儿，顾文杰还是被踹了个跟头！再爬起来时，咳咳几声嘴边流出了血。

"不！"

萧珍儿下意识伸手，想要把儿子护在自己身后，而灵儿却比她更快，一个箭步过来便跪倒在顾明渊腿边，紧紧抱着他的腿，绝望地大喊："王爷！文杰还小，您要打就打我吧！"

"滚开！我今天要打死这个不孝子！小小年纪就敢杀害弟弟，将来岂不是要杀母弑父！"他狠狠推了一把灵儿，却又被灵儿不怕死一般紧紧缠了上来。

"王爷——您的伤心我都懂……但是您已经失去了一个孩子，难道连仅剩的这一个都不要了吗？"她的眼泪流了满脸，哭得嗓子都哑了。

这一句话，仿若诛心的剑，稳稳当当地插入顾明渊的身体，男人伟岸的身躯头一次颤抖了……

屋里静得连一根针落地的声音都能听到，灵儿与萧珍儿都挡在顾文杰身前，脸色惨白而紧张，其他妃子也紧绷着身体，不敢发一言。也不知过了多久，顾明渊微微一晃，闭了闭眼，缓缓回到座位上坐下。

"萧氏，你怂恿文杰在陈妃平日散步的路上撒下琉璃珠子，导致陈妃流产，现在人证物证俱在，你可认罪？"伴着这一句话，侍卫沉默地走过来，在萧珍儿脚边丢下府库登记册，琉璃珠子，还有珍妃贴身丫鬟的口供。

萧珍儿抖着手，将地下这些所谓的人证物证一样样拿起来看，目光从呆滞到愤怒。终于她慢慢放下，抬头看向跪在她前面的灵儿……

她被那个贱人陷害了！

按照徐灵儿说的，现在这种种证据都应该指向云罗才对！

她真傻，居然会相信这个贱人的话，相信自己只要帮她办事，她就会放自己出来，甚至得回儿子……

徐灵儿根本是在利用她！现在甚至还想杀害她！

耳边不期然响起她与徐灵儿的对话——

"若你狡兔死走狗烹将我出卖，我怎么办？"

"至少那时你也在王府，还有可以向王爷揭发我的机会，而不是在哪个穷乡僻壤的别院里……"

当时，就是这句话打动了她。哈哈哈，徐灵儿，你当我不敢吗？

热血涌上萧珍儿头顶！她不顾一切地朝前膝行两步，"王爷！妾身冤枉！"她要告诉顾明渊，虽然她是让文杰撒下琉璃珠子的人，可指使她的人是灵儿！就算顾明渊治了她

杀害世子的死罪，她也不会让灵儿干干净净地摘出去！

而几乎与她的话音同时，是灵儿的一声悲怆哭喊："王爷，千错万错都是臣妾的错！若不是臣妾不肯早些让杰哥儿多去探望萧妃，她也不至于在怨愤之下做出这种报复行径！臣妾身为治府侧室，上不能为王爷护佑后嗣，教好孩子，下不能及时排解后妃怨恨，以致酿成大祸，请王爷治我的罪吧！可……可杰哥儿只是六岁稚童，他懂什么呢？请王爷念在后嗣稀薄的分上，处置我和萧妃，饶过文杰吧！呜呜……"她流着泪，深深叩首在地。

萧珍儿眼睛怒视暴涨，简直要滴出血来，这个女人居然敢颠倒黑白到这种地步！胸腔一股气直冲头顶，她几乎要生生晕厥过去！

也就在这凝滞的一瞬间，流珠已哭着跪爬过来，抱住灵儿哀泣的身体，对顾明渊不住弯腰，流泪道："王爷，您别处置娘娘，一切都是奴婢的错，是奴婢办事不经心才没有看好二少爷……娘娘真的不容易，她在之前的事儿里伤了身子，这辈子都不会有自己的孩子了，她真的将二少爷视如己出，二少爷犯了错她比谁都内疚自责……"

所有人都惊呆了，包括萧珍儿，那一刻，好像她的思想和魂魄都脱离了身体，浮到半空中，看着下面这一场可笑的闹剧。灵儿咳嗽着，那娇柔的话音仿佛在自己身边，也仿佛是从遥远的虚空传来——

"王爷，臣妾没用……臣妾曾向您发誓，终其一生只要杰哥儿一个孩子，一定将他教养成才，可没想到在他心智未成熟时就已行差踏错……您把我和杰哥儿一起发落到庄子里吧，若是还不解恨，您就把我们娘两个一起杀了好了……反正，反正杰哥儿现在这样我这辈子也没别的指望了……"她眼睛里噙着泪，微微仰着头对顾明渊道，说着，还笑了一下，泪珠滚落，凄美无比。

萧珍儿缓缓闭上眼，嗓子发出古怪的笑音，那笑和着血，又被咽了下去。

原来是这样啊，这就是灵儿的底牌。这个女人根本没有怀孕，她从头到尾都在骗自己，她也根本不担心自己会出卖她，文杰就是她最大的保障。此时此刻，只有灵儿保住了，被顾明渊顾念着，才有可能让文杰平安无事，因为灵儿把她自己和文杰绑在了一起。

至于她萧珍儿？呵呵，当然是认罪受死了。

什么？不甘心受死？她还有什么可不满的？灵儿连临终的安慰之言都说了啊——原来她根本不能生，她就没有怀孕，文杰会是她这辈子唯一的儿子，自己还用担心她不倾尽全力，像今日这般使尽阴谋诡计将文杰推到那个他所能到的最高位子上吗？而作为一个母亲，见到儿子安好，还有什么不满足的？

徐灵儿，简直就是一只披着人皮的恶鬼，她到人间谋算人心，害人性命，食人鲜血，有恃无恐，她攥着的最大利器就是——母爱。她赌自己不会在这时候还拉着文杰一起去死。

可笑，可惜，她还真赌对了……

做出这个决定没有用多少时间，当萧珍儿再次睁开眼时，方才眸底的愤怒疯狂，就如被冬雪冰住的霜一般，冷凝住了，余下的是只有无尽的凉薄的雾，遮住了她的眸，也挡住了她的心。

"王爷，您痛苦吗？失去孩子您心痛吗？"她轻轻地问，还带着一点儿笑。

顾明渊看着她的眼神是无尽的鄙夷和憎恶，一言未回。

而到了此时，珍儿也已经不需要他的回答了，她长长地吐了一口气，自言自语一般道："那你又知不知道，在你把我和文杰强行分离的那三百多个日日夜夜，我有多么痛苦难挨？我就是要你也尝尝这锥心之痛——一个陈盈姗根本不够，我多想留在你身边，把所有要给你生孩子的女人都弄死……"

顾明渊脸上的青色几乎要掩饰不住，阴鸷的目光动也不动地盯在萧珍儿身上，嘴里的话却是对着侍卫说的："你们就任贱妇这样疯言疯语？"

侍卫吓了一跳，忙不迭地冲过去要堵萧珍儿的嘴，没想到萧珍儿动作更快，早在顾明渊话音一落的刹那，就猛地拿起身边一块茶碗碎片，疯了一样朝周围挥舞起来，声音尖厉道："谁都别过来！别过来！"

"啊——"妃子们吓得四散退后，几名侍卫也下意识护到了顾明渊、云罗，还有几位侧妃跟前。

萧珍儿癫狂一样笑着，脚下跟跟跄跄地在屋里转圈，看着这些被她吓得花容失色的妃子，看着自始至终都好像事不关己，却坐在最高位置的云罗，看着面目冷然的顾明渊，她曾经的夫君……最后，她的视线落到了与她最亲密的人身上，她的儿子。

文杰望着她的眼神没有往日的依恋，也没有敬慕，只有恐惧，他被那个女人抱紧在怀里，还下意识往后躲，好似那个女人能给他提供一个安全的港湾一般。

他在怕什么？怕她吗？她是不会伤害他的啊……萧珍儿怔着，望着，举着碎片的手都在发抖，心脏犹如被一只手狠狠攥紧，酸痛得厉害。

罢了，罢了，道高一尺魔高一丈，今天是她技不如人，落败了，总归要一死，儿子以后有人照看总比无人看顾的好。哪怕，照顾他的人是他的杀母仇人。

萧珍儿绝望狠厉的眼神死死盯向灵儿，若她敢亏待文杰，自己就是做鬼也不会放过她！

灵儿面容淡淡的，只是又将文杰搂得紧了一些。

得到这无声的保证，萧珍儿笑开，流着泪，大约也没什么不放心的了。

这一生，她从官宦之女到王侯之家，享尽了常人一生难以想象的荣华富贵，却也付出了常人难以企及的心血谋算。而她，本来是不擅长这些的啊……

记忆在这短暂的时间里出现了混乱，她想到了自己幼时娇俏地倚在父亲膝头，不准他出去公务，要他在家里陪自己游戏……

想到她亭亭玉立时，被太后叫进宫中赏花，一回眸撞入那个男人的眼……

想到自己被他执起了手，温柔缱绻地说此生不负，许以高位，青云直上……

她本以为自己在临死前的一刻会希望，若时光永远停留在那风光荣耀时该多好，可此时此地，她分明想回到幼时家里那棵大槐树下，再坐在父亲的腿上，听他唱一段诗话。

下辈子，不愿再进帝王家。

萧珍儿突然扔了碎片，在众人的惊呼中，一头狠狠撞向墙壁。

女人们都捂住了眼，只有文杰在一声惨叫后，连滚带爬地从灵儿怀里挣脱出来，奔向了她……

"母妃！母妃你怎么了？求求你起来，你起来啊！呜呜……"那孩子，哭得那么伤心。在这个时候，大约只有他会为自己的离去而难过吧。

她吃力地抬起手，摸向儿子的头，他还那么小，那样脆弱。他身体不好，天赋不高，又不得父亲喜爱，自己死后这偌大的府邸里便再没有一个真正关心他的人了……登上小王爷的路艰且险，只靠着徐灵儿那个贱人，真的能护持着她的孩子一路攀上去吗？

萧珍儿的眼泪流出，心痛得难以抑制。她望向远处的徐灵儿，眸底闪过阴霾决绝，她就再送这女人一份礼物，也算最后能为儿子做的事了……

萧珍儿嘴角浮起笑容，用尽最后的力气，颤抖着抱住文杰，而后，朝着云罗的方向硬撑着发出低低的哀求："郡主，你要我做的事我都做了，请你……请你信守诺言……"

一句话，震惊四座，顾明渊不可思议地望向云罗，其余妃子也是且惊且惧，只有灵儿……

透过萧珍儿渐渐模糊了的视线，依稀能见到那个女人唇边浮起了淡淡的满意笑容。呵呵，她忽然想笑，大约连自己临终会甘愿被利用也在那贱人的算计之内吧？

她大概真是不适合这里的，幸好，她要离开了，去自由的地方……萧珍儿的眼前渐渐昏暗眩晕，唇角勾起，手缓缓滑落……

"母妃！"孩子的哭声在那一刻响彻天际。

这一场喧嚣过后，萧珍儿被顾明渊下令以媵妾礼草草下葬，顾文杰几乎哭到昏厥，坚持随行。高位妃子有的假惺惺随了些银子，有的为避嫌干脆早早离开。值得一提的便是云罗，她被萧珍儿当众指证，却仿佛什么事都没有发生过一般，在众人复杂的注视下，在顾明渊冷寒的目光中，拖着长长的曳尾裙，冷笑着翩然离去。

灵儿扶着顾明渊转回室内，子荷捧着安神茶跟在后头，不住偷偷去看顾明渊，眼底隐隐有关切之色。灵儿注意到了，眸底闪过一道光，在进门的时候停下，对子荷淡淡吩咐道："这里不用你伺候了，我与王爷有话要谈。"说着，伸手便拿过了子荷的托盘。

子荷的手在半空中悬了片刻，终于慢慢放下，低下头道："是……"然后，一步步退下台阶，为两个人关上门。

灵儿走进去，将安神茶奉到顾明渊手边，用极轻的语音说："王爷，您保重，小心身子啊……"好像生怕声音大些会惊到他一般。

顾明渊的神态疲惫，仿若一时间老了许多，胳膊放在桌上，手扶着额头，眼睛微微闭着，眉峰紧皱在一起。

灵儿见他没有说话的意思，咬唇不知在想什么，突然低头跪地，"王爷，灵儿有罪，请您责罚。"

顾明渊睁开双眼，无奈道："好好的跪什么？你何罪之有？"

"王爷，作为侧室，妾身治府不严，没有管束好妃子；作为母亲，妾身疏忽，不能及时善导文杰。今日的惨剧泰半因臣妾所致，请您罢黜臣妾的位分吧，臣妾实在……实在愧对王爷……"灵儿流泪叩首。

"好了，越说越不像话了。"顾明渊叹了口气，坐直了，弯腰伸手扶住灵儿的肩膀，"本王知道你的苦，你虽有治府之权，却无名分之实，约束底下并不方便。至于文杰……他生母健在时你这个养母大约也常常有心无力。本王并没有怪你。"

"王爷……"灵儿失声痛哭，情难自已一般，抱住了顾明渊的双腿。

"行了，别哭了。"顾明渊难得温和地安慰了她一会儿，待灵儿情绪平复下来，才微微用力将她拉起，"不要跪着了，起来跟本王说说话。"

"哎，妾身失态，让王爷笑话了。"灵儿擦擦眼泪，柔顺地笑开，顺着顾明渊牵引的力道在男人身边坐下，柔弱无骨的手指放进他的掌心里，问，"王爷想说什么？"

顾明渊漫不经心一般把玩着女子娇嫩的手指，看不出情绪地问道："罪妇萧氏临死前说的话你如何看？"

"您是问……她指证姐姐是幕后人的事？"灵儿小心翼翼道。

顾明渊沉默地点点头。

灵儿抿抿唇，偏头仿佛想了一会儿才斟酌着道："我觉得仅以萧氏临终前模棱两可的一句话，无凭无据，很难就这么判定是云罗姐姐指使萧氏算计陈妃落胎，毕竟云罗姐姐没有这样做的理由。"

"哦，何以见得？"顾明渊低头喝了口茶。

灵儿掰着手，细数三大理由："第一，云罗姐姐虽然与陈妃有过口角，但姐姐位尊，陈妃实在不值一提，她若想处置陈妃大可以堂堂正正地来，不用做这些。第二，云罗姐姐虽通医术，可不见得就能调理好杰哥儿的身体，就算萧氏是病急乱投医，但用生命为代价去赌姐姐能治好杰哥儿还是太悬太险了……"

她说得有理有据，顾明渊听着面色却越发阴沉。是啊，云罗曾与盈姗有口角，她内里是极其孤傲的人，真能容得盈姗这种歌女出身的人顶撞她吗？如果她要出手对付盈姗，那么堂堂正正和阴私方式又有何区别，总归云罗有恃无恐。而灵儿说的第二点更恰恰提醒了顾明渊，他在萧氏说出那句话的时候就在思考，云罗有什么能力指使珍妃这样的人做下如此大逆不道之事，最后还一头碰死？他只记得珍妃的泼辣、不认命，却忘了她还是一个母亲，为了孩子大约可以做尽一切。而云罗的医术，他是知道的……

脑子里不期然回响起云罗曾经的话：你强留我在此处，就不怕我把你全府毒死？这句话如魔音灌耳，不断在头脑里回荡，带着重重的钝痛。

他觉得身体有些不舒服，明明还没到戌时，眼前已经隐隐有点模糊了，他沉了沉气，用内力强行压下不适，对灵儿沉声问："那第三点呢？"

"第三点啊——"灵儿拖长声音，已为人妇的女子笑笑，竟显出一丝少女的娇俏，她的眼神澄澈而坚定，"因为我相信云罗姐姐。不论我们之前曾发生过什么，不论我们还能不能做姐妹，我相信她是绝对不会对一个未出世的孩子下手的。"她轻轻舒了口气，眼神望向窗外，仿佛在怀念什么，"姐姐她……本性是个善良的人啊……如果我当初……"

当初什么？那声音太低，顾明渊已听不清楚。

他静静地望着眼前的女子，心底有个地方慢慢变得柔软。她其实很不容易呢。被自己欺骗着，强迫着，背叛了自己的姐姐，午夜梦回，顾明渊偶尔见过她静静起身，在窗外低低抽泣，她是不是在后悔？

灵儿与曾经的他是多么相似，明明无法靠近云罗，却还对云罗有着无限的期冀与信赖。只是如今的他已经不敢再像灵儿这般，敢肯定地说一句：姐姐不会这样的。现在的云罗太陌生，太疯狂，连他都不知道她到底能做出什么样的事来了。但他不会深究下去，也无法深究下去，证实云罗害死了陈氏肚子里的孩子根本毫无意义，他能拿她怎么样呢？他可以让云罗去给那个孩儿赔命吗？

他与眼前这个女子，分明心牵着同一个人……顾明渊握紧灵儿的手，用力放在自己的膝上。

"啊……"灵儿出神着，好像刚反应过来似的，低头不好意思地一笑，抿嘴道，"看臣妾，真是没规矩，当着王爷还走神……"

"无妨。"顾明渊摇摇头，看外面天色也不早了，温声道，"今日发生这么多事，你且回去早点休息吧，别想太多。"

"是，王爷。"灵儿柔顺地站起来，干脆地应道。这就是她与其他妃子的区别，从来不会追问顾明渊会不会过去用晚膳或者过夜——他去，她欢天喜地；他不去，她安于自然，这也是顾明渊最近发现她的又一讨喜之处。

男人的神色又柔和了几分，主动起身牵起她的手，将她送到门口，如寻常人家说家常一样，娓娓道："文杰那孩子我以前疏于管教，是有些不懂事，但如今他生母都去了，以后也不会再有那些傻念头了，你多体谅点，好好教导他，孩子长大了会孝顺你的……"

"王爷，您说的是什么话——"灵儿跨出门槛，停在台阶处，侧身嗔怪地看了顾明渊一眼，"文杰是您的儿子，难道就不是我的？孩子都是父母前生的债，不论他心里爱我还是怪我，我都会全心全意待他……"

"好。"顾明渊拍拍她的手，看着她离开。他相信灵儿会善待那个孩子，毕竟文杰也是灵儿后半生的希望。可是，那样一个注定不能继承爵位的儿子，于他而言又有多大益处呢？

他久久地站在回廊上，长长地出了一口浊气，转身回屋。

子荷轻手轻脚地跟进来，问他是否要传晚膳。

顾明渊没什么胃口，摇了摇头，默然片刻，又问道："郡主……回来了吗？"

子荷神色黯然下去，福了福身答道："回来了一下，又出去了，跟着的下人说是往荷花池方向走了。"

"哦……"顾明渊微微颔首，又闭上了眼。

子荷抿抿唇，垂眸掩饰住失落，静静退出屋子。

顾明渊在房里坐了会儿，喝完了一壶竹叶青，酒意上来了，渐渐觉得屋里气闷坐不住，便打开房门走了出去。他才一迈出去，银衣卫就无声无息地走过来，递上一张字条。

顾明渊打开一看，怔了一怔，随即竟摇头笑了出来，却是苍凉。

今天到底是什么日子？居然连绣心都死了。

他明明那样憎恶那个女人，明明以前恨不得亲手杀了她，可是这个日子里，他收到这个消息竟一点儿也不觉得开心。

挥手斥退了想要跟随的侍卫、下人，男人穿着一袭绛紫色王服，独自走在这偌大的摄政王府里，外头仍是夏末，而这座府邸却好似已入了秋，园里的花显出了颓势，树上有泛黄的叶子随风卷落，周围那样安静，只有飒飒的风声。

他远远看到了梁氏曾经的院子，他走过了静妃的院子，他看到下人仆从正拿着木板朝珍绯阁走，准备将珍妃的院落封掉，明和院落外的石子路上已长起了青苔，还有敏敏……那个以前他不怎么重视的女儿，她有一个同样存在感薄弱的母亲，好像半年前已经抑郁而亡了……

死了，死了，都死了。这个王府，已经空了那么多，熟悉的人越来越少了。方才灵儿带来的那丁点慰藉与温暖慢慢散去，取而代之的是萦绕在心头的一句话——衣不如新，人不如故。

那些年在战场上浴血奋战，在朝堂上阴谋拼杀，到底是为的什么？为何到现在，他竟连个说说知心话，聊聊过去开心或不开心的事的人都找不到了？他的妻子，孩子，都没有了，到底为什么在努力，他到底想要什么？

不知不觉间竟走到了荷花池的入口，清风微微，吹动一池荷香。远远地能看到一个穿着淡绿色衣裳的女子坐在秋千架下，神情淡漠，随着秋千的晃动而前后摇摆，仿佛随时会化风离去。

顾明渊怔怔地看了一会儿，慢慢地走了过去，那动静惊动了云罗，她停了下来，仍坐在秋千板上看着他。

顾明渊与她长久地对视，弹指一挥间，却仿佛已走过了许多年。一时，有许多话不知能从何处说。最后，他挤出干涩的问话："为何一个人在这里？伺候的下人呢？"

云罗嗤笑一声，收回视线，目光悠悠地望向远方，"我以为王爷是来兴师问罪的。"

"我若是问，你会认吗？"顾明渊面无表情道。

云罗扬眉，挑衅一般道："你觉得呢？你相信萧氏的话？"

这样的针锋相对，这样的互相试探，让顾明渊打心眼里觉得无限疲惫……够了，够了，还不够吗？

他深深地叹了一口气，越过云罗，走到湖边负手而立，视线沉沉地望着鼓楼，"云罗，这一辈子还有很长，你真要与本王这样过下去吗？"

云罗抿紧唇，面色冷然，沉默不语。

顾明渊回过身来，一步步走到云罗身前，高大的身形在她眼前投下一片暗影，他一字字问："不论你愿不愿意，本王不愿意了。"

这个男人，终究示弱了。在这个无限寂寞孤独的时刻，在他惶然驻足，觉得物是人非的时候，蓦然回首，他最希望得到的竟还是云罗的爱。

他说："云罗，罢手吧。不论过去我们发生过什么，不论谁对谁错，我们今日一笔勾销，从今天起，一切从头来过。萧氏的事情你想要说就告诉本王，不想说我也不勉强，但本王希望从此时起你说的每一个字都是实话。本王不惧怕真相，只要你能给我一个温和的理由。"

"什么算……温和的理由？"

顾明渊安静地回过身，微微弯下腰，平视着她的双眼，就如同多年前她还小，他还在无条件地爱护着她时那样，"你一直都知道的，不是吗？本王对你的容忍几乎是没有底线的，只要你的出发点是因为爱，而不是恨。"伴着这一句低语，骨节分明的大手握住了她的小手，云罗抬起头，看向了他。

那漆黑的眸子里仿佛一潭神仙池，能将人吸进去，她的心酸涩得厉害，不知该喜还是该悲。这个站在丰启最高峰的男人，他最无情，也最多情。他认输了，他不介意她做任何事，哪怕她手刃他期望已久的子嗣，只要她愿意承认自己是因为爱他，因为嫉妒才做出这样的事，而非是因为恨这个人，这座府。

他对她的包容太深沉厚重，可他对她的信任了解却太稀薄，他根本不懂她是个什么样的人。只是她不打算解释这些，她知道顾明渊想听的也并不是这个，他希望得到的答案只有一个，但她能给他吗？

上天早已在他们二人之间划下了一条难以逾越的鸿沟，他对她伸出手，她已不知该如何跨过——跨过里面无辜枉死的母亲、太后赵雅、王妃绣心，还有她曾经的姐妹灵儿……

云罗沉默着，久久没有回答，手却一点点从顾明渊的手心里抽出，显出一种无声的抗拒。

顾明渊盯着她的手指慢慢与自己分开，那轻微的摩擦几乎可以忽略不计，却在心底带来钝痛，就在她的手指即将彻底离开他的一刹那，他眼神一暗，再次做出了他平时想都不会想的事。

那个自负到极致的男人，紧紧抓回她的手，牢牢扣在自己的手心里，用近乎恳求的语气，低沉沙哑的嗓音道："云罗，给我生个孩子吧。如果你愿意，这王府未来诞生的

每一个孩子都将出自你的院子。"

云罗的身体猛地震动,抬头不可思议地望进他的眼睛里,而顾明渊的眸子里有着与她同样的震惊,好像自己都没料到自己会说出这样的话来。

——他要为她废黜后院,让王府所有妃子名存实亡。

在这个等级森严,男权至上,王权至上的丰启王朝,这样的事何止惊世骇俗。即使是两个人感情最深刻浓烈的时候,顾明渊也没有给出过这样的承诺,可现在,在他们已经有了无数伤害误会之后,他给出了……

又有什么用呢?还有什么意义呢?云罗明明是这样想的,眼底却不由自主溢出了眼泪,她一下下摇着头,说不出话来。

顾明渊温柔地伸手抹去她的泪水,他的眼底也有血丝,明明笑着,却好像酝酿出陈年的苦涩。他长臂围到云罗的腰上,将她慢慢拉进自己怀里,像是自言自语,也像是一种诱哄,低低地如轻吟:"云罗,我们都累了,对不对?"

那时,夕阳西下,落日的余晖笼罩在两个人身上,仿佛他们天生就该密不可分,云罗就如着了魔一般,就这样被他一点儿一点儿拉入了怀。当她终于靠到顾明渊的肩头时,眼睛怔怔地望着波澜不起的湖面,心底却是一片茫然。就这样吗?她真的决定了吗?放弃所有一切,后半生只追随这个男人,或许能过上一些平静的日子,可自己能过得了良心那关吗?

而命运,为她做出了回答。

天空忽然飞过一串百灵鸟,其中一只鸟拍打翅膀的力道格外大,它低空飞行,撩起湖面的水,发出刺耳的鸣叫,打碎这一园的静谧。云罗盯住它的嘴,片刻之后,僵住了身体,瞪大双眼,不可置信又满含绝望地坐直,紧紧望着幼鸟。

幼鸟大叫着直冲过来,顾明渊眯紧眼,眼神冷厉。幼鸟嘎嘎大叫,忽地拉高身体,复又飞回高空,鸣叫声再次响起,却是与方才的频率起伏一模一样。

大滴大滴的泪水从云罗的眼眶里争先恐后掉落,她的手紧紧捏着秋千绳,痉挛一样地颤抖,喉中发出压抑决绝的哀号,整个身体都佝偻到了一起,突然她伸手捂住了胸口,好像里面有巨大的痛苦已承受不住。

顾明渊吓坏了,不再注视那诡异的鸟,放开云罗,用力握着她的肩,盯住她,神色紧张而严肃,"云罗,看着我,告诉我你怎么了?哪里不舒服?"明明刚刚还好好的!他一边关注着云罗,一边已开始四下警戒。

而令他意想不到的是,方才态度已经有了软化的云罗,却似疯了一样推开他,指着他的鼻子吼道:"顾明渊!你问我愿不愿意给你生孩子对吗?我告诉你,我不愿意!

死都不会愿意的！陈盈姗的孩子就是我害掉的又怎样！你真让我恶心！你们都该下地狱！"

顾明渊张着嘴，完全呆住了，想要将她拉回身边的手也僵在了半空中……

当夜，在芳花园里昏睡着的盈姗转醒，听彩蝶说了萧氏的临终之言，带着未净的污血强撑下床，跪求顾明渊主持公道。

"王爷！您相信我，我知道是她，一定是她！她曾在花园里当着那么多人的面罚跪臣妾，还扬言可以让臣妾生让臣妾死！她眼中根本没有王法！"

顾明渊多方哄劝，耐心用尽，面色也渐渐冷了，斜睨着跪在他脚边的女子道："盈姗，一向最小意贴心，怎的这次就犯了糊涂？王法，什么是王法？王法就是云罗身份不同，仅凭你或萧氏三言两语不可能将她定罪！你这是在为难自己，也是在为难本王。"

"不是的……妾身没想为难王爷……"盈姗哭倒在地，跪伏着气都喘不过来。

顾明渊瞧着她的样子，又略有不忍，弯腰伸手将她从地下扶起，搀到床上坐下，努力柔和了声音道："本王知道你这次受委屈了，虽然你没有诞下麟儿，但本王仍会按产子惯例为你晋升——这样，就赐你封号'柔'，薪俸下人一应待遇全都按侧妃例走，可好？"

盈姗的脸色惨白，被他握着胳膊带起身，低垂着面一直流泪摇头，声音哽咽而无助，"不，我不要，我不需要这些……"

顾明渊这一生仅有的低声下气都用到了云罗身上，对别的女子温言几句便已经是他所能做到的极限了。现在盈姗这样不知好歹，在他许以荣华厚禄之后还这般不依不饶，他心中不禁升起了些厌烦，松开拉着她的手，眉宇间恢复了往日的威严与冷淡，"那你要如何？"

"王爷，是不是不论妾身说什么，做什么，您都不可能处置郡主？"

"是。"顾明渊的眸子里古井无波。

盈姗在久久的沉默后，迎上他的视线，面容决绝道："好，那妾身什么都不求，不要位分，不要薪俸，不要赐号，只要——只要郡主来为妾身苦命的孩儿行个礼……"

顾明渊原本以为她会借机邀宠，提些过分的要求，已经做好了若她太不知分寸便拂袖离去的准备，可没想到，盈姗说出的是这样的话。

盈姗对上他疑惑的视线，扯扯嘴角，似是想笑，但最终也没笑出来，她抽泣着，神情茫然而哀伤，带着几分认命与颓败道："是妾身没用，妾身身份卑微，所以无力为那个可怜的孩子讨一个真相。妾身不敢奢求王爷彻查此事了，不敢扰乱王府安宁，不敢冒犯郡主尊严，只求您……您让郡主来给那个无辜死去的孩子行个礼，送他上路，以慰他在天之灵……"她的姿态，已卑微到了骨子里。

顾明渊沉吟着，没有说话。

盈姗含泪望向他，嘴唇哆嗦着，突然绷直身体，如一把被拉到极致马上就要折断的弓，发出一声痛苦的呼喊："王爷！我再卑贱，孩子再卑贱，那也是您的骨血啊！"她头发散乱，眼眶通红，面目都有些变了形，她是一个失去孩子的疯狂母亲。

不期然的，一个时辰前，湖边那个女子同样疯狂的表情冲入他脑海——

"陈盈姗的孩子就是我害掉的又怎样！你真让我恶心！你们都该下地狱！"

顾明渊无限疲惫地长吐了一口气，闭上眼，薄唇吐出一个字："准。"

次日清晨，当子荷去传了顾明渊的口谕时，云罗冷笑三声，她身边的丫头担忧地扶住她的胳膊，却被她摆手挥退。

"子荷，王爷是叫我现在去给那位未出世的小世子行礼吗？"云罗咬重了"行礼"二字，冷傲而轻蔑。

子荷默然点头。

"好吧，你等我去换一身衣裳来。"云罗缓声道，面容沉静地转身回了内室。再出来时，她的一身装扮却惊了在场所有人。

只见她换上正红色郡主吉服，头戴金冠，足蹬宫鞋，脖子上挂着沉重的象征高贵身份的十八颗东海珍珠链串，那原本不属于郡主的行头，而是皇室和硕公主之物，是当初太后为笼络她特意赏的，而云罗竟把它也戴出来了。

"郡主！你……"子荷身边一个小丫头低呼一声，就想上前劝阻，云罗却目不斜视，以最孤高的姿态，挺然而立，一步步朝珍绯阁走去，她要为她没有做过的事行礼道歉。只是，道歉的方式将由她自己决定。

与子荷同来的蔽词另一名大丫头子榆深觉不妥，疾步走去就想劝阻，却被子荷拦下。

"你别扯着我了！"子榆着急地低声道，"你看郡主那样子，是去道歉的吗？明明是要跟王爷吵架去的！世子新丧，她怎能穿一身红呢？"

子荷垂着眸子，看不清眸底的神色，只拉着她的手是紧紧的，"她是郡主。"一口细白的牙低而清晰地咬出这几个字。

那丫头哑然，还想争辩："可是……"

"没有可是。"子荷吐了口气，断然打断了她的话，目光悠远地望着云罗和她的下人浩浩荡荡离去的方向，一字字道，"她穿的是郡主的宫服，乃当朝皇太后所赐。"

"……"子榆张着嘴，却再也说不出话来。当朝太后赐下的吉服，穿着合宜与不合宜，又岂是她们这些小小婢子能置喙的？

芳花园的花园里，彩蝶一身缟素，带着院里的大丫头支起桌子，铺上白幔。因为小世子还没有降生，所以连牌位都没有，只在桌上放了个盒子，里面装着几身给孩子做的衣裳，算是衣冠冢，聊表凭吊。

盈姗哭得几欲昏厥，若不是顾明渊扶着她，她早已摔倒在地。整个芳花园一片愁云惨雾，而云罗，就是在这个时候穿着一身大红吉服，头戴金冠，佩珍珠，率着一队下人侍婢浩浩荡荡地进到院落。

顾明渊看着她的装扮被气得脸色发青，"本王是要你来给世子送别，你这副打扮成何体统？"

"王爷不是要我来送别的，而是要我来赔礼道歉的吧？"云罗轻蔑一笑，两手拢在袖里，身姿挺拔，标准的贵女做派，好似所有人在她眼中都只是蝼蚁，她一字字道，"我倒是肯，只怕折了陈氏和那个孩子的福禄。"

"你闭嘴！"盈姗疯了一样就要朝云罗扑过去，却被顾明渊阴沉着脸拦腰抱住，她挣扎未果，回头凄厉地哭喊道，"王爷啊！孩子不管做错了什么现在都不在了！他根本没机会降临到阳世了！郡主为什么还要这般诅咒他！为什么！孩子……我可怜的孩子啊……"

那哭声简直刺到人的心里。

昨天下午云罗在荷花池边将他的心意与尊严狠狠踩在脚下的旧恨，与现在当众顶撞完全不顾及他作为一个父亲和王爷的感受的新仇，一起涌到顾明渊的眼前。男人的面色阴沉如墨，神色却是寡淡至极，他说："你觉得陈氏和那个孩子不配吗？本王却偏偏要你行这个礼。来啊，按着她跪下。"

随着他的话音，两名侍卫虎视眈眈地朝云罗走过去。

云罗冷笑，忽然大喝一声："我看谁敢！"她从袖中掏出一卷金黄色的文书，当着所有人的面展开——那是圣旨，是当今皇帝正式册封云罗为皇室郡主的圣旨——御赐皇姓赵，上不跪公婆祖祠，下不跪王室宗亲，鲜红的玉玺印鉴便是至高无上的证明。

"摄政王，你要谋逆吗？"她盯着男人的眼睛，一字一句问道，每一字都似一把锋利的刀，恨不能将他就此劈开，撕个粉碎。

那一刻，顾明渊知道，他们两个人之间再无转圜余地了，因为他再也不会对这个女人心软了，他甚至连强留她在自己身边的欲望都没有了。若过去的念想只会成为今日的

耻辱与负累，那么回忆还不如只当作一场回忆，留待酒桌谈笑说。

顾明渊一步一步慢慢走过去，没了方才冷淡的模样，唇边竟露出一点儿意味不明的笑，就这样，缓缓地走到了云罗跟前。他抬起手，握住了那圣旨，云罗与他一起拿着，眼神决绝，没有半分退让，无声地对抗。两个人明明挨得那么近，但顾明渊觉得，他们已经走远了。

"郡主身份高贵，已不适合留在王府了，本王明日会上朝请旨，让皇上为你另择府居住。"他说。

"如此，甚好。"她说。

他们有那么长的过去，结束时，亦不过三言两语。

那一日，云罗搬出了蔽词。那一夜，子荷在为顾明渊梳洗完毕，准备退出去的时候，被男人叫住了："今晚，留下伺候吧。"他靠在床边，手里拿着一本书，穿着白色的中衣，微闭着眼道。

子荷的手猛一颤抖，手中水盆里的水洒出了一些，她的胸膛剧烈起伏着，用力深呼吸了几次，才转回身来，对顾明渊福身道："是，王爷。奴婢——谢王爷恩典。"

"驾！驾！"昂扬气势的呼喝声伴着震天动地的马蹄响从远处而来，整个大地都为之颤抖。丰启少帝赵牧的明黄色金龙旗帜与戎狄王子深紫色鹰鸟旗帜在前头最显眼位置。

"皇帝陛下果然是少年英雄，身手一等地好！"褐发高鼻，五官深刻英俊的戎狄王太子用力一拉缰绳，勒住汗血宝马，学着汉人礼节拱手笑着恭维，"我打了五只麋鹿，四只兔子，正好比您少一只草兔，我输了。"

戎狄人都是在草原上长大的，平时狩猎的可不是什么兔子小鹿，都是豺狼虎豹，现在与皇帝比打猎，还正好比皇帝少打一只，显然是有意相让。

赵牧很满意他的知礼，碍于对方国力也不敢拿大，拱手回了一礼道："王太子大约是没使尽全力吧？哈哈，不如我们再来一局如何？"

戎狄王子耶律洪杰欣然应允。

赵牧这次未再如方才那般驾马疾驰，反倒不紧不慢地收了弓在后头缓行，耶律洪杰知道他是有意让自己取个彩头，遂也不再故意谦逊，朗笑着说了声"我先去了！"而后便狠狠一甩马鞭，威风凛凛地冲了出去。

这回耶律洪杰猎了一只刚刚长成的熊回来，博得满堂喝彩，两个人各胜一局，正好打成平手，携手前去赴宴。

戎狄与丰启国土大面积接壤，近年来一直冲突不断，在顾明渊还是个青年少将，戾气深重时，曾经一度率重兵打服过他们。但是戎狄激进分子很快开始疯狂反扑，让边疆百姓根本无法生活，两国都是损失惨重。此后渐渐形成默契，有问题了仍打仗，但打过一场便罢，劣势一方赔款赔物便是，不再如以前一样不死不休了。

这次戎狄来访原本是作为上一场战争小胜方来验收胜利果实的，本来丰启上下都做好了应付蛮夷的准备，不料此回亲来的戎狄王太子竟是十分谦逊知礼，一点儿不以战胜方自居，倒真如邻国来做客的一般，尊重中原文化，因此很快便博得了丰启上流社会的好感。

赵氏皇族投桃报李，在京畿附近的草原上为他举办盛大的迎宾宴会。这场宴会是照着接待别国国主的最高规格来预备的，场面极尽奢华，熊胆、鹿茸、燕窝、龙须草……各种珍稀补品食物流水一般端了上来。

耶律洪杰将一个远在异邦、生活简朴的形象演绎得淋漓尽致，看着自己桌上的食物有还没有动过就因为新菜要上却摆不下而撤掉，惋惜得连连摆手推拒道："皇帝陛下您过于客气了，这些好东西已经够了，不要再端了。"

"哎，这算什么！"赵牧高坐在上首，豪气万丈地一挥手，"我丰启地大物博，朕富有天下，便是王子需要更珍贵稀奇的东西朕也给得起！"

戎狄王子含笑不语，下面众臣则是齐心为皇上壮声势，一齐举杯山呼万岁。

"哈哈哈！"赵牧志得意满地大笑开来，觉得顾明渊今日称病不来真是太好了，这会儿他才品出了一点儿当皇帝的滋味儿。话说回来，要是那位摄政王能一直"病"下去就好了……赵牧想着，眸底闪过一丝阴鸷。

"皇帝陛下真是豪爽，耶律洪杰多谢您的美意。"戎狄王子站起身，含笑将手横置在自己胸口，行了个戎狄族的礼节，"虽然小王现在还没有什么想要的，但如果想到了一定会向皇帝陛下提请，到时陛下可不要舍不得啊。"他风趣地眨眨眼玩笑道。

"朕一言九鼎。"赵牧傲然道。

很快便开宴，觥筹交错，言笑晏晏，端的是宾主尽欢。就在这时，远处忽然响起了马蹄声，嘚嘚嘚直朝此处奔来！

下方的臣子们不约而同地停下敬酒谈笑，全朝那个方向看去，须知这是皇家宴席，上座皆是贵人，敢骑马而来还不被侍卫拦下的，一定是皇亲国戚。而当骑马者的身影渐渐浮现在大家面前时，却引起一阵不小的骚动。

只见女子一袭红色骑马劲装，长发翻飞，肤白似雪，唇角紧抿显出一丝凛然孤傲。"驾驾！"她大呼着，飞速御马疾驰，背上背着弓，马后却挂着一颗犹自张着血盆大口的狮子头颅，鲜血滴滴答答洒了一路。鲜活的美女与被猎杀的野兽形成鲜明对比，冲击着每一个人。

来人不正是日前与顾明渊闹崩，一气之下搬出摄政王府的云罗郡主？

朝中不少大臣对于这位郡主都是只闻其名，不知其人，传说她本是县丞之女，却蒙太后恩宠一跃成为郡主，还赐予顾明渊当了义妹，很快就成为丰启上流社会女子里炙手可热的人物。不过她十分低调，极少出来参与应酬，偶尔几次出现也与顾明渊在一起，能看得出这位王爷对她十分看重。不知情的人原本以为郡主一定是个娇滴滴的美人儿，所以才能同时得到王爷与太后的垂爱，只如今看却是泼辣得很嘛！敢挂着一颗狮子头颅骑马而来的女子，又怎会是普通人？

也就在众人心思百转千回间，云罗已打马到了近前，她在距离皇帝二十丈开外的地方勒马停下，利落地翻身下马，对当今圣上粲然一笑，十分有男子气势地拱拱手道："皇上，我来晚了，您罚我吧！"

太后曾嘱咐过在公众场合对这位郡主一定要亲昵，而现今正宠爱着的和妃也常说与云罗要好，赵牧乐得给这两个女人面子，当即笑着一挥手道："郡主太小心了，都是一家人，什么责罚不责罚的？倒是你，怎的现在才来呢？"说着，好奇地看了看马后的狮子头，猜测道："……莫非，是与侍卫进林子深处打猎了？"

"回陛下的话，臣女是独自在上林苑附近遭遇了这畜生，一番搏击后才勉力将它击杀，所以耽搁了些时间。"云罗轻描淡写的话，却引起一阵轩然大波！

一位单身贵女在猎场落了单已经够骇人听闻的了，竟还打了一只猛兽回来？众人全都惊异至极。

这时，跟在她后头一路小跑过来的侍卫长也利落解剑跪下道："禀告皇上，奴才等确实是在边围地区碰到的郡主，当时郡主已将狮子制伏，奴才等保护不力，请皇上责罚！"

"罚当然要罚，但此处是皇家围场，连猛兽都没清理干净，你们视朕的安危为何物？"赵牧不悦道，"查！给朕好好查！"

侍卫长唯唯应着退下，赵牧这才信了似的，对云罗道："原来郡主竟是身手不俗，朕以前都不知道！来人，将朕新得的那把崇武木劲弓拿来，赐予郡主赏玩压惊！"

"多谢皇上。"云罗福身。

而那戎狄王子也激动得脸上放光，站起身便大赞一声："好！郡主实在是女中豪杰！耶律洪杰这辈子最佩服有胆有谋的勇士，我敬你一杯！"

云罗勾唇一笑，淡淡道："王子过奖了。"这样说着，到底是没推拒戎狄侍女端上来的大碗烈酒，一仰脖，一饮而尽，含着酒液微笑亮碗。

戎狄王子眼里亮晶晶的，竖起拇指，欣赏之色更甚。他挥手斥退了自己的侍女，亲自为云罗接过碗，放到自己桌上，而后回头对赵牧行搭肩礼道："皇帝陛下，小王有一不情之请，不知能否应允？"

"王子但说无妨。"赵牧笑道。

"等下的射箭比赛可否请这位美丽的郡主与我对局一次？当然只是小小游戏，大家点到即止，我愿让她三箭——"

"不必！"赵牧还没说话，云罗便娇叱一声打断，扬眉傲然一笑道，"要比大家就公公正正地来一场！什么点到为止，我可不喜这一套！"

"哦？那郡主的意思是？"赵牧饶有兴致地问。

"不需他让我，我们每人十支箭，最先射完且上靶多者胜！输的人要答应赢的人一个要求。"云罗挑衅地望向耶律洪杰，问，"王子可敢应战？"

"哈哈哈！"耶律洪杰朗声大笑，"有何不可？"

"好！那就让你们二人赛一局！"赵牧大笑着拍桌定下，转头又对云罗兴致勃勃道，"郡主虽为女子，却也是我丰启巾帼，切要尽力不让客人笑话才是。带着朕赐的弓去，给朕打一场漂漂亮亮的仗回来！"

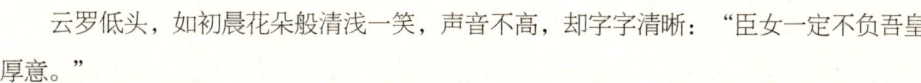

云罗低头，如初晨花朵般清浅一笑，声音不高，却字字清晰："臣女一定不负吾皇厚意。"

数十只烈马被从围栏里放了出来，每一只马的身上都背了一个一尺见方的靶子，这次比赛的规矩便是云罗和耶律洪杰各自骑在马上，去射靶心，中红心多者胜。那红心不过马眼大小，但射击难度却远比射马眼要高，毕竟马眼与身体不可分割，找准烈马跳跃的规律就有可能射中，而那靶子却是在马身上随着颠簸东摇西晃的。

云罗率先发箭，搭弓瞄准，几乎没有迟疑就将不远处一只还没来得及奔跑的烈马身上的靶子打中！

耶律洪杰也不遑多让，用牙咬住一支箭，气势万千地朝着一只最壮的马追去！在与烈马跑速一致的时候，拿箭咻地一扔，竟是硬生生扔到了靶子上！"嗡"的一声，靶子晃了晃，正中红心！

"好！"有丰启的将军都忍不住站起身大声叫好，随即又在周围同僚的怒视下讪讪地坐了回去。

接下来的一刻钟里，两个人在圈围起的赛场内你追我赶，两个人皆连续射出九箭，箭箭上靶！表面看来，两个人平分秋色，然而细心的人就会发现，耶律洪杰毕竟技高一筹，在射箭追马的过程中，他已渐渐将云罗逼出赛场中心，此时云罗的北、南、西三个方向，已无一只还带着靶子的马了。

耶律洪杰傲然一笑，瞥了眼还搭着弓的云罗，大笑着瞄准距离两个人身前最近的一只马，说："郡主！这次的第一看来你是要承让于我了！"

云罗微微低着头，神色晦暗，嘴唇轻轻一动，离得近的侍卫隐约听到她说：我不会输……

不会输？怎么可能呢？那侍卫恍惚间思考着，这场比赛马上就要见分晓了啊……

下一刻，女子正搭箭对着远处的弓忽然掉转了方向，箭头在阳光下散发出冰冷的银光，正冲着耶律洪杰的脑袋，一箭射了出去！

"啊！"不知谁尖叫一声，所有人的心都瞬间提到了嗓子眼！

以那一箭的冷厉与势如破竹，若射中耶律洪杰，此人必死无疑！

千钧一发之际，只见耶律洪杰的身体在半空中扭转出一个不可思议的弧度，弃弓翻身下马，在草地上滚了两滚之后，暴喝一声，用下盘力量硬生生弹跳而起，随后一跃便上了旁边云罗郡主的马！从后狠狠掐住了云罗的脖子！

"女人！你想刺杀本王？"他面容阴狠，手上青筋暴起。那柔嫩的脖子在他强有力的五指下，显得那样脆弱，只要他稍稍一使力，她就没命了。

"放开郡主！"御林军拔出了刀，大吼道。

而对面，戎狄王子带来的粗壮兵士早亮出了兵刃，大骂道："放你个屁！汉人最奸诈！居然想借机行刺我们王子！"

"谁要行刺！"

"勇士们，别跟汉狗子废话！冲啊，宰了他们！"

……

一时吵翻了天！眼看就要短兵相接！

赵牧气得脸色铁青，猛地一拍桌子，站起身大喝道："都给朕闭嘴！"

场上短暂安静了一下，那戎狄将军脸色狰狞，张口又要骂："娘希匹——"他的声音突然顿住，只因喉边不知何时竟无声无息地多了一把极细极薄的柳叶刀，泛着幽暗的光。那将军咽了口唾沫，身上一阵发寒，僵在那里，一动不敢动。

皇家暗卫——顾家倾几代心力培养出的一批人。他们不擅长上战场作战，却能杀人于无形。

赵牧颜面挽回，怒意稍微平复了些，冷冷地看了那将军一眼后，转头对耶律洪杰喊道："王子有话不如先放开郡主再说，万事好商量。"

"还商量什么——"耶律洪杰眼神阴鸷，一手紧紧钳制住云罗的腰身，另一手始终扼着云罗的咽喉，"这个女人刚才要杀我，在场人皆是见证。"

"王子，这其中一定有误会。郡主毕竟是女子，不善骑射，偶有意外也属常理。"赵牧再次高声道。

戎狄王子冷笑一声："不善骑射？皇帝陛下您相信您说的话吗？"他眯了眯眼，胸膛危险地贴近云罗的耳边，一字字问，"美丽的郡主，你刚才是不小心射向我的吗？"

所有人都紧张地盯住了云罗。

"……"

沉默，云罗的视线望着草棚的方向，竟没说话。

耶律洪杰眼底一暗，身体慢慢后退开，眼睛不离开云罗，嘴里的话却是对赵牧说的："丰启皇帝，你看到了，她——"

"你已经输了。"云罗突然开口，打断了耶律洪杰的话。

"……什么？"耶律洪杰仿佛一时没反应过来。

云罗淡淡地，再一次重复道："你那一箭落靶，而我十箭均上靶，王子你输了。"

有丰启官员福至心灵，突然回头去看戎狄王子刚才站的位置，果见在他后面不远处，一只马身上的靶子被打中了！箭羽是红色的！云罗郡主的箭！

原来云罗刚才那一箭是两点一线，两个中心点，一个是耶律洪杰身后的靶心，另一个就是耶律洪杰的脑袋。只要耶律洪杰躲开那一箭，云罗的箭必然上靶，而耶律洪杰在躲开的一瞬，也必定无法发箭了。

戎狄王子面容怒极，仿佛气得说不出话来，而赵牧的表情也有些扭曲。

"哈哈哈！好！你可真是——好得很！"半晌之后，耶律洪杰突然放声大笑，收了手，从云罗马背上一跃翻身而下，几步到了宴会场中央。赵牧脸色讪讪地下了台阶，似是想安抚一下他，而耶律洪杰却看都不看赵牧一眼，径直接过自家侍女奉上的压惊酒，一饮而尽，而后将碗狠狠摔碎在地上，"啪"的一声！

他回过头，对身后不紧不慢跟过来的云罗意味深长道："就为赢得比赛，郡主便敢朝着本王的脑袋射箭，委实胆色过人，不输男儿——"

"王子过奖。"云罗云淡风轻一笑。

"不过本王倒想知道，如果那一箭本王没有躲过，又会如何呢？"

云罗沉默了一下道："那我依然赢了。"

耶律洪杰："……"

云罗笑着迎上他的视线道："死人是不会与我争第一的。"

"云罗你放肆！"赵牧再也按捺不住，怒吼一声，"冒犯外宾可知大罪！还不快过来向王子磕头赔罪！"

"哎，不忙。"耶律洪杰阴恻恻地笑着抬手阻止，继续对云罗问，"郡主如此执着赢我，小王倒想听听，你是有何事要小王做？"

"你说那个要求？"云罗仿佛一愣，还认真地思考了一下，最后轻蹙眉头道，"我其实还真没什么想要的——哦，如果王子不介意的话，就免了我向你磕头赔罪，当作彩头吧？"她看了赵牧一眼。

赵牧简直无言以对，脸色铁青地别开头。

"哈哈哈！哈哈哈哈哈！"耶律洪杰放声大笑，朝左右兵士看看，复又大笑，突然他伸手，在一众目瞪口呆的注视下，用力将云罗搂进自己怀里，"像你这样的女人怎么会生在南地呢？应该跟我回草原！郡主，你愿不愿意做我的大王妃？"

"什么？"

"什么？"

赵牧与云罗同时发出一声惊呼。

耶律洪杰却像是认真的，搂紧云罗侧身对赵牧道："皇帝陛下，依照过去的战争惯例，你们丰启打败了要给我们十万黄金，十万白银，这些钱我不要了，你只要把这位美丽泼辣的郡主送给我,我愿与丰启签三年和盟!"

"十万两黄金,十万两白银?"云罗冷笑一声,抬头看着自己眼前的男人,"我有这么值钱?"

耶律洪杰邪气一笑,小麦色的脸庞竟也显得英俊逼人,"郡主在我心中是无价之宝。"

"你在我心中却是一文不值呢。"云罗丝毫不给面子。

耶律洪杰也不在意她的无礼一般,无所谓笑笑,说:"没关系,我知道郡主眼下不喜欢我,但你日后一定会发狂一般迷恋上本王。"

"何以见得呢?"云罗嘲讽地挑眉。

耶律洪杰傲然道:"因为你是个强者,你这样的女人只会屈从于比你更强的男人。"

云罗嗤笑一声,望向远处,没有说话。

只是,有心细的人发现,这位眼高于顶的郡主,竟没有挣脱开戎狄王子的怀抱。

"事情就是这样的了,母后。"赵牧坐在太后偏殿的下首,恭恭敬敬地将白天的事情一五一十汇报给赵雅。

赵太后保养得宜的纤细手指有一搭无一搭地抚摸着手心的新宠——一只通体雪白的鹦鹉,眼底流转着幽暗的光,"你确定那两个人真的不认识,不是故意在你面前做一场戏?"她冷笑一声,"天底下哪会有那么巧的事,打一场猎就瞧对眼了,偏偏瞧中她的还是戎狄的王子。"

"这——"赵牧正色道,"儿臣也不敢十分肯定,但今日猎场的情形确实极为凶险,那支箭就是擦着耶律洪杰的脖子过去的。若不是他躲得快,那一箭必定死透了。那耶律洪杰在戎狄也算很得宠的王太子了,而云罗再得顾明渊喜爱也不过是我丰启的一个郡主,他们有什么理由冒这样大的危险来跟云罗演这一场戏?"

赵雅停下抚摸鸟儿的动作,皱眉不悦地看向赵牧,这个儿子从小是很听她的话的,只是天资实在太差,时至今日,发生了这么多事以后,他居然还认为云罗只是一个普通的郡主。她赵雅怎么就生出了这样一个蠢笨的儿子呢?

看来,这万里河山还是要她多多操心啊……赵雅收回视线,轻轻抬手让鸟儿飞走,垂眸装模作样地无声叹气,可嘴角分明露出了志得意满的笑容。

赵牧看她脸色变换不禁心中忐忑,小心地问:"母后,可是儿子说错了什么?"

赵雅淡淡地看他一眼,不答反问:"听皇儿的口气,对这门婚事是赞同的了?"

"这……儿臣确实是乐见其成的。"赵牧叹了口气道,"母后有所不知,这两年前方战事吃紧,国库空虚,内廷的日子也不好过。若不答应戎狄王子的要求,我们就要拿出十万黄金的赔款,到时唯有加赋才可解决了。然而轻易加赋,势必又要引起民间躁动……"

他在那边絮絮叨叨着,赵雅脸上则露出了诧异之色。

虽然都是些浅显的考量,但自己这个孩子肯花这些心思去思考国库财政、赋税,已经很难得了。

虽然,她并不太需要儿子的长进。

赵牧看太后的脸色似乎好了些,踌躇了片刻,声音变低,继续道:"还有就是……景珂也已经满周岁了,儿臣曾经答应过和妃,只要到皇儿一岁时宫里还没有别的健康皇子降生,就立景珂为太子,封她为皇贵妃,办庆典、修宫殿,都是要花钱的……"

"混账!"赵雅不待他说完便大怒,"原来你巴巴地要将云罗嫁过去就为了省出钱来做这些,哀家早就知道她是个狐媚子,所以不让你封妃,免得她多生妄念!你不听哀家的,现在可好,瞧她的野心恐怕要哀家给她让位,叫她搬到太后寝宫来才合适了!"

"母后,儿臣惶恐……"赵牧战战兢兢地起身,连连道,"儿臣绝对没有叫您迁宫的意思,儿臣当皇帝一日,您就是皇太后,即使有一日太子登基,您也是毋庸置疑的太皇太后,您永远是这宫里的大家长,谁敢冒犯您呢?"

"说得倒好听!"皇帝这一番赔小心让赵雅的怒气多少消去了些,只是神色依然是冷的,"就怕和妃不这么想呢。"

"绝对不会!和妃心里其实是非常敬重您的,只是怕您不喜欢,才不敢常常到您那边走动。"赵牧赶紧替爱姬表明心迹,"不瞒母后,儿臣省出银子除了想为将来太子庆典的事做准备,也是想给母后的园子翻新一下,这事还是和妃提的呢。当年父皇与您在牡丹园定情,民间早就传为佳话,母后惊鸿一舞,被父王赞叹'此舞只应天上有,朕的雅儿本不应在人间',说罢便将牡丹园赏赐于您,说是独独给您练舞之处,不许别的妃子擅入打扰。父王对母后如此看重,儿臣更应遵从,所以儿臣决定重修牡丹园,再招来年轻美貌的舞娘点缀,为母后歌舞娱乐。"

赵牧这一番话听起来就虚假极了,先朝老人就没有不知道的,先皇对太后宠爱平平,只是在储位空虚子嗣不盛,无奈考虑赵牧之后,才对赵雅多了几分颜色。

但是女人就没有不爱听好听的,赵雅被儿子这样吹捧着也觉得十分开心——

她是先帝喜爱看重的人,是当今皇帝孝敬的女人,是这天下最尊贵的女人……她心中涌起一阵感慨,哀家真是熬出来了啊……

只是好听的话要收下，不代表她会同意赵牧的无理要求。

"皇帝，不论你怎么说，立皇贵妃一事必须暂缓，至于景珂……他毕竟是你唯一的儿子，虽说年纪太小看不出好歹，但你若是真的担心他，可以先给他份郡王的保障。现下和妃专宠，后宫没有出挑的女子，导致你子息也不盛，倒是哀家考虑不周了，哀家会为你再遴选些才德兼备的女子进宫小选，这次完全由你自己点选，一定要为皇家开枝散叶。"

"母后——"赵牧不甘心地还想说话，却被赵雅一口打断，在后宫浸淫多年的女人摆出威严的面容，艳丽得过分的容貌显出冷冰冰的疏离，"皇帝，这是后宫的事，哀家已经决定了。"

赵牧抿紧唇，愤愤别过头，语气不善道："好吧，若母后执意如此儿臣也没办法。可是将云罗嫁到戎狄的事情儿臣已经跟几位王公大臣商量过了，都认为可行。这总是前朝的事，希望母后就不要多加干涉了。"

赵雅看着他的神色就知道他又在闹脾气了，封贵妃、立太子，她连着否决了两次，再来一回恐怕就要影响母子情分了。虽然赵雅觉得以赵牧的胆气能力，是不敢违抗自己的，可不敢和不愿是两回事。她皱皱眉，开始考虑将云罗嫁出去会有多大的影响。

将云罗留到现在还不杀，无非是为了能引慧娘那个贱人出来。

也不知她藏在哪里了，居然这么多年明察暗访都找不到。如果这时候再把云罗放走，就连唯一的线索都没有了。

可话说回来，她已经让人暗暗监视了云罗一年，似乎也没发现慧娘的踪迹。

或者，她可以赌一把？

慧娘就是戎狄人，还是一个被丰启皇帝临终时封为皇后的戎狄人，那个王太子很有可能知道了什么，认为这两母女奇货可居，所以才来带她们走。

那她只要顺水推舟，也许就能找到慧娘……

那个女人的存在，真是让她寝食不安啊。

但是，若在云罗和耶律洪杰离境前还没有找到慧娘的踪迹呢？

赵雅唇边露出阴寒的笑，那就只能想办法将这门婚事搅黄，把云罗再带回来了。至于搅黄的方式……

真是太简单了，郡主失贞，与义兄摄政王淫乱的罪名，足以让戎狄王子颜面扫地，丢下她匆匆回国了吧？

"如此，就依皇帝的意思吧。"赵雅道。

赵牧站起身，轻揖一礼："那儿臣明日就召开宗亲议事会宣布，不打扰母后休息

了，儿臣先行告退。"说罢，便倒退了两步，甩袖离去。

赵雅盯着他头也不回大步走出去的背影，脸色以肉眼可见的速度极快地阴沉了下来。皇儿竟自说自话地就这样走了，连一点儿面子功夫都不做，看来是对她有了心结。淑和似乎真是很得皇帝的喜爱呢，只是作为皇帝，并不需要有一个很喜爱的女人……就如曾经的慧娘，都不应该存在于这个皇宫里。

赵雅低下头，纤细的食指指尖慢慢滑过自己另一手的宝石假指甲，那璀璨的光芒与几近透明的肤色配在一起，泛出诡异的妖娆……

赵牧憋着气回到和妃那里，远远地就见到和妃穿着一身家常的碧色衣裳，提着一盏橘色的宫灯等在门口。

她头上绾着流云髻，只简单地插了一支发钗，身上再没多余的饰物，神色平静而祥和，就如同民间任何一个普通的在等待丈夫归家的少妇。

在看到他的一刻，她的眼睛里亮出喜悦的光，下意识走前两步，朝他挥了挥手。不知怎的，赵牧突然想到一首诗，一世两夫妻，恩爱不相离。

他从小在后宫长大，母亲对他感情淡薄，后妃更是虎视眈眈，他对女性最多的印象就是恐惧和疏离。

而淑和的出现简直满足了他幼时对年长女性所有美好的幻想——高贵，优雅，柔和，慈爱。

他真不明白，为何母后就是不喜欢她，只因为和妃年纪大？还是因为他宠爱和妃过多？甚至……只是因为不想看到他太快活……

赵牧的眸底闪过一丝阴霾。

也就在这短短的时间里，淑和已经带着贴身侍婢迎了上来，赵牧伸手握住了她的手，感觉手心里的触感柔滑而冰凉。他马上皱紧眉头，执起手到自己的嘴边呵了一口气，一边为她揉搓暖手，一边埋怨道："给你说了多少次，以后天凉了就不要再出来接朕了，看看，看看，还自个儿提着灯笼，朕都不知道宫里养这么多下人是做什么吃的？"他眼一瞥瞧到淑和拿着的灯笼，没好气地夺过来，丢给她身后的丫头。

那丫头吓得扑通跪地，执着灯笼连连磕头，"奴婢该死，奴婢该死！"

"哎，皇上，你就别怪她们了。是臣妾要出来等着您的，她们劝也劝了，拦也拦了，是臣妾不听而已。"

"总归是奴才伺候不得力。"

淑和忍不住一笑，没再与他辩驳，而是柔柔地挽住赵牧的肩膀，靠着他往里走，神色温婉道："皇上您是做大事的人，平时忙得很，不像臣妾每日在这宫里也没什么事做，晚上出来等着您让臣妾觉得有盼头，心里也高兴。"

赵牧沉默了一下，拍拍淑和的手，眼神几乎柔软成了水，低叹道："爱妃，朕知道你心里有朕，朕心里又何尝不是装着你？放心，你不用在这儿盼，朕哪会不记得回家的路呢？"

淑和停下脚步，不可思议地望向身侧的男人，眼眶很快红了，殷红柔美的唇微微哆嗦着："……皇上，您、您说什么？"

赵牧搂紧她，轻声叹息，停在和妃宫外，看着顶上硕大的睢鸠宫，目光深远道："朕说，朕记得回家的路。"

"皇上！"淑和哭着扑倒在赵牧的怀里，"有您这一句话，臣妾就是死了也甘心了……"她的泪水顺着眼角滴落，打湿了赵牧肩上的衣裳。

"别哭，别哭。"赵牧心疼地给她擦泪水，"整日竟有些傻念头，你怎么会死呢？你会跟着朕千秋万代，会看着咱们的儿子封为太子，掌管这万里河山——"不知怎的，他的话忽然顿住，手擦泪的动作也停下。

"皇上……您怎么了？"淑和敏感地察觉到赵牧的不悦，不由得担心地问。

"没事，进去再说吧。"赵牧携起淑和的手，牵着她走进内室，将所有下人打发了出去。然后便坐到榻上望着外头漆黑的夜空出神。

"皇上，天凉了，小心吹着了。"淑和亲自为赵牧沏了一杯参茶，上炕关了窗户，而后柔顺地依偎到男人身边，搂着赵牧的腰，抬起头问，"皇上是不是有心事？"

"哦……"赵牧模糊地应了一声，慢慢抬手揽住淑和纤瘦的肩膀，过了会儿，才低头问全身心仰仗着自己的女子，"朕是不是挺没用的？"

淑和吃了一惊："皇上！您是九五之尊，怎么会这样想？"

赵牧扯扯嘴角，笑开，却略带嘲讽："什么九五之尊？在朝上，那位摄政王一言九鼎，朕也就只在他称病时才算真正的皇帝。回到宫里，朕那位……也是诸多干涉，连朕立你为贵妃都要阻拦，还说要再开小选，充实后宫，真不知道到底谁才是皇帝……"

他虽未言明干涉后宫的是谁，但聪慧如淑和又哪能猜不到？

她低头，仿佛不敢直言太后的不是，低声道："总是臣妾做得不好，不得太后喜欢，皇上您千万别为了臣妾伤了母子和气，只要太后她老人家真心疼您，疼景珂，臣妾当不当贵妃都没有关系……"

"别傻了，太后连你都不喜欢，又怎会疼宠我们的儿子呢？"赵牧怒其不争一般，声音变高道，"朕想立景珂为太子，也是被太后坚决反对的，她的意思是，要封景珂为郡王。"

"郡王？"淑和惊呼一声，不可思议地捂住口，神情慢慢变得悲戚而绝望，哽咽着喃喃道，"这不是要耽误死那个孩子了……"

丰启皇室与前朝不同，前朝讲究均衡培养，诸皇子皆自幼学习诗书礼乐骑射，以期个个成才，长成后再依据成年皇子的表现来立储。而丰启的开国皇帝在建国之初就曾遭遇过亲弟弟与儿子的联合叛乱，因此对手足猜忌心很重，也觉得作为皇帝不需要很多能干的兄弟。所以后来都是早立太子，其余的皇子富贵荣华养着就是，这也是赵牧才学能力都不显的原因，因为他小时就没有作为太子备选进入过先皇的视线，没有经过系统的学习，也不会有自己的势力。

赵牧是吃过这个苦头的，平心而论，他不想让自己心爱的儿子再走一遍这个路。可太后主意已定，他又有什么办法？

"皇上，臣妾做不做贵妃没有关系，但是您一定要为我们的儿子做主啊……"淑和双手紧紧抓住赵牧的衣服，连逾越都顾不得了，双目红肿，流着泪哀求，"臣妾希望他能努力，能上进，能成为一个可以为君父分忧的人，您也是这样希望的对不对？"

"朕……"赵牧艰难地开口。

"皇上！"淑和含泪打断他，"臣妾明白，您不能忤逆太后的意思，她老人家之所以会这样安排一定是臣妾不贤不孝之过。请您代禀她老人家，等日后太后娘家的诸位小姐进宫后，臣妾愿意闭宫清修，甚至要臣妾去侍奉姐姐们都可以。只要……皇上和太后能善待那个孩子，如果孩子在我身边注定为我拖累，那臣妾……臣妾也可以不当他的母亲……"

"够了！淑和，你知不知道自己在说什么？"淑和这样温顺、自贬，卑微到了骨子里，不愿让他有一点儿为难，非但没有让赵牧释怀，反倒叫他都连带着感到屈辱。淑和是他宠爱的女子，可是处处被太后打压，好不容易生下皇长子，以他的出身位分，是满可以立为太子的，但又在太后的强权压制下作罢。太后还说什么要给他充实后宫，其实不就是要再塞些娘家女孩过来吗？淑和提醒了赵牧，赵太后或者根本就不是为皇家子嗣计，而是冲着后位而来，她是要延续娘家的荣耀！可这天下说到底是姓赵的！

一个皇太后已经足够了，他不会允许赵氏再出一位皇后了……赵牧目光阴沉，手则安抚地将爱妃揽回自己怀里，低声道："让朕想一想……"

淑和咬着唇，啜泣着点点头，单薄的身体轻轻靠回赵牧怀里，手还在微微发抖，将一个对未来充满恐慌，完全仰仗依附着丈夫的女人形象表现得淋漓尽致。

赵牧大约是感受到了淑和的紧张，低下头，又轻轻在她额头吻了一下，安慰道：

"别怕,有朕在,总归不会让你们母子吃亏的。"

"嗯。"淑和闭上眼,睫毛轻颤着迎受了这个吻,眼角还挂着泪花,唇角却极快地闪过了志在必得的笑容。

这个后宫实在太深太暗了,她唯有紧紧抓住身边这个男人,借力打力,才能带着自己的儿子,一起活下去。

王公大臣会议。

赵牧与太后高坐上首，摄政王在侧方，一众宗亲和朝堂首辅齐聚在下，共同商量云罗郡主的婚事。

顾明渊的面容隐隐还透着病态的苍白，可神色间威仪不改，他淡淡啜了一口茶道："这件事本王反对。"

赵牧忍耐着问："哦？摄政王为何不同意呢？"

"和亲不论历朝历代都象征着求和与屈辱，我丰启历经三朝才勉强在众强环绕之地取得平等话语权，皇上这回对戎狄低头了，下次又要对谁低头呢？"

"放肆！"赵牧被顾明渊轻蔑的语气气疯了，抬手就用力重重拍在桌上，可立刻就被赵雅拉住了。

"哎，皇帝，你王叔父即使说话直了些，也是把你当成一家人，怕你行差踏错。"赵雅按住了儿子的手，笑盈盈地迎上了顾明渊刀锋一般的注视，问，"王爷不会与牧儿一般计较吧？"几句话便将皇帝与摄政王口角的国事，拉平到了家事的位置。

顾明渊面无表情地静默片刻，别开视线道："太后言重了。"

"哈哈哈——"赵雅掩唇而笑，接过赵牧无礼之过后，又继续方才的话题，"王爷说得有理，和亲之事毕竟有失体面，但难道赔款赔物就不会折了我丰启的面子了吗？终归是要选一样的啊……"

顾明渊猛地握紧了扶手，身形不动，只是脸色更阴沉了几分，沉默片刻才道："上次战事失利也算本王御下无方之失，若太后和皇上准许，本王愿亲率十万大军出征，不胜戎狄誓不还朝！"他冷冷地望向赵雅，口里的话却是对赵牧问："不知皇上以为如何？"

赵雅与儿子对视一眼，垂眸妖娆低笑，轻吟一般道："王爷不畏艰险身先士卒，本宫深为敬服，然现今国库空虚，我丰启无力再承受一次兵事，还望王爷三思呢——"

她的话说得再婉转好听，也掩盖不住内里的讽刺之意——国家已经倾尽全力给你的人打了一次仗，你输了，还要再打一次吗？

顾明渊呼吸一顿，慢慢地眯住眼，阴寒冷峻的目光仿佛要将赵雅一寸寸凌迟一般，叫人浑身发凉。

赵雅在他的注视下喉咙一哽，转开头，沉了沉气才继续对下面的人笑道："当然了，若是摄政王坚持不舍爱妹远嫁他方，我们也能理解，毕竟顾家一门劳苦功高，我们一定要顾念王爷的感受的——这样，我们也可以还按照之前的协议，赔款十万两黄金十万两白银。只是户部实在拿不出这些钱了，哀家做主明年大内节衣缩食，先拿出三万两白银,朝中各位大人依照官职捐献五千到两万两不等,其余不足的可向民间征收新税,哦……就叫平安税吧,反正是为换取安宁而收,可不是国家纳的。各位大人觉得如何啊?"她笑眯眯地问。

众人面面相觑,脸色都不太好看,片刻之后,几乎所有人一齐站了起来,撩袍跪地道:"臣等以为不宜妄加税赋,请太后皇上三思!"

"皇上!这次戎狄王太子是十分有诚意地求亲来的,非但不要我们赔银,还郑重其事下聘,足见对郡主这位未来太子妃的重视,这正是我们两国修秦晋之好的机会啊!"

"是啊,皇上,何况当日在猎场上您亲口许诺会答应戎狄王太子一个要求,一言九鼎,若轻易违背恐会再引起兵祸啊!"

"皇上……"

"皇上……"

最后,所有的恳求都汇成一句话:"请太后皇上三思——"

在那一片山呼中,只有顾明渊和他的心腹邢将军没有动,顾明渊脸色铁青,拢在袖内的手一点点攥紧,几乎就要发作!邢将军猛地从后拉住他,暗暗摇头,示意形势不利,千万不要冲动。

太后在上首将顾明渊的怒气和邢将军的劝止全都看在眼里,狭长的美目微微挑起,偏要做出为难的样子,娇柔叹道:"唉,王爷你看这……"她掐出兰花指,对着下面泛泛一指。

众大臣回过头,看向顾明渊;邢将军屏气凝神,盯着他;赵牧的目光也望了过来。议事厅里一时安静得连一根针落地的声音都能听得清楚。

顾明渊沉沉地吐了一口气,戴着墨绿色翡翠扳指的手重重落在扶手上,发出"啪"的清脆一响,随后站起身道:"本王也觉得众位大臣所虑甚为有理,待本王回去想一想吧。"

"王爷!"赵雅不甘心地还想再说,却被顾明渊挥手打断,"行了,本王累了。"说罢,朝上首草草一礼,转身便大步离去。

他这样无礼,全然不把太后和皇帝放在眼里,但刚才为了各自利益而隐晦地反对顾明渊的众大臣,却无一个人敢直言叫住他。

这就是当朝摄政王的威仪,是顾家百年世家流传下的威赫,就算这个男人战事失利,失去虎符,与郡主的奇闻异事闹得满城风雨、灰头土脸,可他依然是丰启王朝第一人,无人敢直面其锋。

"顾、明、渊。"赵雅的目光扫过下首一众装聋作哑的大臣,最终盯住了顾明渊的背影,目光宛如看向情人一样含笑而温柔,只是嘴里吐出无声的低语,却好像毒蛇芯子伸出来——轻轻一舔,冰凉。

邢将军紧随其后告退而去,在离开大殿前不经意回头看了一眼,只见赵牧低垂着头,眉宇间透着阴郁,心里不禁涌上了一种奇怪的感觉——当今太后如此强势,今日也算赢了漂亮的一仗,逼得顾明渊退走,可为何看皇帝的样子并不十分高兴似的?然而这个念头只是一闪,很快就过去了,毕竟排解自家主子的忧愁才是他首要该做的事。

邢将军策马疾驰,一路追着顾明渊回了王府,眼见着那个从来喜怒不形于色的男人以一种人挡杀人佛挡杀佛的气势,紧抿着唇大步走回蔽词,"哐当"一声一脚踹开了门,大下午的,外头奴才愣是吓得出了一身冷汗,"扑通"跪了一地,高喊着:"王爷息怒,王爷息怒……"

他叹了口气,摆手示意无关的人下去,正要叫子荷端一碗安神茶上来,却发现那个平日从不离主屋半步的一等丫鬟居然没在,他皱皱眉,也没多想,随手点了另一个大丫头子榆去烹茶。

子榆唯唯诺诺着下去,邢将军则拾级而上,进屋关上了门。

顾明渊见他进来了,只看了他一眼,就别过了头去。

邢将军瞧着他的样子忍不住想笑,"王爷,您这是跟谁生闷气呢?"

顾明渊冷着脸一动不动,也不吭声。

邢将军无奈一笑,坐到顾明渊身边,要他一个粗人劝这些情情爱爱的事可真难,可他不劝又不行。

"王爷,您知道我是个粗人,可也是个直人、忠人,这满天下的我就服您一个!要是您说您跟那位美貌的小郡主两情相悦,天天在一起快活得很,老邢我就是散尽家财也愿意为您带兵披甲上阵,跟那帮戎狄孙子决一死战,就要您一句话!"

顾明渊皱眉望向他,薄唇微微张了张,却没说出话来。

邢向天扯扯嘴角苦笑,拉着身下的大梨花木椅子,又往顾明渊身边凑了凑,语重心长道:"这就是了啊,王爷,那位郡主自从搬到您这王府里,您说说这里出了多少事了?失火过,遇刺过,王妃贬斥了,庶妃小产了,整个后厨房的人都死过一茬了——不不,您别这么看着我,怪吓人的,我没说咱那郡主是个杀人狂魔啊,我就觉得吧,郡主可能真跟您这王府八字不合,打她来了就没消停过。当然,要是您两个人都开心,我们当奴才的也没话说,可你们开心吗?开心的话郡主为何搬出去了,您为何病了一场?"

顾明渊缓缓闭上眼,双手紧紧按在扶手上,从来傲然的眉峰间隐隐显出痛楚。

邢向天不忍继续戳他伤疤，停下话，长叹一声道："王爷，放手吧，不是你的强求不来啊……"

放手吗？在蓦然沉寂下来的房间里，顾明渊静静聆听着自己心跳的声音：咚、咚……一下一下，缓而沉重，就如同过去许多年云罗在他漫长的生命长河里留下的刻骨铭心的痕迹。

他知道他和她的缘分已经走到了尽头，可是想到这一生一世都永远再不复相见，莫名地，还是觉得空落落的。

没有谁比他更清楚，赵雅是不会放任一个活的云罗离开丰启的，还有她那个神秘消失了多年的母亲。情爱与国家，他总要选择一样的，他不想自己选，所以便由云罗自己去选吧。

他打定主意，正要开口对邢向天说，门口却发出一声轻响，只见子榆捧着茶轻手轻脚进来，对两个人行了礼，分别上茶。

顾明渊暂时收了话头。

邢将军拿起茶盏呷了一口，龇牙咧嘴道："不对不对，这味儿不对，子荷那丫头呢？让她来给我们沏茶！"

他笑嘻嘻地向顾明渊要求，而自己的主子却没像往日一般打趣，反倒出乎意料地沉默了下来。

"向天，有件事我还没告诉你……"他用的自称是我，一句话，说得极慢，仿佛难以开口。

邢向天的心里突地一跳，笑容都变得有些勉强，"子荷可是您、您的近身大丫头，总不至于出什么岔子吧？王府的守卫这样森严——"他说话速度渐快，人都有些慌了。

"没有，她没出事。"顾明渊赶紧安抚他道，"只是——钟氏日前已经被我擢升为格格了，所以不在书房伺候了。"

"擢升为……格格？"邢将军仿佛一时没明白这句话所代表的意思一般，怔怔地重复道。脑子里乱作了一团，一时想到当年他第一次在园子里与子荷撞了个满怀，女子羞怯着恼得红脸；一时又想到他第一次对顾明渊表明心迹时，自家主子说会为他记挂着这事……他张张嘴，想问很多，最后吐出的话却是："……您不是不喜欢她吗？"

这话其实有些僭越了，但顾明渊什么都没说，只是沉默着转开了视线。

邢向天低下头，扯扯嘴角苦笑出来："对不起，王爷，我不是那个意思。"

顾明渊摇摇头："没关系。"

邢向天沉了沉气，好似已经从刚才的打击里回过神来，直视着强笑道："那个，王爷您知道的，我这几年虽然喜欢子……不，是荷格格，但我从来没有做过任何坏规矩的事儿，荷格格也没有对奴才假以颜色过……"

顾明渊叹了口气，伸出手，拍了拍他道："你放心，我没有疑你们什么。"

一句话，就让一个铁骨铮铮的军士红了眼。"王爷，我再求您一件事行吗？"他问。

顾明渊用鼓励的眼神示意他说。

邢向天憨笑了一下，挠着头，眼底还有些发红的湿润，磕磕巴巴道："那个，您也知道，我这只癞蛤蟆眼馋人家那天鹅好多年了，虽然现在主仆有别了，但我还是希望她能好。荷、荷格格真的是个好女人，她伺候了您这么多年，眼里心里只有您，您就当是怜悯她，也当是给我这个粗人一个薄面，赐她一个高一些的位分吧，别让她受委屈……"他狠狠地别过头，用力揉揉自己的眼，故作爽朗地笑开："其实她在您这儿比跟我好多了，哈哈，我家那只母老虎我又降不住，白白委屈了一个好女子……"

"邢将军——"顾明渊皱着眉站了起来，犹豫着弯腰想拍拍他的肩。

邢向天却比他更快，"噌"地起了身，"那什么，王爷我还有事就先走了，我刚才——刚才其实也就是随便说说，您别把我的疯话当一回事啊！"说罢，慌里慌张行了个礼，逃也似的就往门口奔！

"向天！"顾明渊在后头高喊一声。

邢将军背对着他僵住，双手握紧，但没回头。

顾明渊眯了眯眼，沉稳的声音宛若承诺："钟氏子荷秀外慧中，温顺贤良，立有庶妃之德。"

邢向天慢慢仰起头，不知在想什么，过了会儿，才传来略微沙哑的语音："奴才谢王爷恩典。"说罢，大踏步出了门。

他的背影很快就融进了黄昏中，男人盯着大敞着的房门看了一会儿，忽然想到邢向天第一次在自己面前提起子荷，似乎是三年多前了，而这几年，虎威将军府里也没有进过新人……

顾明渊少年掌权，这一生杀伐决断，喜憎好恶全由着自己性子来，天下之大无人能说个不字。但头一次，他在除了云罗以外的事上产生了一丝丝犹疑——那一天，他是不是不该要了子荷？若为一个女人导致忠臣离心，委实太不值了。

他伸手拿起桌上的铃铛轻轻摇了摇，子榆很快进来了，对他福身一礼道："王爷有什么吩咐吗？"

"你现在去叫荷格格出来，让她送一送邢将军。"顿了顿又道，"不用急着回来。"

子榆猛地抬起头，颇为讶异地看向顾明渊，却见男人面容平静，毫无波澜，只一双眼极为幽深，难以窥破他的想法。

子榆心下一惊，赶紧低下头，答应着倒退出去，不自觉地对子荷产生了一点点怜悯。即使做了主子又如何，在这个即将入夜的时刻，还不是被王爷派去安抚心情不佳的将军？这事要是在后院传开了，可就是一个污点了，女人的清白重于生命呢。

邢向天闷着头走到门口，脸色沉闷，一路向他行礼的下人都被他无视了。

小厮牵着马过来，他一跃而上，正要打马而去，身后却忽然响起气喘吁吁的呼喊："将军！"

那柔柔的语音，是那样熟悉，邢向天猛地僵在了马上……

他慢慢回头，就见子荷穿着簇新的格格宫装，一路小跑着，见自己停下了，才扶住王府象征着权力的深棕色沉重大门微微喘气，因为跑动她的脸颊微红，看着动人极了。

"你、你怎么来了？"邢向天结巴着问道，还下意识用余光左右看了看，好像生怕被人注意到一样。

子荷低下头笑了笑，只是笑意却未达眼底，真怕有什么流言蜚语的话，又为何要在王爷面前提她？

她心中怨愤，脸上却越发温婉，放下手站直了和声道："将军莫要多虑，是王爷嘱咐我来送送你的。"

"这——怕是不好吧？"邢向天闷闷道，可到底是翻身下了马。

子荷下了台阶走到他身边。小厮牵着马远远在后头跟着，给他们足够的空间。两个人默默走在街道上，此处还是王府范围，除了隔三岔五静静走过的巡逻侍卫外，再无闲杂人等。

在这渐深的夜色里，邢向天闻着身侧佳人传来的阵阵幽香，忍不住有些心猿意马，可他随即就想到旁边这个女人已经是王爷的了，即将成为王府上了名册的正儿八经的庶妃，这么想着，那些乱糟糟的想法就都变成了苦涩。

"你不该来的。"他低声道。

子荷漂亮的眼睛低垂着，两手捏着帕子，"王爷要我来跟你话别，我也有话想和将军说。"她停下脚步，仿佛下定决心一般，咬着唇抬头望进邢向天的眼睛里："我知道将军这几年来一直错爱于我，子荷无德无能，深感愧疚。您曾明里暗里多次助我，子荷虽未言明，但也深记于心。只可惜现在罗敷有夫，您的恩情我可能只能来世结草衔环以待了，现在我给将军磕个头，聊表心意。"说着，就要跪下去。

"哎！不可不可！"邢向天慌得跟着半跪在地，有力的大手一下扶住了子荷纤瘦柔软的双臂,随即就像被她的身子烫到了一般,又惊慌地收回了手,结结巴巴道,"荷、荷格格,您现在是王爷的女人了,怎么能跪我呢?您——您是主子啊……"最后几个字,声音渐渐低了,像是一颗黄连在口里化开一样,苦得很。

子荷坚持跪在地上,轻声道:"将军千万别这样说,子荷知道,要是没有您的成全,我这个格格随时可以化为乌有……"

邢向天扯扯嘴角,想笑一下,可最终也没笑出来,慢慢道:"你这话才叫我无地自容。我不能给你幸福,难道还能拦着你幸福不成?"

子荷仿若受惊的小鹿一样,红着眼连连摇头,"将军!子荷没有这个意思——"

邢向天却抬手止住了她的话,向来憨厚直爽的面容难得沉静,一字字道:"子荷,在我面前你无须如此伪装,我注视你的时间远比你想象的要长得多,我知道你是多么聪明的一个女人。你放心,我永远不会成为你和王爷间的阻碍,就算得不到你,我也是希望你好的。"顿了顿,他的声音低了些,好像努力想对她笑一下,却没笑出来,"我已经向王爷恳求赐你高位,你很快就是庶妃娘娘了。"

子荷沉默下来,一直低垂着的眸子慢慢抬起,张了张嘴,终于没再说出那些无辜而委屈的话,只是淡淡一句:"谢谢你。"

这三个字听在邢向天耳中,却比那些生动艳丽的笑容或温婉可怜的泪水要美好得多。

他又恢复了那傻兮兮的样子,摸着后脑勺道:"不用谢。只要你日子过得舒心就好。"

子荷踢着脚下的石子,默默往前走,声音很轻,好像风吹动铃铛:"谈何容易?府中的高位妃子多如过江之鲫——"

她的话突然被邢向天打断:"她们何尝是你的对手?"

子荷停下脚步,望着他笑开,"是啊,我的对手从来就只有那位郡主一个,只要有她在一天,王爷永远看不到我。"

"你说的是……云罗郡主?"

"还会有谁?"子荷轻笑一声,透着微嘲。

邢向天皱着眉,面色犹豫,半晌之后才好像下定决心一样道:"你不用担心,她不会是你的威胁的,郡主很快就要远嫁了,王爷这辈子都见不到她了。"

子荷的眼睛里倏然冒出了慑人的亮光,那喜悦的神色把整张脸照得更加明亮,她激动地握住邢向天的胳膊,连往日的矜持都顾不得了,声音微微发颤地问:"你、你说的是真的?她一定会走吗?已经决定了吗?"

邢向天缓缓低头看向子荷搭在自己胳膊上的手,认识她这许多年来,这好像还是她第一次主动触碰自己，原来她的手这样软。她的眼里透着欢喜和笑意，那是真实的开心，因他的话而产生的开心。这个在沙场上戎马半生，见惯生死沉浮的男人，在这一刻竟产生了一种诡异的幸福。他突然觉得，这个结果其实挺好，云罗远嫁挺好。此后，顾明渊得到了世上最可爱的女人，子荷收获尊荣与终生的幸福，郡主获得了自由，而他，至少拥有了子荷最后一个笑容。

　　那，就这样吧。

　　邢向天狠狠闭了闭眼，压下眼底的湿润，然后咧开嘴对子荷一笑，大手重重地拍在子荷的小手上，郑重道："是，你放心吧，郡主一定会走，走得远远的。"一字一句，重如千钧，是当朝虎威大将军的承诺。

　　子荷笑开，容色如百合花般妍美，用清脆婉转的语音诚恳道："将军，子荷会记得你一辈子的。"

　　朦胧的夜色下，周围的风仿佛都暖和了些，卷着扶柳翠树的清浅香气，将人深深地包裹其中……

云罗搬出了摄政王府后就暂时居住在宗人府管辖下的一栋五进大宅里，以她的身份住那样的房子其实是有些委屈的，只是最近朝廷财政紧张，暂时没顾上给她修。而自从戎狄王子向丰启提亲后，赵牧就更不提这一茬了。嫁一个无关紧要的郡主出去，战败银子不用赔了，宅子不用出了，郡主每年的花费不用拨了，还能收回一笔聘礼，至于嫁妆象征性地给几抬就可以了，多么划算的买卖！

顾明渊到了郡主府外就被门房客客气气地拦下了，要找我们郡主？郡主不在呢。

"郡主去哪了？何时回来，可有交代？"顾明渊捺着性子问。

"王爷您说笑了，这主子去哪里怎么会跟我们奴才说呢？"门房一脸无辜。

顾明渊被这话堵得不行，沉着脸道："那本王进去等她。"

那小个子门房瞧着孱弱，脚底下动作却极快，没看清他怎么动作的，就"扑通"一下跪到了顾明渊的脚边，正好当当正正地挡住了他的路，"哎哟，王爷您老人家明鉴，郡主毕竟是个没出阁的女儿家，她人都不在奴才却将您放进去了，让别人看见可怎么说呢——"

顾明渊眯住眼，上下打量他，看着这奴才虽然瘦弱却好似蕴含着无限力量的肩臂，那副恭恭敬敬偏又油盐不进的样子，怎么看都不像一个普通的看门奴才，可他偏偏就出现在云罗的大门口。那个女人果然从不简单，只是自己一直以来有意地忽略了那些不寻常的事……

顾明渊沉了沉气，眸色越发深邃，低头斜睨着跪在他脚边的人一眼，冷笑道："既然如此，你便转告郡主本王来过了。"

"是。"那奴才再次叩头。

顾明渊这才转身带着侍卫上马离去。

他心中烦闷，一路便往城郊方向走，准备到临水的仙鹤楼上喝点酒，没想到在快出城的地方迎面碰上了邢向天。

邢向天穿着一身汗湿的军服，帽子被随意拿在手里，策马往城里赶，看到顾明渊好像也吃了一惊，立刻勒马停下，翻身下来行礼，"末将给王爷请安！"

顾明渊抬手示意他免礼，因着心情不佳，神色也淡淡的，"邢将军这是从哪过来？怎的如此狼狈？"

邢向天不好意思地摸头一笑道："末将方才在练武场跟耶律王子较量呢，王子身手委实不错，打得痛快！哈哈哈……"

"耶律洪杰在校场？"顾明渊皱紧眉头道，"他毕竟是敌国皇室，就算现在休战了，也不能进入军营重地的。"

邢向天看顾明渊生气了，仿佛有些怕了的样子，脸上赔笑道："王爷，是末将思虑不周了。不过王子这次是带着郡主一起来的，两个人直往那风景好的林子里钻，并不朝营帐走，想来是无碍的。"

顾明渊愣怔一下，眉宇间瞬间阴沉，"云罗她和耶律洪杰在一起？"

"可不是！"邢向天就跟完全没发觉顾明渊不高兴了似的，自顾自道，"我本来是邀请耶律王子来射箭的，没想到他把郡主也一起带了过来。话说回来，这两个人的感情也真好，皇上的赐婚旨意还没下来呢，他两个都公然抱在一起，骑着一匹马了……"

"哎！哎！王爷您去哪儿啊？"邢向天的话还没说完，顾明渊已经狠狠一甩鞭子，策马疾驰出去。

邢向天瞧着顾明渊一行人都骑马跑远了，脸上懵懂的表情才渐渐退去，取而代之的是一片沉肃默然。

他回过头，问身后的一名亲卫："郡主的马一时半会儿应该好不了了吧？"

那亲卫隐隐觉得自己好像窥视到了什么不得了的事，低下头不敢看邢向天，轻声道："痢疾很重呢，今天是肯定没法跑了。"

"哦，那就好。"邢向天自言自语地说，眯了眯眼，望着天上的太阳。

顾明渊赶到校场的时候，一眼就看到耶律洪杰正站在云罗身后，以几乎半抱着的姿势，带着她一起射箭，笑容亲昵。

顾明渊慢慢眯紧眼，神色冷峻，突然伸手从下面一个小兵的篓子里抽出一支箭，搭弓就咻地射了出去！那支箭擦着耶律洪杰的手射过，留下一道鲜红的血痕，又带走了云罗一段头发，最终中了两个人方才瞄准的靶！

"谁？"耶律洪杰痛得丢下弓，捂住手，回头怒喝一声。

戎狄侍卫不料这里还会有人放冷箭，也大叫着跑到王子身后戒备。

耶律洪杰如鹰一般犀利的视线定格在远处一个身形挺拔、眼神轻蔑的男人身上，他只静静坐在马上，就显得气势卓然于众人。耶律洪杰眸子一闪，放下手，慢慢推开挡在身前的侍卫走了过去。

顾明渊也淡淡地丢下弓，直到耶律洪杰走到近前了，才俯视着他，不咸不淡地说了一句："抱歉，本王手滑了一下。"

耶律洪杰刚才就隐隐猜到了他的身份，听他自称"本王"就更加确定了，轻笑一声道："堂堂丰启战神顾王爷也会有手滑的时候，看来小王的命格真是与此地相冲了，否则怎会一而再再而三地吸引箭矢朝着我来？"顿了顿，耶律洪杰的话锋一转，"不过上次险些中箭老天赐了一个美貌的郡主，不知这次又会有什么意外之喜呢？"他用挑衅的目光肆意看过顾明渊强劲精瘦的身体，里面似乎蕴含着无数喷发的力量，眼神都带着赤裸裸的暗示。

顾明渊的亲卫脸上都露出了怒色。

顾明渊却恰恰相反，非但没有被他话中隐含的轻薄之意激怒，反倒一勾唇，冷淡又漠然地挑明了道："我丰启是没有王爷出嫁的先例的，但若是王爷坚持，本王也不介意收三五男宠。"

"你！"耶律洪杰怒得捏紧了腰间的刀，随即就被心腹侍从从后用力拉住，那侍从对他摇摇头，低声道："太子，那是顾明渊。"

顾明渊——还在少年时期就一度将戎狄打得闻风丧胆，连他们国家最英勇的武士都在他手下过不了十招。如今这个男人积威日盛，位高权重，的确不会轻易再上战场了，但只看刚才他射伤太子、截断郡主头发，最后正中靶心的一箭，就知这男人手上的功夫并没有被金银美女所腐蚀，甚至更精进了。

云罗也走了过来，眼睛看都没看顾明渊一下，只轻轻拉了拉耶律洪杰绣着蟒的金线袖口道："算了，我们走吧，先给你包扎伤口。"

耶律洪杰阴狠地瞪了眼顾明渊，沉默了一会儿才对云罗微微点头，牵起她的手转身要走。

顾明渊看着他两个的背影却觉得胸腔里满是郁结之气，眼神阴霾道："慢着。"

"你还想怎样？可别欺人太甚了！"戎狄一个脾气火暴的侍卫长忍不住抽出了刀，回身指着顾明渊道，"我们王子这次作为战胜方来到丰启，处处可给足你们面子了，你们丰启不知感恩，还伤人在先，扣押在后，是不是要再打一仗！"

丰启的兵将看到戎狄人拿刀对着顾明渊，一副随时要冲过来的架势，心里不由暗暗叫苦，心说这位冷面王爷去哪里不好，怎的今天就跑到军营来找戎狄王子的晦气。但是再埋怨也不敢真让顾明渊在自己这里出事，笑话，堂堂摄政王在丰启兵营大帐被戎狄一个侍卫伤了，他还要不要活？

兵将几个手势下去，就要带人包围过去。而顾明渊坐在马上根本没回头，却仿佛有后眼一般，面无表情地抬手阻止了他们的动作，对耶律洪杰沉声道："王太子未免太多心了，我丰启礼仪之邦，万不会扣押别国使者，王子想走可随时离去。但是——云罗要留下。"

"王爷这样怕是不合适吧？"耶律洪杰低头看了眼身侧的女人，脸色冷了下来，上前半步将云罗挡在自己后面说，"郡主已经是我的未婚妻了，王爷有事还是跟我们一起

说吧。"

"未婚妻?"顾明渊冷笑一声,伸出手道,"把小皇帝的赐婚旨意拿来看看。"

耶律洪杰脸色铁青,就连军营几个文官的神情也不大自在,觉得顾明渊未免太大胆了,在这里连皇上都不叫,直接一句小皇帝,好像全不把皇家当回事!

南风飒飒吹过,军营旗杆上象征着丰启王朝的黄红旗帜随风抖动,发出沙沙的声响。这还是七十年前顾家的第二代亲手画就的军旗,王朝百万大军皆竖此帜,延续至今。

沉默的对峙中,顾明渊慢慢收回手,视线转向云罗,问:"你过不过来?"

云罗抿唇冷冷看着他,一言不发。

顾明渊笑笑,却是讽刺,声音变得低沉沙哑,在这风沙中听着有些可怕,"云罗,就算有皇帝的赐婚旨意,你也走不出这京畿。"

只要,他不允许。

两个人并肩站在哨楼上,因为顾明渊的吩咐,士兵们都离得远远的。站在高处,只能听到凛冽的风声和远处传来的号角与口号。

云罗明显耐性不佳,沉着脸没待一会儿就转过身面对着他道:"我以为王爷杀伐决断,从来都是个果决的人,没想到你也会做这么幼稚的事。"

"哦?"顾明渊眉峰微动,语气却是平淡,"你指什么?"

"你为什么射伤耶律?背后偷袭很光彩吗?"

"呵呵……"顾明渊低下眸子,笑了出来,但那笑声听着却如同从地狱判官喉中压抑地挤出的,让人后背生寒,"原来是替他抱不平——耶律,叫得真是亲切。"他慢慢抬起眸子,刀锋一样冷厉深刻的眼直盯住云罗,"你真预备要嫁给他了?你不怕?"

"我怕什么?"云罗无所畏惧地挺起胸膛。

顾明渊走近,几乎贴着她的脸,恶意地低语道:"有哪个男人能允许一个失贞的女人做自己的正妻呢?戎狄蛮夷之地,作风彪悍,你猜耶律洪杰会如何处置你?"

云罗的脸骤然苍白,狠狠盯住他,从牙缝里挤出一句话:"顾明渊,你真让我恶心。"

这已经是她第二次说这句话了,而麻木的心好像已生成了保护层。仍还有钝痛,但在承受范围之内了。好,这样很好。顾明渊微微笑开,却是冷淡,好整以暇地望着她。

云罗的胸膛在几次剧烈的起伏后渐渐平复,眼神冷淡而憎恶,"当初我是为你所迫,你要想以此败坏我名誉可以尽管去,但耶律不会介意,他与庸俗世人不同,他真心疼爱于我,我的苦难与屈辱只会让他加倍怜惜——不信,你就试试看!"说罢,大踏步越过顾明渊，向台阶处走去。

苦难与屈辱，这就是这个女人对他们两个人曾经缠绵的定义，她走得那样快，避他如瘟疫如恶鬼——她真的，对他没有一丝留恋。顾明渊的目光死死盯住她的背影，突然压低声音喝道："云罗！"那一声，宛如告别，含着令人动容的压抑的深深痛楚与决绝。

云罗下意识停住，却没有回头。

顾明渊沙哑的声音从后方传来："我有我必须承担的责任，你明白吗？"

云罗抿紧唇，眼神微动……

顾明渊沉沉地吐了口气："你不可能活着走出丰启——但只要你在京畿一日，我至少可以保你不死。"

短暂的沉默后，云罗低下头，笑了一下："在这里，我生不如死。"

"戎狄就会是你的乐土了吗？"顾明渊冷冷道，"那个你一生从未踏足过的地方。"

"那儿是我母亲的家乡。"云罗回身，看向顾明渊，静静道，"我是时候回家了。"说罢，再不迟疑，顺着台阶一步一步下了哨楼，走得很稳，坚定。

顾明渊站在军营的最高处，看着云罗那小小的身影出现在下面，她华丽的锦裙随风舞动，袖口飞摆，金丝银线在阳光下散发着夺目的光，她就像一只正欲展翅高飞的凤凰。而他，注定要折断她的翅膀。

她亲口承认戎狄是她的家，但丰启不能有一位家在戎狄的公主。江山与美人他总要选一样，当美人宁死也不愿让他选的时候，他唯一能做的也只有护好这片江山。

云罗，对不起了。高高的哨楼上，男人孤身一个人，负手而立，迎着风闭上眼，脑子里想到的却是很多很多年以前，他抱着还在童稚之龄的云罗登上岐山拜祭，那天的风也像今日这么大，只不过他和那个孩子紧紧靠在一起，所以一点儿也不觉得冷。

五日后的大朝会上，赵牧正式提出将云罗郡主嫁与戎狄王太子为妃，摄政王附议，此事终于尘埃落定。

顾明渊回府的时候面色看着有些沉郁，一进蔽词就关上了书房的门，吩咐不许王妃们来打扰。

屋外头隐隐传来子榆低而担忧的声音："王爷到现在还没用午膳，这样下去身子怎么受得了。"

"要不……我们去请灵侧妃娘娘来看看？"

"不行啊，你没听见王爷刚才说不见主子们吗？"

"这可怎么是好……"

顾明渊闭上眼,只要确定不被打扰就好了,后面的话他没兴趣去听。现在,他就想静一静。

桌子角落的包袱已经不在了,应该是送到云罗手上了。从没想到有一天会看着她嫁人,更没想过自己会亲手将她送上死路。顾明渊睁开双眸,低头看着自己的双手,然后闭上眼,又慢慢握紧了。

门闩发出一声轻响,紧接着门扇被从外推开,正午的日光刺进来,打破这一室的昏暗。顾明渊皱眉,手挡住外面刺眼的阳光,沉声问:"谁?"

"王爷,是奴婢。"子荷持着托盘轻移莲步走进来,带来一阵极清浅的香味,好像是檀香,味道并不讨厌。

但顾明渊依然没好声气:"本王不是说了,不许妃子来打扰吗?"

子荷沉默了一下,没有答话,而是自顾自将托盘放到桌上,人则走到顾明渊面前,单膝半跪在他的脚边,如过去她还未封妃时的每一日一样,给男人轻轻捶腿,说:"王爷,奴婢近来时常在想,为什么明明成了您的枕边人,该离您近了;可是见到您的时间却越来越少了呢?想着想着,奴婢都有些后悔了,如果身份和地位不能让奴婢与您更亲近,那奴婢要那些又有何用呢?"她双膝跪地,微笑着抬起头,望进他的眼睛里,神色宁静道:"王爷,请您废黜奴婢的妃位,让奴婢回蔽词来伺候吧。奴婢想知道您每日是否进膳了,心情好不好……"

顾明渊的目光冷淡,久久地盯着穿着一身下人服饰的子荷,忽然直立起身!

"巧言令色!"他背着手,神色愠怒,胸腔里憋了一天的情绪全在此时发泄了出来,"本王说了不准打扰就是不准打扰!这个王府现在真是一点儿规矩都没有了!"

"王爷,奴婢只是——"子荷想为自己辩解,可话没说完就被顾明渊冷笑着打断。

"只是什么?只是担心本王是吗?想做回丫鬟还不容易——本王成全你!"

他用身体硬生生撞开子荷,大跨步走到书桌边,铺开一张宣纸,提笔就要下旨,但墨砚里却没墨,抬头冷冷看向苍白着脸跌坐在地上的子荷道:"还不过来磨墨?"

子荷低下头,轻轻揉了揉自己的刚才扭伤的脚腕,眼圈有些红,又使劲闭眼忍下了,吃力地站起来道:"是,王爷。"然后,略微拐着走过去。

顾明渊只当作没看见,沉着脸,回身从梨花木的雕花架子上用力抽出几根墨棒,扔到桌上。

子荷沉默地往砚台里舀了些水,拢拢袖子,执起墨棒缓缓转动起来,墨汁就在她白玉般的手底渐渐氤氲开来。

顾明渊皱眉思考着如何下笔，余光却不由得瞥向她，子荷的神色那样安宁，仿佛不是在为自己准备降位的旨意，而只是红袖添香的风雅。

屋里一时安静下来，唯有墨香萦绕在鼻间，男人微微出神了……

远处就在这时传来了"嗡"的一声，不知是哪个寺庙撞了钟，仿佛一盆微凉的水浇下来，心火就这么渐渐消散，顾明渊沉沉地吐了一口气，心说自己是怎么了？为何要迁怒子荷？

一个庶妃而已，她无视自己旨意，擅闯中院，了不起就是降位思过，怎能让她回去当丫鬟这么荒唐？主子就是主子，奴才就是奴才。

"你现在出去还来得及，本王可以当你没来过。"顾明渊皱眉给自己找了个台阶。

子荷却笑着摇摇头，声音柔软："王爷，奴婢心甘情愿。"

堂堂一国王爷，问一次已是极限。顾明渊心中叹息，也恼子荷不知好歹，皱着眉，终于慢慢落笔：

兹有庶妃钟氏，于微处蒙恩提拔，然不知自躬反省，甚恃宠而骄，不服管束，即日起罢黜妃位，贬为三等丫鬟，以儆效尤。

他放下笔，也不看子荷，只面无表情道："你要的，拿去吧。"

子荷双手捧起那张宣纸，一点儿一点儿慢慢看过去，脸上的表情似悲似喜，最终回复了一贯的素雅淡然，她后退两步，像当日受封那般，轻轻蹲身福礼，"奴婢，谢王爷恩典。"

顾明渊蓦地一阵烦躁，蹙紧眉头坐下，挥挥手道："出去吧。"胳膊放下时却碰到了刚才多拿出来的墨棒，他执起来，也不回身，直接往身后的梨花木架丢去。

墨棒精准地被抛入格子里，却不料正好碰到上层一块已微微晃动的木板，电光石火间，那木板砰然落下，连带着上面的棱角锋利的珊瑚饰品一起翻了下来！

子荷原本低垂着头，注意到前面的异动，身体陡然一僵，"啊"地惊呼一声，身体却比声音更快！仿佛本能一样扑了过去趴到顾明渊身上，右手高举，就这么生生接住沉甸甸落下的珊瑚！一根尖锐的刺"扑哧"一声刺进了她手心的皮肉，鲜血顿时喷涌而出！

"唔——"子荷的眼泪一下就流了出来，却死死咬住唇，忍下了到嘴边的痛呼，她左手颤抖着伸出去，用力托住自己的右手，慢慢挪动着托着珊瑚到砸不着顾明渊的地方，这才哆嗦着将珊瑚扔到地上。

这时，鲜血已经滴滴答答地洇湿一大片地毯了……

"奴婢失仪，请王爷恕罪……"她颤抖着退后两步，离开他的怀抱，跪在地上道。

顾明渊双手紧紧握住打磨得光滑圆润的雕刻扶手，沉默了。他是习武之人，早在那个珊瑚稍有动静的时候，他就已经觉察到了，并且本能地想要往前躲闪。可是子荷却比他更快，她扑过来抱住他，为他挡下任何可能的伤害。那样决绝的姿态，让他恍惚间有了一个荒谬的念头，这个女子想保护他，不计代价地保护他。

一个女子而已，多么傻。

他看着她因疼痛而泛白的面容，额头的冷汗洇湿了她鬓角的发，那姿态少有地狼狈。他看着眼前的女子因他的无话而吃力地站起，一步步慢慢后退，临走时，还不忘用完好的手捡起地上那张罢黜的旨意。他忽然觉得……心里很不舒服。

这个女子似乎永远是这样，召之即来，挥之即去。有时甚至根本不用他开口，就像现在这样，拖着受伤的身体自己离去。她这一生做的最大胆、最主动的事情，大概就是找他讨要了那道要当回丫鬟的王旨。她说，荣华富贵比不上能伺候在他身边。

她大概是真心的。顾明渊想。

心底发出一声叹息。

"等等。"他沉声叫住了即将拉开门闩的女人，站了起来。高大的身影一步步走过去，在她身前投下了一片阴影。

"王爷……"子荷忐忑地微微抬眼看了看他，低声唤道，带着疑惑。

他不回答，只是忽然伸手拉住了她受伤的右手，子荷痛得低喊了一声，马上又忍住了，脸色更白了几分，也不敢抽回手，就那么眼里含泪地看着他。

他的眸底闪过一丝复杂的情绪，另一手迅速拉开外袍，从里衣里扯下一条雪白的布——

而后，迅速将布条缠绕在她的动脉位置，用力勒紧。

做完这些之后，他才放开她，负手而立，低头望着她淡淡道："你倒是不怕流血。"

子荷仿佛愣了一下，随即苦笑道："奴婢贱命……"

她话还没说完，就见顾明渊几不可察地皱了皱眉，好像不高兴了的样子，子荷住了口，不敢再言。

顾明渊的目光停留到了她一直攥在手里的宣纸上，突然朝她伸出手，掌心向上。

子荷看着那骨节分明的手指犹疑了一下，迟疑着将旨意放到他手里。

顾明渊抿唇展开，幽深的视线看着墨汁未干的字迹，不知在想什么。

"你当真想留在蔽词？"他蓦地开口。

子荷心中一颤，福身小声应道："是，王爷……"

顾明渊深深地盯着她，寂静仿若将这一刻无限拉长，以致在未来的很多很多年，子荷都难以忘记这一日所发生的一切。

他说："好——本王如你所愿。"

然后，那个男人大步走到门口，拉开了房门，对外头守候的侍婢道："叫太医过来。还有，宣本王口谕，庶妃钟氏赐封号'荷'，自即日起搬入蔽词偏殿，伺候本王日常起居。"

摄政王府自顾明渊登位迄今十年，子荷是继云罗后第二位奉旨常住蔽词的女人，更是后院第一位与王爷同居的妃子。

子荷呆呆地盯着顾明渊的背影，下一瞬，双手捂住脸，压抑而放肆地哭出了声来……

"王爷，奴婢不值得的……王爷……"那一声声含着泪的呼唤，配着染血的手，足以融化任何男人的心。

而此时，顾明渊也不过是个寻常男人。

"过来。"他朝她伸出手。

子荷一步步走过去，流着泪慢慢握住他的手，靠进他的怀里，他的胸膛坚硬而宽广，是天底下最强有力的港湾。

屋外，明亮的日光下，所有王府里最有头脸的、顾明渊的随身奴才丫头们呼啦啦跪了一地，磕头发出山呼般的叩拜："荷妃娘娘万福金安！"

那一声声，震天动地，子荷哭得情难自抑，心底却是一片无波的湖水。终于到了这一日，她终于有了去争那王府第一人的资本。

同一时间，清虹苑内，顾文杰将自己关在房里快两个时辰了，不去上学，也不肯用膳。

灵儿赶到时厉声将奶娘丫鬟婆子训斥一通，责怪她们到现在才来通知自己，等焦急生气的形象做够了，才问起原因。

"到底是谁惹杰哥儿不痛快了？"她神情威严地扫视过众人，看大家都不说话，冷笑一声，"没人出来？那还不好说，所有人都拉下去打三十大板！"

"娘娘饶命！"

"娘娘饶命啊……"

一群老弱妇们哭喊声响成一片，都拼命朝灵儿磕头。

"奴婢们也不知道怎么回事啊！都尽心伺候不敢有丝毫懈怠啊！"

"是啊，娘娘，打从清晨宣旨太监走了少爷就这样了，奴才们真的冤枉啊！"

"娘娘明鉴……"

一堆乱七八糟的告饶声中，灵儿敏感地抓住了一句话，难道是……

她眸底闪过一道暗芒，脸上却不动声色，目光微微扫过紧闭的门扇，故意扬高了声音道："既然问不出个准话，就把这群不中用的奴才全都打发出去！"

"不要！别——别赶走奶娘……"果然，屋里响起了顾文杰有气无力的声音，下一刻，门打开，一个脸色暗沉神情萎靡的男孩走了出来，倒真有几分太医说的寿数不长的模样。

灵儿一看他的样子就情绪失控地惊呼出来："文杰！才一晚上怎么你就成这样了？"

那愤怒与痛心竟全不似作假。

须知文杰可是她后半辈子的指望，在他没有留下嫡子之前，她比谁都希望文杰长命百岁。

她转过身，怒视台阶下的奴才们，这会儿真有了打杀她们的心了。

文杰却虚弱地开口："……你进来吧，一个人。"说完，默默让开了门前的路。

灵儿低头看了看文杰，犹豫片刻，终是阴森森地交代一句："流珠，看好她们。"然后拔脚朝屋里走去。

文杰待灵儿一进去就沉默地关上了门，独自爬到榻上发呆，也不看灵儿。

其实从萧氏死后他就经常这样子，但又与现在不同——

那个时候，这个孩子的眼底至少有恨，有神采，有种信念在支撑着他。

"为什么不去上学？"灵儿心底有了隐隐的揣测，脸上却不露半分，只生气地问。

"我上学还有用吗？念书有用吗？得到父王的夸奖有用吗？"

文杰回头，一字一字缓慢道，麻木的表情配在他稚气的脸孔上只叫人觉得心里发寒。

但他到底还是个孩子，说着说着，眼泪就落了下来，他拼命用袖子擦着，最后呜咽地捂住脸，"没用了！没用了！母妃再也看不到了，就连害死她的人也要走了……"

"你人生的意义难道就只有你的母亲吗？"灵儿冷冷道，"她去世了，你就也跟着不想活了？像你这样，就算云罗不远嫁你又能拿她怎样？简直是没出息透了！"

顾文杰愣住，这几日他闹脾气闹失落，所有人无一例外都在柔声安慰，都怜悯他是个没娘的孩子了，灵儿还是第一个这样对他疾言厉色的人。

他一下哭得更厉害了，大喊道："是，我是没出息！反正母妃不在了，你们都可以随意欺侮我了！你根本没把我当你儿子！"

"对，你的确不配做我徐灵儿的儿子。"灵儿深吸一口气道，她弯下腰，双手握住文杰单薄的肩膀，清到犀利的眼睛好像要刺透人心，"你觉得生母死了很可怜是吗？你觉得云罗这个仇人走了，你就是再风光也失去了意义是吗？我告诉你，你错了，你生来就是天之骄子，你必须要高高在上，你的尊贵不是为了让你的生母骄傲，不是为了拿来报复你心中的仇人，而是你与生俱来的血统注定。你的从小锦衣玉食，起点不知道要比那些贫民家的孩子好多少倍，若是在这样的情况下你还要自暴自弃、自怨自艾，那好，我成全你，我放弃你。"她静静地盯住文杰，神色冷淡而疏离，转头就要走！

"不要！你别走！"文杰望着灵儿决绝离去的背影，整个人被恐惧包围，手脚冰凉，哭闹着连滚带爬地从榻上跌下，腿摔疼了都顾不得，跑过去抱住灵儿的腰，"别不要我！母妃……母妃……"

他哭得身体都战栗了，打着泪嗝儿不断道："不要、不要丢下我……"

不过是个孩子啊，再装作苦大仇深，再喊着让所有人都走，其实内心希望的也不过是大人来围住他，哄着他。

灵儿的唇边露出一丝几不可察的笑意，很快又敛去了，她回过身，半蹲下来，严肃地望着文杰道："不闹了？"

文杰怕了，红着眼，咬唇慢慢摇头。

"还敢不敢逃学了？"

文杰吸吸鼻子，又摇了摇头。

灵儿这才舒了口气。大棒打完，也该给甜枣了。

她将那个孩子松松地抱进怀里，初时文杰还有些僵硬，但与曾经的萧氏相同味道的香料，很快就让这个孩子放松下来，软软趴到她的肩头了。

她笑了笑，说："文杰，你还小，未来的人生还有很长，你有着大好的前途。你母亲的事……我知道对你打击很大，但那都是大人的争斗，我和珍妃都不希望你长久地陷在悲伤或仇恨里，作为你的母亲，我们只希望你能健康开心地长大，成为一个顶天立地，对国家、对王府有用的男人。"

"可是那个女人——"

"云罗郡主已经离开了，走得远远的。"灵儿淡淡地打断了他，"你这辈子都不会再看到她了，你还要为一个记忆中的人耽搁人生吗？"

文杰久久地沉默着，王侯子弟本就早熟，他虽然只有六岁，可灵儿的话他都听懂了，不仅听懂了，他还听出了灵儿的一片仁慈之心。

他知道自己的母亲和这位灵母妃，跟云罗都是敌对的。但灵儿没有教唆自己去恨云罗，反而劝他心怀宽广，积极面对人生。她在卑微时曾经被母亲欺负过，被自己辱

骂过，按理应该讨厌他们的，可灵儿封妃后非但没有报复刻薄他，反而一力袒护全心善待。母妃出事时灵儿的表现他不说，可全都记得。

这个女人，其实对他真的很好。

以前他一直有意地忽略着这一切，不过是因为生母健在，他不愿对养母投入太多感情，他早晚要走的啊。

可是如今，他真的只有灵儿了，只能依靠她了。

灵儿说得对，他不能再这样下去了，否则只会毁了自己。

母亲死了他就该长大了，仇人离去他更要自强，只有他强大了，有朝一日才可能有仇报仇、有恩报恩。

"母妃，你放心吧，我……我明白了……"

灵儿深深地看了他一会儿，好像在确定他是真的想通了，然后才站起身，细细为他收拾好凌乱的衣裳说："能想通就好，今日就休息一下吧，不过明天要把今日落下的功课补上才行。"

文杰点点头，目送着灵儿远去，直到女子的背影都远得看不到了，才慢慢摘下了脖子上的白玉吊坠，看着那晶莹剔透的小老虎发了会儿呆，最终回屋将它收到抽屉里，然后，打开那个精致的檀木盒子，戴上了收藏已久的灵鸟怀表。

远处，流珠叫小丫头们都走远些，然后才困惑地压低声音对灵儿问："主子，您为何要劝杰少爷别恨那位了？若……若哪一日杰少爷上位了，没准还能帮您报昔日之仇呢。"

"仇？我与云罗又有何仇？"灵儿却似全不在意，"她是死是活与我何干，我只要她离我远远的就好了。"何况，杀母之仇又岂是她三言两语能抹灭的。与其让文杰继续被仇恨阴霾压得喘不过气来，倒不如激励他自强，对自己更有利呢。只是这些，她没准备和流珠解释。

不知不觉间又走到了那条蜿蜒的石子路上，灵儿踏着当初陈盈姗摔倒过，流血过的石级，悠闲地散着步，淡笑着观察这座处处精致又雄伟豪华的府邸，骄傲矜贵的模样，仿佛她已经是这里的女主人……

多不容易啊……她在凉亭处停下，俯览着脚下的湖水，长长地吐了一口气。萧氏死了，盈姗流产，云罗远走，容庶妃失宠，她终于斗倒了这府里的所有女人，自今而后，再没有人能和她争了。未来皇后之下，她就是天下第一权势女子。只要想到这些，她就觉得以前所有的苦难、屈辱、隐忍、谋算，都是值得的。

灵儿心情大好，回头对流珠问："王爷回府了吗？"

流珠蹲身道："回主子，王爷早就回来了呢，不过一直在蔽词里没出来过，还吩咐不许娘娘们去打扰。"

"哦……"灵儿自动忽略了流珠最后一句话，微仰着头，抬起青葱一样的玉指，"既如此，我们就去探探王爷吧，吩咐厨房炖一盅上好的补品来。"

流珠只是稍一犹豫，就笑着伸出胳膊扶住了灵儿的手，清脆道："是，主子。"

王爷不许娘娘们去打扰，可如今她家主子，又哪是寻常娘娘呢？

就这样慢悠悠溜达到蔽词附近，远远见到管事太监捧着什么往后院方向走，隐隐还能听到清道鞭的声音，应是传旨去了。灵儿挑挑眉，不以为意地回过头，继续朝前走，旨意的内容她大约猜得到，早上郡主被许出去了嘛，现在无非要备嫁了。府里的库房又要清一清，但灵儿的心情倒是很好，那点子东西算什么，她的后福大着呢。

那边，小厨房的人早就赶到了。公侯之家的下人对于上层风向最是敏感，灵儿上位是大家心中默认的结果，对于她的吩咐，后厨不敢不尽心，厨管事放下所有事，亲自盯着人炖了阿胶鲍鱼浓汤煲，然后提着篮子颠颠赶过来。

灵儿见到他，淡淡笑了一下："没想到是你亲自过来了，倒是劳烦了。"

那管事马上跪下，讨好道："娘娘这话折杀奴才了，奴才们就给主子使唤的。"说着，双手呈上食盒。

灵儿矜持地点点头，以眼神示意流珠接过来，又赏了几颗金瓜子，这才目不斜视地从他旁边迈过去了。

小全子听说她来了，一路小跑着过来迎，苦着脸打千行礼，"哟，灵主子您怎么来了？您看王爷才说了不要娘娘们探望……"

"我有重要府务要和王爷禀报。"灵儿声音柔和，语气却不容忤逆。

听灵儿这样说，小全子哪里还敢拦？只能无奈地跟着她往里走了。

蜿蜒曲折的回廊上，灵儿端着补品，与子荷狭路相逢。灵儿眼睛一扫子荷的装束，藕荷色宽松银纱上衫，下罩着一件浅绿色襦裙，那家常的姿态就跟她不是走在王府最庄严的中院，而是自己的后花园一样！

灵儿心里不喜欢，回头皮笑肉不笑地对小全子道："不是说王爷不许后妃来打扰吗？怎得钟妃还在此处？"说着，不等小全子答话，又对钟氏做和蔼可亲状，笑道："钟妹妹你穿这身衣裳真好看，我那儿还有两匹素色的料子，回头你去取了做衣裳吧——"她忽地一顿，话锋一转道："但是啊，这无规矩不成方圆，你既是来蔽词拜见王爷，不说穿吉服吧，至少得是正装啊。这回就算了，以后可得注意着些。"

"这——"子荷一脸无辜状,"娘娘教诲得是,只是正装还须佩戴头冠,我整日走着也有些不便。"

"整日?"灵儿狐疑地下意识反问,心里闪过一个不可思议的念头,脸色变得极为难看。

小全子这时才终于找到了话缝,深悔刚才没有在灵儿一进来时就告知,愁眉苦脸跪下道:"都是奴才们的失误,娘娘可能还不知道,王爷晌午才下了旨,钟主子赐封号荷,以后就住在蔽词,就近伺候王爷起居……"

灵儿的身体一动不动,整个人就如被打了一闷棍似的,呆住了,恍惚间只能看到子荷垂眸浅笑,微露得意的模样。想想自己刚才说的话,简直就是个傻瓜!子荷来蔽词哪里是拜见的,根本是回家!既然是回家,又何必需要日日穿正装?

可是……王爷怎能这样对她……

在府里无正妃的情况下,在与她一起代掌府务的云罗远嫁的情况下,在所有人都认为她上位是必然的情况下,将子荷迁入蔽词!这跟当众打了她一耳光有什么区别!

因为怒意,仇恨,嫉妒,灵儿的面容在一瞬间几乎有些扭曲,她双手攥得死紧,精致的宝石指甲深深刺入手心,痛得她想要尖叫!想要反驳!想要过去撕了子荷那张伪善的故作娇柔的脸!

但是她知道,她什么都不能做。

她的胸膛剧烈地起伏着,用尽全身的力气,勉强挤出一丝温和的笑容,说:"那真是恭喜妹妹了,晚上我叫众位妹妹一起来吃个饭,也算恭喜妹妹乔迁之喜。"

"多谢姐姐。"子荷不卑不亢地福身,到了今时今日,她已经没有对灵儿曲意讨好的必要了。两个女人相携着朝院落深处走,亲昵地说着女子的悄悄话,肩碰着肩,脸碰着脸,仿佛她们生来就是一对好姐妹一般。

终于,走到了书房外,灵儿仿佛才注意到子荷丫鬟手里提着的篮子似的,故作诧异地问:"哟,原来妹妹也是来给王爷送吃的?真巧——"

"的确是来找王爷的。"子荷柔柔一笑,故意忽略灵儿话中的"真巧",回头从篮子里捧出安神茶,漫不经心地说,"不过倒不是送吃的。我方才已劝着王爷好歹用了些东西,膳后他说想喝我亲手调的安神茶了,这不,我赶紧给他弄了,喝了好伺候王爷歇个午觉。"顿了顿,她的视线在流珠捧着的托盘上微微一扫,又故作无奈地叹道,"您说王爷也真是的,中午那餐台上剩了好些上好的补品汤羹,王爷通通不要喝,就要这口子茶……"

灵儿面上的笑意淡了些,静静站着不说话。

子荷也不追击，含笑欠身，就要拿起安神茶往里走，却被灵儿忽然伸手拦住。

"妹妹侍奉王爷许久也辛苦了，不如这茶就给我拿进去吧，我正好有些府务要和王爷商谈。"她抓着托盘的另一边，说话声音温柔，语气却不容忤逆。

而子荷，没有放手。她紧紧抓着托盘，身子纹丝不动，眼神沉着静然，缓缓道："王爷命我——亲奉茶入内。"

"轰隆……"

狂风大作，天色不知何时暗了下来，树枝落叶被巨大的旋涡猛地卷向高空，灵儿目光阴沉，与面容沉静的子荷默默对峙。这一刻，仿佛时光倒退，纷乱的岁月就这样扭曲重合。

那是在多久以前，她矜持地立于门外，对侍婢子荷交代道："给我吧，你出去伺候。"那个婢子，柔顺无声地退出门外。

而今，她对已是荷妃的婢子柔声笑说："妹妹也辛苦了，不如交给我拿去。"那位荷妃，冷淡孤傲，"王爷命我——亲奉茶入内。"

屋里响起了顾明渊的声音："谁在外面？是子荷吗？"

"是，王爷。"子荷微微一笑看了看她，对里面答道。

"站着做什么？进来。"顾明渊道。

子荷轻笑，一只手推开门，娇小的绯色绣鞋踏地，迈入屋内。

顾明渊站在书桌后，抬起了头，一只手还拿着狼毫。他对子荷一笑，朝她伸出了手。

门外，灵儿沉默地看着这一幕，感觉身体里的温度在一点点流逝，手心冰凉，动弹不得。

流珠担忧地轻唤她，而她恍如未觉。

她想到了一个时辰前，在石子路湖边，她看着脚下的王府，自以为从今而后，再不需争斗，因为她已站到了王侯诰命之巅。现在，她明白自己错了，错得太离谱。在这座巍峨宏伟，金碧辉煌，已经屹立百年，充斥着这个国家最高权力的府邸里，其实争斗永无休止。

不进则退，退后就是万丈深渊。

"娘娘……"流珠看着灵儿的样子恐慌急了，几乎要落下泪来。她用力拽拽灵儿的袖口，眼睛不住瞟向屋内伉俪情深的两个人，哽咽着劝道："主子，您别这样，咱们回去吧……"

半响之后，被晃悠得醒过神来的灵儿才迟缓地一点点转过头，对流珠轻轻一笑，吐出一个字："不。"她伸手，拂掉了流珠拉着她的手，目光看向屋里，说："我要进去。"

她还要进去,继续斗下去。

她还是王府第一侧妃,她不会输。

灵儿深吸一口气,整理了下自己精致瑰丽象征着权势地位的服饰珠串,打起最温婉适宜的笑容,轻移莲步,朝前蹲身福礼:"妾身徐氏,求见王爷。"

"轰隆!"天空爆出震天动地的一声响雷,这场压抑许久的大雨,终于以势不可当的劲头降下。落叶、飞沙、走石,还有那些娇嫩的盆栽花,都被暴风卷入空中,从此永远消失在时光动荡的洪荒里,唯有深根扎入泥土里的参天大树,才可同日月屹立不倒。

一辆带有丰启皇族标志的四蹄马车在京城最大的街道上疾驰，四周有戎狄侍卫呼喝着护卫，路过的行人摊贩都纷纷靠边避让，就连寻常官员也命家仆停轿或绕路。多事者难免嗑着瓜子在路边嘀咕：里头是哪位贵人？

偶尔有风吹过，车帘微动，隐隐露出一张女子沉静的面容，她低着头，好像在翻看什么。

云罗慢慢抚摸着包袱内以金线缝边，整体颜色灰暗的古怪坎肩，轻声问："这就是江湖闻名的软猬甲？看着还真是……不起眼得很。"

琴娘已换回自己本来的面容，一袭红衣坐在云罗身侧道："我用匕首刀剑巨斧都试过了，确实是刀枪不入的好东西，何况顾明渊何许人也？他不送便罢，送了就一定是真的。"

云罗看了她一眼，轻笑了下，只是脸上却看不出什么开心的神采，"我记得你从前是很不耻于他的，如今怎倒有了点臭味相投的味道？"

"什么臭味相投，死妮子真不会说话！"琴娘佯怒着用手点点云罗的头，随即又沉默下来，"顾明渊不是个简单的人物，他的武功修为兴许可以与师父一较高下。"

"你们动手了？"云罗想到临行前一晚琴娘这个"贴身侍婢"曾被顾明渊传唤过去，不禁急了，倾身过去问，"他是不是认出你了？你有没有吃亏？"

琴娘看着她着急的样子不由得笑出声来，安抚着拍拍她的手道："别急别急，我这不是好好地在这儿？他应该是早就知道我的身份了，之前一直在装傻罢了……"

琴娘沉吟着陷入回忆——

昨天晚上，她看着云罗睡下，自己正准备回房休息，就被顾明渊的侍卫带走了。

那个男人独自在书房里，窗外阴沉如墨，屋里却只点着一盏昏暗的烛火，瞧着阴森森的。

他坐在书桌后头，面无表情，身前铺着满桌子的宣纸，呼啸的风顺着窗户吹进来，发出呜呜的声音，正好吹落了一页纸，飘飘荡荡地落到了琴娘脚边。她迟疑着低下头捡起来，竟是一张抄得密密麻麻的佛经，琴娘当时就觉得头皮一紧，那满篇的南无阿弥陀佛简直让她后背发毛。

身后的门"咣当"一声从后关上，琴娘回过头，身后竟空无一人，她心里骂了一声，默默想着这男人莫不是伤心疯了吧？

正当琴娘都犹豫着要不要先走人的时候，顾明渊开口了，男人的声音低沉沙哑，在这样的晚上显得有些鬼魅，"你们要走了？"

这话听着古怪，但琴娘不想刺激他，遂警惕地说："是啊，您不是同意了吗？郡主

大婚也是喜事嘛。"

"喜事、喜事……"顾明渊低低念叨几声，突然像破了口的风箱一样佝偻着身体疯狂咳嗽了起来，好像要把胆汁都咳出来似的！

"王、王爷，你没事吧？"琴娘胆战心惊，进退不得，试探着往门口走，"要不我去给你传太医？"但她的手才搭上门闩，就感觉后面一股劲风袭来，带着能切木断铁的力道，如利刃般刺来！

琴娘面容沉肃，一个后空翻闪过了冷厉的掌风，回头过去时眼神立时锋利了，大喝道："顾王爷竟也做这背后偷袭的事？"而几乎就在她说话的同时，整个人也朝顾明渊飞跃过去，带着冰寒的杀意，五指不知何时冒出尖锐带毒的指甲，仔细看去竟好似她平时弹琴戴的假指甲。

顾明渊冷笑一声，方才还咳嗽得好像要死了一样的男人，竟坐在椅子上生生后退了三步！"嗡"的一声撞上了身后的梨花木隔断栏，随即抬手三下五除二化解了琴娘扑到眼前的攻势，一边接招还一边游刃有余道："想不到我府里一个小丫头也有如此身手，本王真是意外得很。"

琴娘眼神阴狠，觉出他未尽全力，心里更怒，招招都下了杀手，"摄政王麾下藏龙卧虎，我这点雕虫小技何足挂齿呢？"

"谁敢说容眠山四大弟子之首是雕虫小技呢？"顾明渊的眸子倏然收紧，一脚踢飞了她摸向腰间褡裢的手，那小荷包一落地就发出"啪"的一声，浓烟爆了出来，也不知里面都是什么东西。他心神一凛，不敢再迂回试探，一手狠狠扼住了她的手腕，反弯折过去，用力压倒在桌面上，坚硬的身躯带着强烈的压迫力叠在她身上！琴娘恼羞成怒着用力挣扎，却被顾明渊再一次用力压住，甚至还惩罚般地踢向她膝弯，强迫她半跪在地。

这次，琴娘再没了挣扎的余地，她回头狠狠瞪向顾明渊，"王爷今日莫不是专程来跟我容眠山过不去的？"

顾明渊抿唇不语，冷峻高傲不可一世的模样，好像世间万物都不过是他掌心的玩物，"专程与你们过不去？呵，你未免太拿自己当回事了些。除开那些魑魅诡谲的花招，你们还有什么？"他松开对琴娘的桎梏，退离到几步外，负手而立，淡漠道，"本王今日不过小惩大诫，你们帮派既已出世多年，最好就不要再参与进这国与国的争斗中了，否则我丰启将士必会登上你凌霄峰要个说法。"

琴娘寒着脸看着他，眸底压抑着怒火，一声不吭，她一边揉着自己酸痛的胳膊，一边时刻保持戒备以防他再突然出手。

而顾明渊说完了话，眼风一转扫到了琴娘身上，"本王说完了，带着你那些毒药暗器走吧,永远不要回来。"

琴娘心里咬牙切齿,却一点儿不想跟这个煞星多作纠缠,托起酸麻的胳膊便要往外走。身后却忽然飞过来一个包袱,然后便听到男人声线低沉道:"替我带给她。"

琴娘肯定不会将来路不明的东西直接放到云罗身边,她皱眉闪身躲过包袱,冷冷看了看顾明渊,手自腰间随意一摸,就已戴上一双银丝手套,谨慎等待片刻看包袱没什么古怪,这才小心地弯腰打开,只第一眼,就愣住了。

这东西……

她没有见过软猬甲,但是在将那马甲展开的一瞬间,心里几乎就认定了——这就是软猬甲,传说刀枪不入,令江湖中人趋之若鹜的好东西。

"王爷这算嫁妆吗?"琴娘故意讽刺道,手下却一点儿不慢地迅速将包袱收起,背在肩上。

"……随你怎么说,交给她便是。"说完这句话,他突然猛地闭了闭眼,笔直的身体也轻轻一晃。

琴娘一怔,随即望向外面,果然,快到戌时了。

"你若求求我,我可以考虑用些魑魅魍魉的伎俩为你减轻痛楚。"琴娘恶意道。她还记着方才被顾明渊压制得动弹不得的仇呢。

"不想死就出去。"顾明渊的面容冷如寒霜,单手背在身后,另一手在空中凌空一抓,紧闭的房门就好像被一只无形的手硬生生拉开!琴娘心神一凛,回头看了眼,再望向顾明渊时眼神已变得暗沉,她怎么忘了,这个男人就算是只没牙的老虎,也能用利爪伤人的。

只是……她看着那个曾经无所不能的男人,用手轻轻摸了下桌沿才慢慢坐下,一刹那,她情绪竟有些复杂,说不出是惋惜还是讽刺。

"王爷武学造诣令人佩服,可惜受眼疾所限,再难有所突破了。"琴娘道。

顾明渊神情冷淡,一言不发。

琴娘笑了笑,又道:"你为她做到这种地步,她却避你如蛇蝎,你觉得值得?"

"是挺不值得,所以才有了明日王府的喜事啊。"顾明渊语气平平道。

"你真这么想吗?那这又是何意?"琴娘扬手晃晃那包袱,"就王爷这定时失明的身体状况,似乎比阿罗更需要这个——若是我没记错的话,软猬甲就是三百多年前玄真道人隐居避世时为自保所制的。"

顾明渊久久没回话,甚至闭上了眼,就在琴娘几乎以为他不会回答的时候,才隐隐听到男人低沉沙哑的嗓音:"你错了,玄真道人在出山后,是将软猬甲穿在了自己师妹

的身上……"

那时，琴娘一只脚已经迈出了门，她站在书房内外的分界之间，身前是呼啸的夜风，身后是一室近乎凝滞的空气。也许……是听错了吧？她恍惚地想。

…………

云罗听完琴娘的话沉默了好一会儿，那短暂的瞬间，她的灵魂仿佛都脱离了身体，游离在上空，悠悠荡荡的声音，触不到地。

"三百多年前，朝堂动荡，东厂指挥使大肆诛杀江湖不愿归降之人，隐居已久的玄真道长忽然出现，带着师妹出逃却最终被围困在幽冥山谷里，副指挥任不破下令放箭，玄真道人的师妹靠着软猬甲庇护撑到了同门来救，而玄真道人则受万箭穿心而死……"

"是这样吗……"琴娘听着当时的惨烈情景失了神，"他既然都躲进了山中，为何要出来呢？就是出来了，为何不自己穿着辛苦制成的软猬甲呢？"

"……"云罗猛地攥紧手里的衣裳，头微微低下，胸口好像被大石撞击了一下似的，痛得厉害。

他为何要出山？

应该，是来寻他的师妹的吧……

他为何要脱下软猬甲？

也许，那从开始就不是给自己制的，而是想保护他心里最重要的人。

钝痛的感觉从胸腔里升起，如被雷电击中一般迅速窜流到身体的每一寸，疼得简直让人受不住了。云罗一点点弯下腰。

身边响起了琴娘的一声惊呼："云罗，你怎么哭了？"

云罗怔怔地伸手一摸，一片濡湿，这才发现自己已满脸是泪。

而后那一路上，云罗就那么抱着包袱，失神地蜷缩在马车一角，有时摸摸手里的软猬甲似哭似笑，有时甚至轻轻颤抖。

琴娘没有再问她怎么了，她连提，都不敢提。

戎狄王子暂居的外交馆就在皇城大街的西头，正好和摄政王府两个方向，琴娘看云罗的样子不敢让马车走快了，这一路晃晃悠悠竟是到了正午时分才到。

云罗一掀开帘子，就见耶律洪杰已站在外头伸出手，要亲自扶她下车。他脸上带着爽朗的笑，小麦色肌肤上点点汗珠，可见在这儿站了不短的时间了。

云罗心中内疚，一边下意识整理仪容，一边不好意思道："对不住，王子，让你久等了，其实你很不该亲自来迎我的。"

"这算什么！"耶律洪杰的表情好像有些急切，左右看看又强自忍住了，只是用力握紧了云罗的手，牵着她往台阶处走，"若不是怕徒惹风波，我都想亲自去王府接你的，你不知这几日我有多担心，就怕那位摄政王不肯放你。"

云罗笑着摇摇头。

在跨进外交馆的一刻，周围所有戎狄侍卫动作划一地跪下，沉默中，那膝盖盔甲齐齐落地的声音，仿佛带着重物砸在心上。

耶律洪杰意识到云罗情绪不对，搂住默默停下的单薄女子，半是承诺半是抚慰一样道："别怕，你回到我们身边了。"

他原本为云罗准备了一个热闹的迎接晚宴，还不惜重金请京里几大知名戏班杂耍来表演，但都被云罗以身体不适为由给推拒了。

耶律洪杰急了，追着她一直到了后花园里。

"阿罗，这毕竟是你第一次大婚，就这么悄无声息地把你用马车接来已经够委屈你了，若是连个像样的晚宴都没有，你要我心里怎么过意得去？"

云罗坐到回廊精致的扶栏上，抬起头无奈道："什么大婚，你可别乱说。我嫁给你本来就是古今第一荒唐事了，不忙着遮掩还真要大宴宾客吗？"

"但是——"耶律洪杰不甘心地还想说，云罗就站起来，推着他的肩膀连退了几步。

"好了，你就别但是了，我真的很累了，想自己待会儿，好不好？"

在云罗的身后，走廊的尽头，琴娘站在那儿，对他轻轻摆手，在她身后隐隐有个坐着的男子身影。耶律洪杰愣了下，随即了悟，叹了口气顺着云罗道："好吧好吧，我走就是了——天下的好男人多得是，你可别钻牛角尖。"

"师弟。"耶律洪杰的话还未说完，后方已响起了墨子琪不赞同的声音。云罗下意识回过头，就见许久未见的人穿着一袭玄色衣裳，长发松散地梳在后头，伴着秋日微风，姿态闲适地转动着轮椅缓缓行来。

岁月似乎对他格外偏爱，丰启国都里的日晒风霜仿佛没有在他身上留下一丝痕迹，他微微一笑，清俊淡雅，在他身后那一片雕栏玉砌精美绝伦，却过分沾染了匠气的景致，一瞬间好像都变得模糊了。宛如——他从山水中走来。

就在云罗失神的片刻，墨子琪已到了近前。

他轻轻执起她的手，入手一片冰凉，好看的眉头马上皱紧了，一边往她手心上哈着气，一边担忧掺杂着些微责备道："别人都还在过秋天，你倒是提前过冬了，自己的身体就不知爱惜着些？"

"师兄……"云罗不自在地抽回手,注意到墨子琪蓦然黯淡下来的眼神,心里却更不舒服,只好佯作无事一般走到他身后,推起轮椅,顺着长长的走廊,一路到了尽头的柳树下,石桌旁。

"你昨日是从王府出嫁的?"墨子琪低声问道。

云罗坐到石凳上,轻轻点了点头。

"他可有来找你告别?"

"告别?我们又能说什么呢?"通常哥哥给妹妹送嫁时的祝福,若是那个男人说出来只是笑话。云罗自嘲一样笑笑,吐了口气,望着远处微波荡漾的湖水道:"相见不如不见吧。"只是想到那个包袱,想到那件保护最重要的人的软猬甲,眼底还是不由得浮起酸涩的感觉。

墨子琪沉默片刻,突然抬起琉璃一样剔透明亮的眼,淡淡道:"不见也好,不开心的事就早些忘掉吧。"

云罗微微一愣,看向远方的视线收回,有些讶异地盯着墨子琪,他不是一向主张让自己多给顾明渊机会,既然心中喜欢,就不要留下遗憾吗?

而墨子琪好像明白她的困惑似的,垂下眼睑,从来君子如玉谦和圆润的男子,此刻仿佛也有了冷厉的棱角。他伸出手,微微弯腰,摸向云罗膝盖骨的位置,低声问:"这里,还痛吗?"

那手温热柔软,还带着淡淡的醉人药香,云罗就跟被这热度烫到一样,忍不住想要躲闪。可这次,那个从来都不忍勉强她分毫的男人没再松手,而是加了两分力,将她的腿紧紧握住。

他抬起头,望进她的眼睛里,轻灵的叹息响起:"云罗,你可知我有多后悔?我不应该把你留在他身边,我没有保护好你……"

"不,师兄我……"云罗在一瞬间变得慌乱,想阻止墨子琪接下来的话。

但今日的他仿佛已下定决心要说出心底的话。

"阿罗,从前我总不知什么才是对你好,我想着顾明渊富有天下,权势在手,又与你有多年情谊,最重要的是你喜欢他,你们在一起理所当然会幸福的——所以,当他不能急你所急,为慧姨寻找杀害她的凶手时,我忍了,只要他对你好便是;当他跟你争吵纳小,伤了你的心时,我也忍了,我觉得两个人在一起总会有疏离隔阂的时候,过了就好了;但是我万万没有想到,他竟会动手打你……"他的目光阴沉下来,一双能接骨生肌的手准确而轻缓地揉着半年前就已愈合的骨伤,那内里的机理与裂纹在这一刻重现,一点点刻在他的手心里,他的血肉里,让他疼,让他忘不掉。

"阿罗，你是我的底线，任何人都不能伤害你，任何人。"墨子琪眼神淡漠，里头却压抑着令人心惊的决绝与冷厉，"我不会再让你离开我的视线了。"

"你、你是想……"

"阿罗，以后我们永远在一起，让我保护你，好吗？"他终于问了出来。

"师兄，我不需要人保护，我、我现在心里很乱，不想说这些……"云罗起身欲走。

墨子琪却紧紧拽着她的手，不许她离开。

"阿罗，你讨厌我？"

"不，我不是……"

"那你是预备终生为顾王爷守节，不再嫁人？"

"怎么可能……"她苦笑。

"哦……"墨子琪沉吟片刻，自嘲似的勾勾唇，眼睛垂下，轻声问，"那你是嫌弃我残疾？"他的手慢慢摸上自己的腿，闭上眼，眉宇间显出隐隐的痛苦。

"师兄！"云罗这次真急了，眼圈都红了，蹲下去，双手握住墨子琪搭在自个儿废腿上的手，"我少年时期一直与你朝夕相处，你于我是兄长是家人，难道只有你会为我的痛而痛吗？你的伤心，你的忧愁，又何尝不每日每夜地让我难过着？你现在说我……说我嫌弃你，和拿刀子剐我的心有何区别？"她激动地喊完这通话，眸底都浮起了水痕，下一瞬，模糊的视线却对上了墨子琪含笑的面庞。

云罗一怔，突然又是委屈又是愤怒，猛地起身一跺脚，抹着眼道："你耍我？"说着，转过身就要走，可下一刻就被一只有力的大手拦腰抱住。

"阿罗，我很高兴，真的很高兴，我从来不知道你心里也如此在乎我……"他的声音有了一丝哽咽，脸紧紧贴在她的后腰上，流露出些微脆弱，让云罗无法再挣扎推拒。

她的手虚虚地停在半空，最终，慢慢落到了墨子琪搂在自己腹间的手，安抚般地拍了拍，低唤了一声："师兄……"

墨子琪的失态转瞬即逝，他放开她，动作轻柔地将她转过来，面对着自己。

"云罗，若你不愿让我照顾你，那么，你留在我身边照顾我好吗？"

"照顾你……"

"是啊。"他低下头，无声地看着自己的一双毫无知觉的腿，"我大概永远无法像正常人一般生活，可这些年与你——你们在一起，我也从未感到过孤独。但如今师父已经不在了，师弟肩上的责任太大，根本没法留在山上，师姐又心念着要闯荡江湖，容眠山上很快就只有我一个人了，与其说是我想保护你，不如说……是我太自私，我想你跟我这个废——"

"师兄！"云罗伸手用力捂住了墨子琪的嘴，不让他将那个词说完，她眼底闪烁着水光，唇微微哆嗦着，心里有挣扎，脑海里有两种意念在拉扯……

犹记得那一年，她第一次踏入容眠山，午夜被雷电惊醒，蒙在被子里号啕大哭，是这个男人艰难地转动着轮椅，冒雨前来，一身雨水，狼狈又温柔地举起手中的东西，说："夜里风寒，我来给你加被。"

犹记得师父苦心为自己配药清毒，几次药不对症，让她痛苦不堪，又是这个男人，于无人时偷偷溜进药庐，以身试药，连服师父配出的三剂药剂，当为自己找出最恰当的方子时，他也几乎去了半条命。那时他脸色苍白，却仍是清俊地笑着："我是师兄，理应保护你啊。"

多少次他陪她上山下水爬树烤鸟蛋，做尽荒唐淘气事；多少次他陪她登上凌霄峰最高处，远远眺望皇城，思念着那个在她心底早已生根萌芽却不敢宣之于口的男人；而今，他不远千里追随自己来到这个吃人的皇都，冒险调查丰启皇朝秘事，替自己寻找杀母仇人……

他给了她一个快乐的童年，他默默陪伴她度过了情爱萌动的青年，他与她一起扛起痛失母亲的混乱成长，他是她生命中太重要的一部分。此情此意，此恩此德，她无以为报，唯有，许他一个永不会孤单的未来。

一滴泪顺着眼角滑落，云罗深吸一口气，说："我答应你，陪你回容眠山，你放心，我永远不会离开你。"

墨子琪定定的，一动不动，渴求了太久的东西忽然被捧到了他面前，他触手可及的地方，倒让他一时不敢相信了。

他伸出手，颤抖着去抚摸云罗的眼角，为她擦去泪水，云罗含泪笑望着他，温顺地任他动作。

墨子琪闭了闭眼，眸子里氤氲出了湿气，胸腔的情感再也压抑不住，他睁开清澈的眸子，静静地望着上方的女子，一点点凑近。

靠近了，更近了……两个人之间鼻息可闻，终于，云罗闭上了眼。

他没有说错，他就是天字第一号自私之人，他可耻地利用了云罗的同情心，他趁虚而入，但是他没办法，真的……一点儿办法都没有。

他爱云罗，他发誓，会用生命去爱她。

翌日早上，是云罗推着墨子琪去的餐厅，女子一路悉心照顾，不时将掉下的围巾裹紧在他的颈上。

耶律洪杰站在门口远远望见两个人这甜蜜蜜的情景，刚揶揄地"哦——"了一声，就被琴娘堵住嘴扯了进去。

他跟跄着倒退几步进了屋，差点没摔倒，气得一立稳就甩开了琴娘的钳制，叱道："你干什么？大早上就动手，真粗鲁，难怪嫁不出去！"

琴娘气极反笑："我嫁不嫁得出去就不劳你操心了，你只要别去破坏别人的姻缘就好了！"

"我破坏谁了？"耶律洪杰不服气道，"我不过是看到那两个呆瓜终于修成正果了，想去恭喜一下而已。"

"你那不叫恭喜，叫起哄。"琴娘一板一眼道，"我告诉你，阿罗这一年吃了不少苦，好不容易才答应与师弟在一起的，你要是乱说话伤了她的脸皮让她又后悔，莫说师弟怎么对付你，我都不饶你！"

"得得，当我错了，行了吧？"耶律洪杰举手投降，"我就当自己是瞎子是聋子，看不到听不到，好了吧？"

说话间云罗已经推着墨子琪到了门口，她看着屋里两个人吹胡子瞪眼的表情忍不住莞尔一笑，问："你们怎么了？"

"没事啊。"琴娘笑着迎过去，几句话把事情打岔了过去。

席间耶律洪杰问到了云罗以后的安排。

云罗侧头望向身边安静地给她布菜的男子，眼底出现一丝柔软，叹道："这段时间我其实已经争够了，争累了，赵家对不对得起我，顾明渊对不对得起我，我都不愿再追究了——但是杀母之仇不共戴天，我无论如何都要进宫一趟，把当年的恩赏册找出来，看看到底是谁将那害人的戒指送到我母亲手上的……"

墨子琪和琴娘都沉默下来，耶律洪杰更是欲言又止，云罗瞧着这三个人的样子不对，环视一周后，最终将视线定在耶律洪杰身上，严肃道："你们是不是有事情瞒着我？"

"妹妹，你一定要知道慧姨是怎么死的吗？"耶律洪杰艰难地说，"其实，死者已矣，我们……"

"师兄！"云罗的胸膛剧烈起伏着，红着脸断然打断他，神情凛然，一字一顿道，"你可以让自己的母亲不明不白地死去吗？"

耶律洪杰张了张嘴，最终叹了口气说："好吧，那你不用冒险入宫了，我们之前……之前在山上发现了一些线索。"说完，便转开了脸。

云罗看着几人都逃避开的神情，只觉得身体的每一寸都在发寒，连指尖都木了。一

个可怕的猜测渐渐浮起来,却又被她强行压下去。

"我要回容眠山——"她从喉咙里挤出一句艰涩的话,"马上就走。"

当天下午,驿馆向宫里递了名帖,戎狄太子耶律洪杰请求偕王妃回朝。

赵牧再三挽留,但耐不住耶律太子态度坚决,最终为云罗赐下还算体面的嫁妆,定于次日卯时开皇城中门送二人离去,并吩咐在京的两品以下官员都要去送行。

这嫁妆也就罢了,毕竟赵牧省了一大笔银子,送些金银珠宝也不亏,倒是官员送行这个,确实给足了耶律洪杰面子。在丰启历史上,从来只有皇族得到过这种殊荣。

云罗今日应景地穿了一身接近大红的金线绣百鸟齐鸣裙装,头戴着华丽繁复的金步摇,颈上垂着整整十八颗东珠,包括手上精美的宝石玳瑁,已是一身完整的公主行头。她掀开马车帘子一角往外看去,见着文武官员个个表情肃穆,神情恭谨,脸上忍不住露出了淡淡的讽刺。

琴娘轻声问:"阿罗,怎么了?"

云罗摇摇头叹道:"无事,我只是想到这辈子我从没以公主身份出现在我的国家,唯一的一次,却是公主离朝……"

琴娘不知该说什么,只得无声地握住了她的手,安慰着。

而在遥远的鼓楼上,一个身姿挺拔的男人站在高处,一袭黑衣不似送嫁,倒像在为什么亲近之人哀悼。

他放下望远镜,低声问:"确定她带着走了?"

"是的,王爷,就在行李车里。"银衣卫递上一个特制的面具,声音沙哑,"您要亲自看看吗?"

顾明渊疲惫地摆摆手道:"不必了。"

那个女人从来心狠,只对他心软了这么一次,留下了他的离别礼物;而他只心狠了这一次,那软猬甲并非什么保护心爱之人的礼物,而是一道会插入她心脏的催命符。

造化弄人,是他两个没缘分……

银衣卫副统领无声地跃上鼓楼,跪下道:"王爷,奴才们都准备好了,现在跟上吗?"

"去吧。"顾明渊垂眸道。

银衣卫应是,犹豫了下,又问:"请问王爷,在执行任务时要以保障郡主安全为先吗?"

久久地沉默,几人都忍不住屏住了呼吸,顾明渊慢慢抬头,望向已走得很远的马车,那大红色的喜字好像能刺伤人的双眼。呜呜的风在耳边呼啸而过,听起来像是哭泣，丰启皇朝的旗帜在鼓楼上舒展飘荡，映着阳光，闪耀着夺目的光。

终于，他开口："不必，尔等——便宜行事。"

滚滚洪流，时光如白驹过隙，曾经的情投意合，曾经的情动心悸，那些肌肤相亲，那些伤害痛惜，最终，都留在了时间的洪荒里。这一刻，他说：不必。

若你不死，便回来找我报仇吧。他在心里默默道，唇角弯起，眼底却分明泛出氤氲的湿气。

在一天的快马加鞭后，云罗一行人赶到了容眠山，小徒弟们直接引着四大弟子进了停放着门主和云罗母亲的寒冰窖。

寒冰窖内终年积雪不化，遗体存放十年都可保丝毫无损，普通人一进去不消半刻钟就会出现血液流速变慢，呼吸艰难的情况，但今日云罗一迈进冰窖就发现，窖内的温度不对。

"怎么回事？"云罗推着墨子琪，皱眉低声对身侧的小童问道。

"前几日山上发生了小地震，寒冰洞震塌了一块，弟子们已尽力抢修，但热气还是涌进了一些……"小童恭顺答道。

"那师父和我娘的遗体没事吧？"云罗紧张地问。

"放心吧，幸亏时间短，并无妨碍的。"琴娘早就听到后面的对话，这会儿示意耶律洪杰走到前面，自己则到云罗身边，犹豫着组织语言，"只是……热气烘出了师父真正的死因。"

"真正的……死因？"云罗下意识反问，而这时，甬道也到了尽头，前方出现一片开阔的冰雪之地。寒冰床上，她的师父和母亲静静躺在上面，身上浮现着一样的诡异而妖娆的红色花纹，那两条花纹的走向曲折竟完全一致，一样色彩斑斓，宛如两只相生相缠的毒蛇，并列着，从两个人的指间一直蔓延到脖颈，蔓延到身体的每一寸……

云罗的双眼倏然瞪大，脑海中一片空白，嘴唇剧烈哆嗦着，突然双膝一软，跪到了地上。

"不……不……"她喃喃着，为什么会有一样的毒？为什么师父会和自己娘亲中着一样的毒！

是他其实可以为自己母亲解毒吗？

还是说，这毒根本是他所制！

可怕的猜测像绳索，像利剑，缠得她透不过气，扎得她千疮百孔！云罗嘴里猛地爆出一声凄厉的嘶喊："不！不会的！不要！"然后，双眼一黑，在墨子琪的惊呼声中昏

死过去……

屋内,琴娘在为云罗诊症,墨子琪与耶律洪杰在外室等待,相对无言,气氛沉郁。

小童进来倒了茶,看着两个大弟子的脸色,不敢说话,又无声地退下。

耶律洪杰叹了口气,问:"师兄,你说师父和慧姨的表面症状一样,就一定是中了相同的七虫七花?也许……也许只是巧合呢?"

墨子琪垂着眸,沉默了片刻,才低声道:"师弟,我平日醉心棋艺,倒是你自小便通读藏书楼所有医药之书,这毒是怎么回事你比我清楚,你觉得是巧合吗?"

耶律洪杰张张嘴,脸色极为难看,仿佛无话可说了,郁地别过头。

墨子琪推着轮椅靠近他,面容凝重,"七虫七花毒,是谓七种毒虫七种毒花所制,毒药亦是解药。这十四味药,种类的不同,甚至是放置顺序的不同都会导致药效的改变,也会造成中毒者体表花纹的改变。师父若不是专程为慧姨所制,怎么可能恰恰中了一样的毒?"

"我也知道那药应是为慧姨制的!"耶律洪杰铁青着脸,"啪"的一声用力拍了一下桌子,"但既然他老人家已经做出来了,为何不赶紧给慧姨解毒,反倒自己服了,弄得两个人都中了毒呢?"

"这就是问题所在了。到底是师父制成药却没来得及给慧姨服下,还是当中出现了什么意外,使得药被师父自己误食了,那会儿的情况我们都不清楚,需要进一步寻找证据。可是切记——"墨子琪的眸色深了些,倾身过去,一字字道,"绝不可再说是巧合之类的话。阿罗非但不会相信,反而可能会与咱们离心。"

不论是"巧合",还是"误服、意外",两个人其实都在竭力回避一种可能——师父是故意不给慧姨解药的。

医者有意不为病人治病,听起来荒谬至极,但只要牵涉到"情"之一字,便一切都难讲了。

两个人对视一眼,都在对方的眸中看到了忧虑,内室的帘子就在这时被拉开,琴娘走了出来,环视着两个人,面色淡淡地道:"师妹要求搜查师父的房间。"

"什么?"耶律洪杰与墨子琪同时惊呼。

琴娘默默闪开身,云罗脸色苍白地自她身后走出,她神情疲惫,单薄的肩膀已仿佛无力承受最近接二连三的打击,就这么一步步走到屋子中央。她定定地望着沉默的三个人,突然垂下头,膝盖一弯跪了下去。

"阿罗!你干什么啊!"离得最近的耶律洪杰头一个喊出声,一步过去就要扶起她,却在对上云罗含泪的坚定目光时,无措地停在原处。

云罗的声音很小，夹杂着哽咽，"师父于我有救命之恩，他教我一身本事，让我能有所倚仗地活在这天地之间，这份恩情我难以报答。但是，母亲生我一场，对我苦心教养，我一身血肉皆来自她十月怀胎，不为她查明真相我无颜为人子女。恩义两难全，今日我跪在此处，恳求师兄师姐允我彻查与师父有关的一切，而后不论结果如何，云罗必不敢有怨愤之心，只是……只是求个明白。"

话到此处，琴娘三个人都沉默了，再说不出一句反对……

那个没了娘的女孩，她不敢报仇，不敢怨愤，不过求个真相而已。他们有何立场阻止？

师父的去世本身就透着古怪，那一日慧娘的遗体刚刚移入寒冰窖，师父就说要独自与慧娘话别，他们都退了出去，谁知过了半晌里头竟再无动静。

虽然无崖子内力深厚，但寒气入体总也伤身，几人在再三呼唤无人应答时只得擅自闯了进去，没想到见到的却是已在弥留之际的师父。

师父当时躺在慧娘身边，拉着女子的手，笑得一脸满足，留下的最后遗愿就是——将他和慧姨的遗体永远冰封在此处，不许探查他的死因，封存他的遗物。

这几个要求都古怪极了，尤其是与慧娘同穴，更无礼至极。但师父这几年对慧娘的心意，几个徒弟都心中有数，云罗最后都默认了，他们更不会反对。

那时云罗想，母亲这一生最爱的人，怎么也不会和她葬在一处的。既如此，便让她和爱她的人在一起吧。九泉之下，奈何桥上，若真有魂魄至少也不孤单。

如今想来，却是讽刺极了。

云罗心里已经做好了最坏的准备，就是师父早已制好解药，但因为向母亲求爱不得，一怒之下看着母亲毒发身亡，但在母亲死后又后悔了，所以吃下那既是毒药又是解药的七虫七花，随之而去。因为当时寒冰床极低的温度，瞬间冰冻了血液肌理，所以毒纹没在体表上浮现，现在因为一场意外的地震，才让迟来的真相大白。却不料，命运永远会比人想象的更残酷，他会在你以为自己已经落下悬崖的时候，再将你打入地狱，受尽九九八十一种剥皮拆骨的酷刑。

小徒们在无崖子尘封已久的房间里翻出了两样东西，第一件是男人的手稿，清楚记录着为慧娘炼制解药的过程和心情，其中，明白地有这样一段话——十月初五：大功告成，呕心沥血幸苍天不负，若吾爱果真得救，吾愿折寿十年。

十月初六：几个血红的大字：为什么？为什么？

十月初七：她竟死志已决……罢了罢了，上穷碧落下黄泉，随着便是。

也就在那一页，夹着要命的第二件东西，是慧娘的一封亲笔书信，已然泛黄的宣纸

上写着六个凌乱的字：君有赐，莫敢辞。

透过那笔迹忽深忽浅的字体，透过那氤氲的痕迹，仿佛能看到那个容貌秀美的女人眼含泪水，神情悲戚，一字字写下最后的绝笔。

她大概早就知道戒指里有毒了。

谁能被慧娘称为"君"？

谁能让她面对着解药也不服，甘心去死？

又是谁，一定要赐慧娘一死？

云罗无力地瘫坐在地，眼前一片天旋地转，偏偏脑海里清晰得骇人，她的嘴唇微微哆嗦着，低缓而清晰地吐出三个字："顾、明、渊……"如泣如诉，宛如鬼魅。

那一刻，她觉得自己也早就成了寒冰床上的一具尸体。

真冷啊……

容眠山位处三国交界点，不倾向任何一国，但也与每一国保持着暧昧的交往。这次彻底翻查无崖子遗物，不只找出了慧娘死去的真相，也发现了很多不足为外人道的东西。

耶律洪杰与琴娘焦头烂额，忙着处理那些不应被人看见的信件，一错眼的工夫云罗居然就不见了！

耶律洪杰大怒，对着一众侍卫和山里的小弟子吼道："都是废物！这么多人守着一个门还能让人没了！找，都去给本王找！"

侍卫应声而去，在周围展开密布搜索，结果却不乐观。

墨子琪一直在旁边沉吟着，忽然开口："不必了，我想我知道她在哪儿。"

"哪里？"耶律洪杰紧盯住他问。

墨子琪没有说话，只是转过头，遥遥地望向远处凌云峰的方向。

云罗独自坐在距悬崖不过一丈远的一块磐石上，蜷缩着身体，双臂抱膝，目光空洞地望着远方。山上的风很大，吹散她的发，以前穿着正好的衣裳现在显得过分宽大，呼呼地灌着风。

琴娘推着墨子琪停在离她几步远的地方，脸色难看地注视着她。

耶律洪杰也仿佛心惊肉跳，"阿、阿罗，你这是要干什么啊？"

琴娘沉着脸思索片刻，弯下腰在墨子琪旁边小声道："她这样会不会出事？要不，你跟耶律说着话分散她的注意力，我去抓她。"

墨子琪一把按住琴娘的手，暗暗摇头道："不要，她若是想寻短见，咱们不在的时候早就跳了。你和师弟先下去吧，我来陪她，没事的。"

琴娘欲言又止，最终在墨子琪的坚持下，带着耶律洪杰一步三回头地走了。

墨子琪滑动轮椅慢慢靠近她，"阿罗，别这样，你还有我。"

云罗一言不发，神情麻木，乌发更衬得她脸色惨白。

墨子琪打量着她的样子，眸色渐深，"你这样痛苦，到底是因为慧姨枉死，还是因为害她枉死的人是顾明渊？"

云罗的身体剧烈地颤抖了一下，眼眶通红地抬起头，这次却是看了眼他。她张张嘴，胸膛剧烈起伏着，墨子琪以为她要骂自己，但最后，那哆嗦的唇又合上，她将头深深地埋在膝间，抽泣起来。那声音听着简直不像哭，好像熬干了泪水，更似一种压抑痛苦到了极致的哀号。

墨子琪突地不忍，一句刺激她的话都再也说不出来。他慢慢摇着轮椅到她身边，吃力地抚摸了几下云罗的胳膊，带着安慰，但云罗却好像哭得更厉害了。

墨子琪不知该怎么办了，待了会儿就收回手，靠向了椅背，望着脚下深不见底的云雾，不知想到什么，低头苦笑起来。

"阿罗，你知不知道我为什么会到容眠山学艺？"他长长地出了口气，将一段已压在心头十年的往事娓娓道来。

"我本是洋河王朝的世子，我的父亲是当时最有权势的清河王，如无意外的话，我在二十岁的时候会继承清河王的王位，辅佐当时的太子登基，成为当朝的辅政大臣……"

那不就是顾明渊一样的角色？云罗慢慢抬起泪眼蒙眬的脸，听了进去。

墨子琪看她终于看自己了，只是微微一笑，继续说："那会儿我多骄傲啊，我觉得这个国家未来的兴旺发达都系于我一身，我是社稷栋梁。但是没想到，就在储君继位前夕，太子的母家竟被爆出了买官卖官、勾结内监窥视帝王行踪的巨案。皇上雷霆震怒，下令彻查与这件事有关的所有人，到最后，太子被废黜，父王下狱，太子的势力一夕瓦解，清河王府危在旦夕。就在这时，我叔叔站出来了，拿着我父王这些年受贿、纵奴的罪证——呵，你不要这么惊讶，在他那样的位置待了那么多年的，就是再清廉正直的人，又怎会没做过一点儿错事呢？"

云罗垂下眼。

墨子琪仿佛有些累，换了个姿势，更松散地坐着，在冰冷的晨风中淡淡道："我的叔叔用出卖父亲的方式得到了皇上的宽恕，再加上他们一脉原本就亲近四皇子那派，竟没怎么受到牵连，只是削职停俸闭门思过而已。而我们家其他人都惨了，有的砍了头，有的被流放，我的父母就在流放途中病死了……"

云罗慢慢挺直了身体，盯住他的眼睛里有担忧有痛惜……

墨子琪努力扯扯嘴角，示意她自己没事，然后抬起头继续看着无边的天际，幽幽道："那会儿我其实也是很恨我叔叔的，父母都因他而死，怎可能不恨？幼时他越疼我，我就越厌恶。但随着我年纪增长，随着四皇子继位，他继承了清河王的王位，设学堂，培育家里有能力的子侄参加科考，让清河一支慢慢又站回朝堂上，我渐渐又想明白了一些——当时我们家已经到了穷途末路，死抱在一起，最好的结果不过是全部贬为庶人。顶着乱臣贼子后人的名分，无权无势，清河一脉再没起伏的希望了。叔叔出卖父亲，表面看他真是无情无义，可他不只是别人的兄弟，更是清河子孙……他有自己的立场，他要保全家族，以图后进就是他的大义！而顾王爷呢？你有没有想过他的立场？"

他突然话锋一转，让沉浸在多年前那场血雨腥风的故事中的云罗愣住了。女子失神的面孔瞬间冷硬，紧咬着唇，带着浓重的憎恨，"我不管他有什么苦衷，什么立场，他害死我母亲是事实！母亲爱他啊……爱得愿意为他去死！他怎能这样对不起她！"本以为泪水都流尽了，但随着最后一句喊出来，已经流泪到疼痛的双眼竟再次滚滚不断地落下了微烫的泪珠。

墨子琪倾身搂住她，拍着她的背，低低道："对，他对不起你母亲，对不起你，可他——对得起自己的国家。"感受到怀里的云罗身体一僵，似有抗拒挣扎，他一个用力，又将她紧紧抱紧在怀，强迫她听，强迫她想。

"阿罗！他是丰启的摄政王，你从第一天认识他时就该知道，保护那个国家的利益是他的天职——你的母亲是皇后啊，丰启仁宗一旦驾崩，她就是圣母皇太后！要辅佐幼帝，垂帘听政的！丰启权贵怎么可能允许一个戎狄人对他们的朝政指手画脚？"

"没有！我娘没想颠覆什么朝纲，没想替戎狄谋利！她就没想当什么皇后！"云罗尖声喊了起来，身体剧烈挣扎扭动。

墨子琪怕两个人就这样栽下去，用了内力一手抓住她，一手转动轮椅，离开悬崖附近，而后才喘着气在她耳边低喝："是！她没想！但是匹夫无罪，怀璧其罪！仁宗自以为权重高位能让人忌惮她，保护她，却不知这是逼着丰启所有上层与你母亲为敌！他临死时根本是病糊涂了！"

"不是的！不是这样的！"云罗疯狂捶打他，弄伤自己都在所不惜，最后终于放声大哭。

她父皇临终的旨意将母亲逼上死路，她的情人亲自夺取了母亲的性命，为什么她的仇人永远是她最亲近的人？

什么匹夫无罪怀璧其罪，她们有什么罪？上天根本没对她们公平过！

云雾缭绕的凌云峰上，空旷的山涧间，女子的哭声传出很远很远。

墨子琪抱着她，在她的耳边轻叹："哭吧，哭吧，没事，我会陪着你的，好的坏的我都陪着你……"

几人在容眠山上耽误了两日，这里在官方上属于三不管界面，耶律洪杰以戎狄王子的身份长期滞留非常不便，据侍卫回禀，离此最近的丰启县衙已有异动了。为保安全，耶律洪杰决定尽早带云罗回戎狄。

天上阴雨绵绵，陡峭的山路难行，气氛凝滞到压抑。

琴娘推着墨子琪走在最前面，不时担忧地回头来看；耶律洪杰陪在云罗身边，几次伸手扶住身边失魂落魄、面无表情的女子。终于，在云罗再一次直愣愣地晃到悬崖断壁边时，耶律洪杰忍无可忍地一把扯过她的肩膀吼了起来："你到底想怎样？不是心心念

念要找出真相吗？现在有了真相，你不想着怎么为你娘报仇，自己倒想去死了？"

云罗表情木然，任他摇晃着，一个字都不说。

琴娘皱眉快步走过来，埋怨地拉开耶律洪杰，然后安慰地将云罗搂住轻拍着，对耶律斥责道："阿罗心情不好，你是他师兄，就不能体谅她一些吗？"

耶律洪杰重重地吐了口气，刀锋一样深刻的五官塑出沉肃的脸，指着云罗的鼻子怒道："怎么叫体谅？从那封信翻出来到现在了，你看她吃过什么吗？现在更好，整个人恍恍惚惚的，老往断崖晃，怎么着？我看着她去死就是体谅了？"

"师弟！"墨子琪也冷下脸。

耶律洪杰却不管不顾地一定要将话说完，他绕开琴娘，一下扯住云罗的胳膊，微低下头，鹰一样犀利的双眸直盯住她的眼睛道："草原儿女没有你这么懦弱的！你要是舍不得情人为母亲偿命，就收起这副半死不活的样子来，这件事我们以后一个字都不会提；你要是忘不了，就打起精神来！我耶律洪杰亲自带兵出征，为你踏平摄政王府，怕什么！"最后三个字——"怕什么"，那吼声震天动地，在空旷的山间回荡。

琴娘仿佛也被感染，眉宇凝重，脸上却露出娇俏柔媚的笑，眼波流转，声音婉转如黄鹂："就是的，大不了咱们豁出去，将那丰启搅得天翻地覆又如何？"

墨子琪没有说话，只是缓缓推着轮椅到了三个人中间，温和地对云罗笑开。他从来都愿意为她做任何事的，所有人都知道。

云罗慢慢看过三个人——这三个生时与她不相知不相识，却不介意与她共死的人，呆滞木然的表情如风干的树皮一样迅速剥落，她颤抖着身体，咬住下唇，咬到痛，咬到溢出了血，身体抖动着，终于流着泪闭上眼。耶律洪杰一把将她扯进自己怀里，感觉着她的五指紧紧抓住自己的衣襟，用力之大近乎痉挛，哭得上气不接下气，哭出鲜血淋漓……

云罗觉得自己不应再埋怨什么了。天下之大，她若无根浮萍般微小，无父无母，无名无姓，本该似孤魂一般在世间飘荡。但老天总算待她不薄，有血亲肯为她征战沙场，有同门愿替她颠覆一国朝纲。她，还有何求？

但是，命运往往比她臆想的要惨烈。

因为耽误了一些时间，再加上视线不好，到了太阳快落山时几人还没到山脚。耶律洪杰本来在开道的位置，慢慢地却越来越往后。

琴娘注意到他落下，转身道："怎么了？"

"嘘——"耶律洪杰脸色阴沉，伸出手指在嘴上，突然趴到泥泞肮脏的土地上，合眸静听片刻后道，"有三路人马在朝咱们包抄过来。"

琴娘脸色剧变，双眸倏然收紧，回身望向雾蒙蒙的来路，五指瞬间戴上了银丝手套，指尖冒出野兽般锋利的尖指甲，在已昏暗下来的山林里反射着骇人的寒光。

云罗和墨子琪也立时进入备战状态，耶律洪杰出身草原，十五岁时就是有名的巴图鲁，人都说他有鹰的眼、猎狗的鼻子，还有狐狸的耳朵，他说是三面包抄，就一定是三股人。

而银衣卫也没有给他们更多的时间准备，他们穿着统一的夜行衣，无声地从东、南、西三面涉草而过，强弓劲弩瞬时发出成百上千支箭！直把他们往北面的悬崖逼！

"你们是哪一派的，竟敢上容眠山撒野？不想活了吗？"琴娘娇叱一声，横身跃起，银丝手套猛地拉出一张薄到几乎透明的网，然后手腕一个用力，就将箭全部卷了进去！那锋利的箭尖射入网里竟是连一个洞都没留下，就被卸掉了力气。

打头的两个黑衣人对视一眼，横剑便向琴娘扑去，登时和她缠斗在了一起！

耶律洪杰欲过去截尾，可马上就被四个黑衣人以古怪剑阵困住。云罗开始还想保护墨子琪，随即就发现自己的武艺远远比不上坐在轮椅的他，只见他虽下盘不便，但那轮椅却仿佛与他身体融为一体，想往左便往左，想往右便往右，一柄折扇就让两个杀手不得近身。

"阿罗，你尽量躲在我身后，不要逞强。"墨子琪唇角紧抿，玉面严肃，手中的动作几乎让人看不清。

云罗不敢让他分神，只得听话地努力跟在他后面，奈何她一个大活人，功夫又弱，很快就成了声东击西的对象——攻击墨子琪的人见难以突破，干脆分出一个人专朝云罗暗袭！

墨子琪招式登时乱了，再不复刚才行云流水一样的姿态，转瞬胳膊上就多了几个口子！

"师兄！"云罗带着哭腔喊了出来，眼见想冲到前面。

"回去！"墨子琪怒喝一声，拼着被一名杀手横切上肩，一扇断了另一名杀手的颈，然后劈手夺过了他的剑，狠狠横在了云罗身前，对着铺天盖地、乌泱泱朝着他们拥来的死士，面容阴寒，一字字道，"动她者——死！"

那群杀手沉默片刻后，齐刷刷地抽出剑，一齐冲了上来！

云罗一边顺着墨子琪的动作躲闪，一边恨恨抹泪，她真气自己以前贪玩只顾着学些奇门异术，拳脚功夫却是完全不经心！这会儿连刺客三招都接不了，白白成了墨子琪的累赘！

"云罗！拿着！叫人来接应！"就在墨子琪险象环生之时，被困住的耶律洪杰忽然

大喝一声,飞身而起,朝她扔过一支信号筒,云罗眼前一亮,运起轻功就去接,她拿到了!

她打开盖子,正要点燃,无数泛着幽冷光芒的箭矢密密麻麻朝她袭来!

"啊——"云罗勉强挡开两支,手下再无力气,只得眼睁睁看着一支箭朝她面门射来!若是中了,她必死无疑。

下一刻,却是墨子琪从轮椅上飞上而下,用力将她扑倒在地。"扑滋——扑滋——"连着两声兵刃射入皮肉的声音,墨子琪的身体在她的上方剧烈颤抖,然后,渐渐静止……

"师兄!"云罗呆住,瓢泼大雨中,爆出一声撕心裂肺的嘶喊……

琴娘和耶律洪杰也猛然暴怒,不顾己身安全地飞跃过来,直杀了几名围困着墨子琪和云罗的死士。

"快带她走!"耶律洪杰吼。

云罗流着泪,怔怔颤抖。

"走啊!"琴娘喉中也显出了哽咽,"你们走了我俩才有机会脱身!快!"

鲜血,在这片曾经静谧多年的土地上流淌,很快又被越来越大的雨水冲刷,眼前的视线变得模糊——是墨子琪苍白的脸,是耶律想将所有危险挡在自己身前,是琴娘含泪的视线……

云罗咬住牙,噙着泪,最后对她的师兄师姐道:"保重。"然后,拼命扛起墨子琪,就往草丛茂密处奔去!

打斗声渐渐远了,琴娘和耶律洪杰不要命的打法为他们争取到了时间,然而,这么扛着一个大男人很快也让云罗身上的力气用尽了,耳边开始还有呼啸的风声、林间的蛙声,很快,就只剩下自己沉重吃力的喘息。

"把我放下吧,这样你自己也走不了。"身上的人突然动了动,轻声道,曾经如丝竹管弦一般悦耳的语音,此时也带出隐隐的沙哑。

云罗不语,只是咬紧牙关,继续迈步往前。

墨子琪低声道:"你这又是何必呢?咳咳……我不想成为你的拖累……"

"你闭嘴行不行?"云罗忽然停下,一屁股坐到地上,扔下墨子琪,回头暴喝,眼泪大滴大滴地从眼眶里夺目而出,疯了一样喊,"你为什么这么说!你把我护在身后的时候有没有想过我是拖累!你替我挡刀挡剑的时候有没有想过我是拖累!这会儿你倒觉得你是我的拖累了,你是成心要我去死是吗?"她哭得几乎说不出话,只梗着脖子倔强地看着那个虚弱的男人,咬牙切齿地吼:"告诉你,别想把我丢开,我死也要跟你死在一起！"

墨子琪被摔得很痛，喉咙里泛起腥甜，但是他突然不在乎了，胸腔涌起一股强烈的渴望和难以言喻的慰藉，让他觉得他愿意痛，愿意挨，愿意受伤，愿意去死——因为，这些年的默默守候，这些年不计代价地为她奔走，那一点一滴的付出，此刻似乎终于滴水穿石，到了收获的时刻。

他努力用手支撑起自己的身体，抬起胳膊，想拉住云罗。

云罗微微噘着嘴，还在委屈又生气地抽泣着，但耐不住墨子琪始终吃力地举着手，慢慢地，还是靠过去。

他看着她，轻声问："阿罗，你刚才的话，我可不可以认为是……你爱我？"最后三个字，他问得迟疑，仿佛用了莫大的勇气。她的心也随之一颤，沉默着，缓缓退出他的怀抱，抬头望向男人在大雨中平静微笑的眉眼。

如果愿意与他同生共死是爱，如果想要和他共度余生是爱，如果不自觉的依赖是爱，如果害怕他离去是爱，那么……

"是，我爱你。"一滴泪顺着眼角滑落，她弯着唇角，嘴里尝到了咸涩的味道。

墨子琪笑开，从来温润如玉、波澜不惊的贵公子，竟也红了眼眶。他抬手抹去她的眼泪，默默凝视片刻后，毫不迟疑地揽过她，用力地抱住了她。

那一刻，两颗心都产生痉挛一样的颤抖，云罗觉得自己从未如此热情，从未如此渴求，在这个荒郊野外，在这个前不知去路，后有追兵，刚刚经历完一场恶斗，还心有余悸的时候，忘情地拥抱着。

两个人静静在草丛里隐藏了会儿，直到深夜周围没什么异常，墨子琪这才起身观察星象，指引着云罗避入一背光隐秘的半凹入山洞里。

云罗将头顶用密草覆盖，再挨着墨子琪坐到刚刚能容下两个人的坑洞内，在一片漆黑中摩挲着为身边人捂紧衣裳。

"冷不冷？"她问，"你别担心，耶律带了许多侍卫来，很快就会发现咱们出了状况。咱们只要能撑到天亮就好了。"

"嗯。"墨子琪含笑点头。

"不行，这里头太阴了，我得找点东西给你盖。不然你流了那么多血，怎么受得了……"云罗吃力地在狭小的空隙间转动身体，把一直背在肩上，但是又滚又蹭已经漏了底的包袱拿过来，扯开翻着——里头就剩着一瓶毒药、一对喜欢的耳坠、一双防毒物的银丝手套……

这都什么啊！没一个能用的！云罗负气地将杂物都丢进石缝，一甩包袱皮，随即就

觉得手感不对，好像不止一层！

云罗眼前一亮，脑子里闪过一个念头，将那包袱皮三下五除二扯开！里头竟是一张特殊材料织成的网，再将那一层揭下来，露出的便是泛着幽暗如冷兵器光泽一般的软猬甲。

"太好了！"云罗欢喜极了，忙不迭地将那小马甲捧到膝上，庆幸道，"师姐真是太聪明了，居然想到把软猬甲缝到包袱皮里，而我又恰好背的这个包袱！来来，你快穿上，这个东西刀枪不入的，就是现在也能防防寒……"

"既是刀枪不入还是你穿上好些……"墨子琪轻柔地覆上她的手，一双温润的眸在黑夜里闪着柔和关切的光。忽然，他神色微动，眉峰倏然收紧，想要将那软猬甲重新装回网内，却是来不及了……隐秘的人声渐渐靠近，墨子琪垂下眸，无声地叹了口气。

云罗没有察觉他的不对劲，话里带着鼻音，还故意凶巴巴道："少废话，你忘了我刚才说的吗？咱们活就一起活，死就一起死！什么刀枪不入的，穿在你我身上都一样——不过你现在受伤重，失血多，更需要保暖，所以你必须穿着，听到没？"她嘴里问着，手下动作却极麻利索地给墨子琪套上了，小身体几乎趴进了墨子琪怀里。

这次墨子琪没再反对，任她给自己穿上。只是，在她给自己整理好衣裳，准备撑起身体时，他手下一个用力，又将她勒了回来。

他在她耳边低声道："别动，这样暖和……"带起云罗一阵心悸。

云罗微微咬唇，"……好吧，那就这样。"然后，调整姿势，尽量不压到他的伤处。

云罗柔顺地伏在自己怀里，周遭的一切好似都不重要了，墨子琪心里愉悦，嘴上却忍不住要臊她，"你一个大姑娘怎么这么不羞的？"

云罗撇撇嘴，学着他的口吻道："你一个大男人怎么不害臊的？"说着，她不由得乐了，特自豪特理直气壮一样说："不过正好，这才是天生一对嘛。"

"哈哈哈……"墨子琪胸腔震动，发出愉悦的低笑，忍不住搂紧了她。

他幼年残疾，但锦衣玉食奴仆成群从未受过半分委屈，后来师从容眠山，掌管一派财务，辖制炎武堂，隐隐成为四大弟子之首，也是众人默认的未来容眠山掌门，在江湖上亦是无人敢小觑。认真回想起来，这似乎是二十多年来他最为狼狈危险的时刻，却也是他有生以来最幸福甜蜜的时候……他此生唯一爱过的女人，现在也爱着他。如果她能一直这样依偎在他的怀里，那他宁愿，这一辈子与她留在这里。

窸窸窣窣的声音更近了，不似人声，却带着死亡的气息，墨子琪心里一片宁静，只是抱住云罗的手自然地松开，放到身边。

他脸上仍旧带笑，耐心地听着云罗孩子气的话，耳朵却凝紧，一动不动听着周围的动静……突然，他身体一僵，出手如电般猛地伸向后背！一个用力，只听扑哧一声，什么东西破了的音调……

云罗警觉地直起身，左右张望着，压低声音道："什么声音？他们找来了吗？"

"没有……别担心，这荒郊野外总会有些蚊虫鼠蚁的……"

"咦——"云罗听到某个字，下意识撇撇嘴，"你真恶心……"

"好，我讨厌……"墨子琪微微喘着气，脸色较开始又白了几分，嘴里的声音却是能溺毙人的温柔。他抬头望向洞顶部，透过参差不齐的枝丫树叶，隐隐可以见到东方泛起了鱼肚白。

天快亮了啊……

诡异的人声仿佛被日光驱散，温暖再一次笼罩这座休憩百年与世无争的山隘，山涧里清泉流过的声音，林间鸟儿的鸣叫，交汇成了最动人的乐章。万物苏醒，生机勃勃。只可惜，这样的美好他没机会再见了。

墨子琪略微怅然地笑开，手自云罗的发顶慢慢抚摸过，一直到她的背，然后顺势落到石缝里，"阿罗，跟我说说话吧，说什么都行。"

"我这不是一直在说吗？平时我叨叨不停的时候，你总说女孩要温柔娴静一些，这会儿倒不闲我啰唆了——"云罗嗔怪道，不过也隐隐知道墨子琪这会儿受伤难受，想借着听自己说话转移注意力，遂撑起笑容说，"天眼见要亮了，那些黑衣人还没出现，估计是不敢大白天来搜山的，咱们这次是吉人自有天相，现在只要等着三师兄的侍卫找到我们就好了。你看着吧，我回头非把那些袭击咱们的宵小大卸八块不可，不过，在此之前得先找个地方养养伤……"

"那你说我们去哪里养伤呢？"一直闭着眼沉默的墨子琪突然开口。

云罗见他感兴趣，不由精神一振，"你说呢？我都听你的。山上本来挺好，但这次招回来这么多杀手看来已经不安全了——不如咱们跟耶律回戎狄避一阵风头好吗？我听我娘说，那里风吹草低见牛羊，美得很……"云罗声音渐低，眸子里闪出憧憬。

经过方才那场同伴分离，生死厮杀，她才觉得一直陷在过去的悲伤和愤怒里根本没有意义，不如惜取眼前人。仇要报，但日子还要过。比起追查这次的死士是哪路人马，比起上京找顾明渊复仇，她更想先陪大家找个清静地方，把这次的伤治好，心情调整好。她跟琴娘、耶律，以及……墨子琪，以后还有很长的人生呢……

云罗眼里莫名地湿润了，轻轻伸手，抚上身下这个男人的伤口——那些为她而来的伤口。

"师兄，你说好吗？"她问。

"……哦。"许是因为困倦，墨子琪反应有些慢，低低地问，"你说草原啊……你不是不喜欢风沙大的地方吗？以前让你上凌云峰扎马步，你总托病不肯去……"

云罗想到以前自己那些孩子气的行为，也不由得扑哧笑了，笑过之后就是不好意思，"哎呀，过去的事你还提它干吗——那是练功啊，我肯定嫌太阳晒嫌风大嫌这嫌那，但咱们这次不是——不是——"

"不是去玩，去烤肉，去骑马，对吗？"墨子琪咳嗽两声睁开双眼，揶揄地瞧着云罗，方才青白的面容，此时也显出一点儿红晕。

云罗心里安慰，果然还是跟他说说话好，他的气色瞧着都正常些了。

"好嘛，"她撒娇道，"我知道你比较喜欢江南风光，大不了我答应你，等将来所有事情都结束了，我就陪你去江南买一座大宅，咱们在容眠山和江南两边住。那宅子就叫……叫墨云府吧，里头要有一条小溪横贯而过，有三五仆人打理院子，不过不需要厨子，我会亲自为你准备一日三餐，你可不许说难吃。每当太阳升起，我们一起沿河散步，待到夕阳西下，我们就在院里品茗下棋……"

那温柔的声音好似歌唱，在耳边越来越远，墨子琪一点点闭上眼，唇边挂着安详的笑颜。

她轻声为他画就了一幅如梦如幻的未来，简直美好得不可思议，他多想继续活下去，多想亲自将她说的生活一一实现，但是老天不给他这个时间了。

不过现在这样也不错，他死在她的怀里，死在她为他编织的梦里。感觉到身体里的力气急剧流失，他慢慢含着嘴里的药丸，将药丸推到舌下的位置，然后费力地睁开眼，对云罗道："阿罗，今天……今天是我一生中最快乐的日子，是你带给我这样的快乐，不论以后如何，我希望你都能记住这一点儿，好吗？咳咳……"

云罗只觉那一瞬自己的心跳都变了，她惊慌地抱住墨子琪的肩膀，摸着他的脸，"怎么了？你这是怎么了？"明明刚才看着还有点精神，明明他的脸色方才是红润的！只是听她说了会儿话而已！他为何就成这样了？

"不行，你别说了，我不能再等了，我现在要去找耶律他们……你听我的，你好好的不要动啊……"云罗满脸是泪，自己都不知道自己哭了，无措地张着两手，胡乱为墨子琪披好衣裳，转身就要往外走。

"别去了……来不及了……"墨子琪唇边缓缓流下一行黑血，配着他一贯的……温和而宠溺的容颜，他深深地看着云罗，其实此时，他的视线已经模糊了，只是微微能看清眼前女子的轮廓而已。但是云罗的一颦一笑，早已如刀锋雕刻一样深印在他心里，让他觉得，自己看到的人影还是那么清晰。

"阿罗，我爱你，但我多希望，你从没爱上过我……"他吃力地吐出这一句话，用力咽下嘴里的东西，身体突然开始痉挛一样地颤抖！他猛地抓住云罗的手，一字一字说："离顾明渊……远、远一点儿……"说完，就永远地闭上了双眼……

云罗呆住，泪珠源源不断地顺着她麻木的脸颊滑下，仿佛时光就在这一刻静止了，她的世界变成黑白。身体里好冷，那股冷意是从心底泛出来了，快速流窜到体表的每一寸，她慢慢地伸出手，颤抖着在半空中停了会儿，甚至胆怯地想缩回来，许久，才探到了他的鼻下。

——安静，死寂。

墨子琪死了。

他死了……

这个念头好像一记重锤，"咣当"一声砸到她的心脏！痛得她控制不住地弯下腰，痉挛一样抱住自己。他怎么就死了呢……为什么会死呢？

是她害死他的吗？

她害他受了那么重的伤，她武艺不精，她还自不量力地去接那个信号弹，都是她的错……

可是，师兄刚才明明还好好的啊，在他们进洞的时候，他还是好好的呢……

她神经质一样哆嗦着，爬到了墨子琪身边，抖着手不住地去摸墨子琪的伤口——血是黑的。

不对啊！不对啊！云罗无意识地流着泪，半张开嘴，他刚中箭时，箭上是没毒的啊……脑子里像塞入了一团乱麻，千丝万缕，那些线不停地膨胀，变大，痛得她的头快要炸开了，她用力敲了敲自己的脑袋，忽然睁大了眼睛，猛地抱起墨子琪，一手探向他的身后，随即倾身将墨子琪的身体翻转过来，只见在他的后背上，那软猬甲已经被几只古怪的虫子啃出了大洞！

"阿罗！阿罗！"远处传来了琴娘和耶律洪杰焦急的呼唤，而云罗已根本无法回答。还是侍卫循着怪味找到了那个山洞，将乱草拨开后，入眼便是傻了一样的云罗和看起来已没了生气的墨子琪。

"快下去救人！"耶律洪杰回身吼。

"是！"几名侍卫马上往下攀爬，突然一个人不知怎的，浑身抽搐着就掉了下去！

"慢着，都别动！"琴娘意识到不对，马上厉声阻止。

几个侍卫缓缓散开，让洞口完全暴露在日光下，诡异到恐怖的场景渐渐浮现在众人眼前——只见三三两两的，形容怪异的软体爬虫，从各个方向朝着洞底爬去。最先下到

洞里的虫子在琴娘恐慌的注视下,却是看都没看一眼神情麻木,靠坐在石壁边的云罗,直接朝着墨子琪爬去。

琴娘一口咬住了自己的手,偏过脸,头一次在人前哭了出来。

她怎么这么粗心!她为什么没察觉到软猬甲有古怪!她害死墨子琪了……

云罗缓缓闭上了眼。

耶律洪杰沉了沉气,大吼一声就跳下了洞!

"走!"他一手扯住云罗,飞身就往出跳!

云罗最后看了墨子琪一眼,唇边露出一丝悲凉古怪的笑,轻轻握紧了手。

距离容眠山不远的一家小客栈里,往日宾客盈门,今日却被重兵重重包围。云罗师兄妹三人在一个尚算整洁的大包间内相对而坐,静默无言。

最后,还是耶律洪杰沙哑着嗓子开口:"谁能告诉我……这到底、到底是怎么回事?软猬甲不是护体神衣吗?为何会招来那些毒虫?"

琴娘面无表情,只是双手还在止不住地微微颤抖,"若是我没猜错,那软猬甲里应是暗藏了某种植物,植物本身无毒,却对那种专门饲养的毒虫有莫大的吸引力。那些黑衣死士将毒虫装在器皿里带过来,一旦确定衣服暴露,被人穿在身上,就把毒虫放出来为祸……"她突然双手捂住脸,眼眶通红,紧咬着的唇再也压抑不住喉中的呜咽,"都是我的错!我为什么要把那来历不明的东西带给阿罗?为什么要相信顾明渊那种阴狠毒辣该下地狱的人?我害死师弟了,害死他了……"

那痛苦的宛如嘶吼的哭声,让耶律洪杰也忍不住别过头,用力一拳砸在桌边上,"砰"的一声巨响,实木的桌板硬生生给他砸出了裂纹!木刺戳进皮肉,溢出了血,映着他通红肿胀的眼,他就似完全感觉不到痛似的,牙齿咬得咯蹦响,"我容眠山到底和他顾王府有什么深仇大恨,竟让他非置师弟于死地不可!他们不是故交吗?他们——"

"我知道。"云罗表情麻木,钝钝的声音简直不像她发出的,若不是看到她嘴唇在动,那两个人几乎无法确定是她在说话。

"我知道墨子琪为何会死……"鬼魅一样的叹息,"他从一开始就不是要杀师兄的,那软猬甲是送我保护自己'最重要的人'的,他以为,我会将软猬甲穿在我娘身上……他以为,五年前'赐下'的那枚戒指还没有要了我娘的命!他以为,我娘这些年一直躲在哪里好好活着呢!"那声音越来越尖厉,最后简直破了声!磨得人耳根发酸!

云罗猛然站起,双眼血红,"他害了我娘!害了师父!害了师兄!他——他——他为什么不去死!他为什么不去死!"最后一句,带着哭腔的吼,云罗就如发泄完身上最后一丝力气的破败娃娃一般,无力地跌坐在地。

琴娘流着泪去搀她,却被云罗闭着眼甩开。

她真傻,她怎么还会对顾明渊抱有希望呢……

她最后念的一次旧情,害死她这一生最后的爱人。

江南的大宅,厨房里的嬉戏,河边的漫步,夕阳西下,所有的画面都成了一幅遥远的水墨画,在泼天大雨中,被命运之手轻轻地一拨弄,就这么化为云烟,了无痕迹。

自今而后,天下之大,终将剩下她一个人,怀揣着悔恨、懊恼、憎恶、厌世,种种让她痛苦让她辗转难寐的情绪漂泊在冰冷的世间,最终,堕下阿鼻地狱。

漫天神佛都将惩戒她,惩戒她爱上了害死自己母亲的人,惩戒她害死了真心爱自己的人。这样的人生,活着又怎样,死了待如何。

活着又怎样……

死了待如何……

云罗的胸腔微微起伏着,头脑里一片苍白的空茫,突然站起身,跌跌撞撞地朝外走去。

"不好!"耶律洪杰担心她轻生,一步跟了过去,却见云罗根本没往外跑,转角两步就进了旁边的一个小屋子,关上门落了锁。

耶律洪杰铁青着脸,抬脚就想踹门,随即就被赶来的琴娘阻止了。

"你别这样,她本来就难受,让她自己待会儿也好。"

"自己待着?你也看到她刚才的样子了,师兄的死对她的打击有多大!"耶律洪杰冷着脸一指门,"现在她自己在里头,没人陪着,真出事了怎么办?"

"出事出事!你别这么盼着她出事行不行!"琴娘情绪极差,张嘴就要吵架,深吸一口气又强自忍下了,沉声道,"她就算真轻生了也不会咬舌自尽吧?这屋里我记得就是个堆放布料的地方,没什么趁手的东西。"

耶律洪杰烦躁地扯了扯衣领,命人将战战兢兢的客栈老板带来,待确定这屋子真就是个存放发霉被褥的地儿,连一柄利器都没有,这才勉强挥挥手,示意老板和侍卫退下,沉默地靠在了门边。

琴娘转过头望向远处雾蒙蒙的山峰,约莫半炷香的时间情绪才稳定下来,走过去拍拍耶律洪杰的肩膀,轻声道:"好了,你身上也还有伤,先去休息吧,这里找人守着就是。"

耶律洪杰垂头不语。

琴娘又道:"师弟的事对咱们每个人都是个巨大的打击,咱们都需要时间平复,抱在一起痛哭流涕根本没用。日子还要过,仇还要报。"

耶律的神情终于有所松动，抬头看向琴娘，琴娘俯身抱了抱他，在他耳边道："去吧。"

耶律叹了口气，终于离开。

琴娘看着耶律走远了，才过去轻轻敲了两下门，对屋里的云罗道："阿罗，我明白你现在的心情，也清楚知道阿琪在你心中的分量，所以我允许你伤心一日、两日，颓废一月、两月，但你绝不能一直这样下去。我跟师弟从小一起长大，我太了解他，若让他知道你就这么一蹶不振了，那他真是死都不安心，你相信吗？"

昏暗散发着腐朽味道的储藏屋内，云罗蜷缩在斑驳的墙角下，表情痴怔，听到琴娘的话，唇角抖动着扬起一个微小的弧度，那是一个古怪的笑。

她相信，她怎会不信？墨子琪仅有的两句遗言，第一句便是——我爱你，可我多希望，你从没爱上过我……

他爱她，爱到在死时恨不得她从没爱上过他的地步。

那个男人，应是将她早早收进了心脏最靠里的一块软肉里，怕她冷，怕她痛，怕她忧愁，怕她寂寞，满心思考的都是她，甚至忘了想想自己……

云罗闭上眼，手疲惫地撑上额头，一行清泪顺着眼角滑下。

而他死时的最后一句话是什么？

他说："离顾明渊远一点儿。"

她会遵从的，她已经太累了。

她觉得自己去到另一个世界后，也不一定能见到那么善良，一辈子都没做过任何坏事的墨子琪了，可是，她更没有勇气留在这个一定无法再见到他的世界里。

对不起，她真的太累了。

云罗抽泣着，脸上却露出了真心的笑颜，那笑和着泪，构成了最心酸的画面。

她慢慢闭上眼，从腰间摸出那个自山洞里带出的毒药瓶，一点点举高到嘴边，终于，拇指轻轻一拨，微微张开了嘴……

耶律王子一行人在容眠山附近遇险的消息传回了丰启。

赵太后高坐朝上，轻薄的帘幔遮住她眉梢眼角的喜意，却完全挡不住她轻快的嗓音。

"听说我们的云罗郡主和她的近身婢女都遇难了呢，真是太可惜了……"她轻抬起戴着五色宝石玳瑁的手，微掩住脸，似叹息更似毒蛇的微笑。

顾明渊觉得憎恨、恶心，干脆转过了头。

赵雅却不肯这么放过他，当众点了他的名字，惋惜一般叹道："王爷，您的义妹死了，您要不要亲自去一趟容眠山，为她装殓啊？"

顾明渊面上的血色又退了些，表情却始终淡淡的，一言不发。

赵雅当着文武百官唱了独角戏，脸面有些挂不住了，渐渐收了笑，阴沉着视线盯着顾明渊。

邢向天在旁边待不住了，迈到中间对上首躬身道："请太后恕罪，摄政王怕是忧思过度，有些魔怔了。"

赵雅冷冷望了会儿他，突然嘲讽地复又笑开："忧思过度啊，哀家当然明白。既然摄政王不想去那偏僻山上为郡主收尸，那就不去吧，左右郡主有父有母，有至亲之人诚心为她捧盆上香，一定不会变为孤魂野鬼的——"

顾明渊听着她特意强调有父有母、不会成为孤魂野鬼，手指尖冷不丁地一颤，方才强撑着的一股气好像忽然散了一样，深深地，万分疲惫地闭上眼。

他看着她的父皇咽气，他费尽心机要让她的母亲死去，终于，他连她都弄死了。这世上连个真心为她哀泣的亲人都没了，但她在地下总不至于孤苦，他们一家都在地下团聚了呢……

他想这样安慰自己，却蓦地觉得胸膛里一阵气血翻涌，身体一晃，"噗"的一声吐出了一口血。

"王爷！"邢向天大呼一声，胆战心惊地扶住他，看着顾明渊惨白的了无生气的脸，心头剧跳，也顾不得君臣之礼了，对上头的赵雅母子急急道，"太后，皇上，王爷身体抱恙，请许臣先行告退送他去诊治。"

赵牧不悦地皱眉，刚想趁着摄政王那只病老虎不行了给顾派一个狠狠的下马威，就见方才对着顾明渊步步紧逼的母后，好似没了趣味一般，冷淡地靠向了宽大的百鸟朝凤椅背，玳瑁上的宝石在空中闪过一道光，她挥了挥手："下去。"然后，他便眼看着那两个人就这么走了。

"母后——"赵牧不解地望向赵雅。

赵雅则抬手止住了他的问话，语气平平地吩咐道："皇帝，给戎狄出一份国书，说我朝对王子遇险的事情深表遗憾，一定配合戎狄全力追查凶手。"

"……是。"赵牧不甘愿地应下。

顾明渊回到府里后就打发了邢向天，将追杀云罗等人的暗卫叫来。其实早在两天前银衣卫副统领就来回报过他，事已办成，但他当时就觉得脑子里一片空落落的，拒绝去听，也拒绝去想，于是没有问任何细节，就那么叫人走了。

今天，赵雅在朝上当众宣了噩耗，于他来说倒有种尘埃落定的肃穆。那个女子死了，真的死了，全天下都知道，云罗郡主死了。

"跟本王说说那天的情景吧……"顾明渊坐在蔽词书房宽大的太师椅内，身体疲乏地靠向后面，整张脸陷在一片阴影里。

银衣卫跪在地上，犹豫了一下，用沙哑的嗓音道："那天奴才们在半山腰处将郡主一行人截杀，那戎狄王子和红衣女子功夫着实厉害，牵制了我们不少人。郡主带着墨子琪趁机逃走，奴才立刻派了几名好手去追踪他们，本来他们跑到林子深处，难寻踪迹了，没想到郡主竟拿出了那件软猊甲，阿四葫芦里的化尸虫开始躁动，他们马上放出了虫子……"暗卫适时地停住了。

顾明渊张张嘴，嗓音已沙哑，"你确定，她和她娘都死了？"

"是。"副统领斩钉截铁道，"郡主与身边人皆被万虫蚀骨，未得好死。"

顾明渊捏断了手下的梨花木雕刻扶手，身体颤抖着，仿若被人当胸一掌，打碎了五脏六腑一样。

"万虫蚀骨，未得好死……"顾明渊喃喃着，眼神空洞，直勾勾地盯着下方的书桌。那桌上明明什么都没有，他却仿佛能从中看出云罗扭曲的脸。

她从小就最怕疼了，让她死在一堆虫子的啃咬里，让她眼睁睁看着她娘惨死，她一定恨毒了自己吧……

那统领从来没见过顾明渊这样，就跟失心疯似的，跟跟跄跄地奔到了书架后，拿出了一个瓶子，往手心里倒了许多白色粉末，而后一仰头，都倒进了自己嘴里，半晌之后，才喘着粗气慢慢坐回椅子上。

空气里弥漫出淡淡的五石粉味道。副统领大惊，抱拳道："王爷！恕奴才多嘴，五石粉损人至深，还请王爷——"

"滚。"他的话没有说完，就被顾明渊一个冷冰冰的字打断。

他看着顾明渊那宛如地狱阴魂一样的神情，心下一颤，竟不敢再开口，起身一步步倒退着往外走。

"慢着。"顾明渊却忽然叫住了他。男人的身体都是木木的，像一座没感觉的冰凌浮雕，乍一看去，只有嘴唇在动，"去追杀云罗母女的暗卫回来了吗？"

"卫三和卫四，回、回来了……"

久久地沉默，他几乎以为，那两个人活不成了。

"将他们驱逐出银衣卫，永世不得回京。"半晌之后，他听到顾明渊一字字道，"本王再见他们之日，就是他们身死之时。"

"是……"副统领松了口气，生怕顾明渊再改变主意，快步出了门。他心里其实也很恼怒，卫三、卫四怎就这样不知变通，为何不能想办法将云罗保下来，非让云罗和她身边的人一起死了。退一万步讲，就是郡主真要死，他们就不能让郡主死于意外，或者别的什么与王爷安排完全无关的地方吗？却不知，云罗本来就不是因顾明渊而死，卫三亲眼看到，她是服毒自尽的。

那他们为何敢冒天下之大不韪欺骗顾明渊？

原因很简单，他们都知道顾明渊对云罗有情，在他们的思维中，那个女子为了其他男人服毒自尽，实在是个太让顾明渊屈辱并难以接受的事实。或者，让云罗死在王爷手中，还能让王爷不那么介怀。他们自以为能让顾明渊好过一点儿的谎话，却让那个男人彻底陷入万劫不复的深渊。

他害死了她，亲手害死了她——顾明渊已分不出白天和黑夜，忘记了自己是谁，应该做什么，只是一遍又一遍地提醒自己这件事。

他自虐一样把自己关在蔽词，关在云罗居住过的房间里，想象着那个女孩，那个他从小疼宠到大的女孩，是如何被虫子一点点咬死、吃尽，她有多疼啊……顾明渊靠在云罗最喜欢的软榻上，闭上眼，试着想象和感受着那种痛楚，唇角边竟慢慢浮现出一抹让人心寒恐慌得想要尖叫出声的诡谲笑容。而在他耷拉在旁边的手臂上，已有一排整整齐齐的刀口，鲜血在地下滴滴答答地流了一摊……

真疼啊……疼得他都要受不了了……他原本以为能接受这样的痛楚，他以为自己是无坚不摧的，但真到了这一日，到了不可挽回的这一刻，他却发现自己其实是受不了的……顾明渊捂住心口的位置，明明在笑，眼底却流出了泪。

书房里依旧挂着顾家的祖训，"保赵氏，驱戎狄"六个字像一把沉甸甸的锁，将他锁在这个密不透风的地方，永世不得救赎。

他终于对得起国家，对得起先皇，对得起列祖列宗了。可是，他对得起自己吗？

顾明渊无意识地流着泪，慢慢地，又吃了一把五石散，然后蜷缩起身体。

顾明渊服食五石散的消息很快在后院不胫而走,后院陷入一片压抑的气氛中,王妃们不约而同严令下人不许串联多嘴议论此事,可是无一个人到蔽词劝谏顾明渊。所有人都在等,等第一个做这事的人出现,等着看那人的结果如何。

子荷再次闯进了中院,小全子带着大丫鬟们跪了一地,哭丧着脸苦劝:"荷妃娘娘,奴才知道王爷有令您可以自由出入蔽词,但卧房您真的不可以进去,王爷特别吩咐过,没人敢违抗他老人家的命令的……"

"没人敢吗?"子荷的目光定定地望着那扇紧闭的门,眸底是最深沉凝重的感情,她看着漆黑一片的屋子,一如她难觅前路的命运,慢慢道,"我敢。"然后,一步迈过小全子身边,推门进房。

但这次,那个男人连说一句话的时间都没给她,直接命令暗卫将她丢出去。

银衣卫惯不会怜香惜玉的,顾明渊说"丢",他们就真的生生将人扔出了门。

子荷摔在地上,脸上满是泪痕,强忍着疼痛,朝前方慢慢走来的顾明渊伸出手,哽咽道:"王爷,郡主走了,您就什么都不要了吗?"

顾明渊黑色的皂靴停在距她两步之外,正好在她指尖够不到的位置。他咳嗽着,脸上泛着不正常的青白,眼神淡漠,"那是云罗的房间。"

子荷呆呆地看着他,那个男人的眼神里没有一丝感情,仿佛她就是个完全的陌生人。她的眼角忍不住溢出了泪,再次道:"王爷,郡主已经死了啊……"

顾明渊厌烦地闭上眼,转身步伐迟缓地回屋,撂下一句话:"带下去。"

带她去哪里?

他没有说,但一定是不希望再遇见她的地方。

要她消失多久?

他也没说,只能看顾明渊还能不能再想起这个人罢了……

漆黑的夜色下,灵儿站在一片怪石嶙峋的假山后,静静望着侍卫将子荷拖出来,隐约间还能听到女子的哭喊:"王爷,郡主已经不在了,你再守着那间屋子她也不会回来了!您不能这么糟蹋自己了,不能——"

云罗死了?她真的死了?

灵儿怔怔地出神,不悲不喜,脸上一片茫然。

流珠扶着她的胳膊,低声嘀咕道:"没想到那位郡主风光了这么久,最后会死在贼匪手里,看来啊,这人还是不能得意太早……"她自顾说着,身边的主子却一直没应答,流珠奇怪地转过头,立刻便惊住了。

"主、主子，您怎么哭了啊？"

灵儿愣愣的，她哭了吗？

她抬手往脸上一抹，竟真的一手湿润。

就这么低头看了手指尖莹润的光泽好一会儿，才缓缓道："没事，我只是……高兴……"说完，她闭上眼，深吸一口气，竭力挺直脊背，扶着流珠的胳膊，一步步往清虹苑的方向走去。

流珠看着灵儿沉默冷峻的侧颜，眼角犹自闪着光的泪水，觉得主子一点儿都不像高兴的样子。可是她不敢问，一个字，都不敢再说了。

深夜的顾王府宛如一只张着血盆大口的巨型猛兽，每个人都在为能驾驭这只野兽而争夺、厮杀，但到最后，不知是人真的控制了它，还是被它所反噬。

第二天，灵儿命流珠将盈姗带来。

盈姗自从丧子之后就心情抑郁，顾明渊偶有召见她也是强颜欢笑，男人又不是傻子，一来二去就不愿再理会她了，盈姗就这样失了宠。

从歌女到宠妃，再从宠妃到被打入冷宫，其中滋味只有盈姗自己知道，她是真的后悔了。再次跪到灵儿面前时，她再不复以前的张狂，垂眸一副恭顺忐忑的模样。

灵儿瞧着她的样子轻笑一声，懒洋洋地靠坐在绣着金线的华丽蒲团上，慢慢吹着茶盏里的浮沫，问："这几天王府里的事，你可都知道了？"

盈姗忙不迭道："知道了，知道了，钟氏顶撞王爷被关了禁闭，这小家子终究上不了大台面，府里以后还要靠娘娘多多操持呢……"她挤出讨好谄媚的笑容。

"你错了。"灵儿淡淡道。

"……"盈姗一愣。

灵儿放下茶杯，微微坐直了，目光深深盯着地上跪着的人道："子荷失宠不是因为她顶撞王爷，而是因为她不自量力地想要去挑战云罗郡主在王爷心中的地位。你，也是如此。"

"妾身并不敢的……"盈姗无力地辩驳，最终，在灵儿冷淡的仿佛洞悉一切的目光中怯怯低下了头。

然后，她听到灵儿平静无波的嗓音："记住，别再妄想摆脱郡主的影子。做一个富贵的影子伺候王爷，总比当个卑贱的弃妇要好，你说对吗？"

"娘娘，您、您说我还有机会回到王爷身边？"盈姗立时被巨大的狂喜笼罩，又有些不敢置信一般，磕磕巴巴问。

灵儿却没再回答她的话，只是面无表情地将脸转向流珠，"送她去书房，读《春

秋》。"

……

几天后，灵儿带着一袭素衣的盈姗从角门进了蔽词。小全子来接应她们，见到这两位姑奶奶先苦着脸跪下请安，起来后就压低声音道："我的主子哎，奴才私自将您二位放进来可是犯了大忌讳的，您、您可一定要慎重行事啊，要是惹恼了王爷，奴才十个脑袋都不够砍的……"

灵儿表情淡漠，脚下不停地往里走，"你若不让我来帮王爷戒五石散，让几位将军知道你给王爷找禁药，你一样活不成。"

小全子哑口无言，看着灵儿与盈姗的背影，半天才懊恼地一跺脚，跟了上去。

顾明渊合着眼躺在床上，被子凌乱地一半搭在他身上，一半耷拉在地下。即使在睡眠中他的眉头也没有舒展，苍白的面容、额头的冷汗，无一不在显示出他正陷在梦魇中。

耳边慢慢响起了轻缓的读书声，是阿罗最喜欢念的春秋野史：

"齐王见于行者，勿犹语而不再……"

"哈哈，你说那齐王怎么这么笨？让燕子耍着玩的？"

"不嘛不嘛，我不要读四书五经，我就喜欢这个……"

那声调轻快悦耳，蕴含着女子的娇俏，他好像回到了多年前，他与云罗还要好的时候。那时她十三岁，天真无邪，他二十四岁，初露稳重。她全心依赖，他乐得宠溺，那是多好的岁月啊……

"阿罗，阿罗……阿罗！"顾明渊一下下摇着头，眉峰紧锁，呼喊着，突然睁开眼猛地坐起了身！被子一下都掉到了地上。

傍晚的秋风顺着窗栏吹进来，吹动了榻前的帘幔，带起一阵淡淡的香，屋子里黑漆漆的，连蜡都没点。

原来是一场梦……顾明渊刚才一直下意识屏住呼吸，这会儿忽然失了力气，弯腰剧烈咳嗽起来。

"王爷……"一只肤白胜雪的手轻轻搭在他的胸前，为他顺着气。

顾明渊慢慢抬起头，就见灵儿穿着一袭绿色的罗裙，满脸关切柔和地望着他。

他竟没察觉身边有人。

顾明渊闭了闭眼，脸上露出深刻的不耐，"你怎么来了？滚出去，叫小全子送五石散进来。"

灵儿笑笑，并不答话，只是微微拍了拍顾明渊的肩膀，说："王爷，您瞧那边。"她的手指缓缓指向了那摇动的帘幔。轻薄的浅橘色纱帘暧昧地飘动，点点褶皱后，隐约可见一个女子曼妙的身影。

"齐王见于行者……"方才在梦里听到的熟悉的读书声就在这时再次响起！是云罗的声音！顾明渊的心跳骤然如擂鼓一般，两只眼睛瞪得极大，下了床，跟跟跄跄地起身，朝帘幔方向走了两步，又仿佛有所恐惧一样停住，目光痴痴地望着，就是不敢再近前。

透过那层脆弱的遮挡，他看到她披散的长发，看到她瘦弱的肩胛，看到她柔若无骨的腰肢，还有那只懒洋洋支着下巴的小手，她的小指尖和食指微微朝上跷着，带着一点儿不易觉察的妩媚……一切的一切，都与记忆中的那个女子别无二致。

身后，灵儿一步步走到了他旁边，他听到自己沙哑又贪婪的嗓音，好似全都输光，只剩最后一点儿砝码的赌徒，就这么颤抖地问："这、这是真的吗？"

灵儿垂眸浅笑，淡淡回道："只要王爷一直站在这里，那就是真的。"

心仿佛被什么东西撞了一下，钝痛。顾明渊眼眸里亮起的火焰就如被风吹过，"唰"的一下，就灭了。

他拒绝去思考，脚下却有意识一般，缓缓地、缓缓地后退，脚下好像有千斤重，那短短几步，就是咫尺天涯。心口里应该是插进了一根带倒刺的棍，在里面搅啊搅啊，搅得他要痛死了，可是此刻，他却舍不得将那根棍子抽出来。反而要依靠着那种痛，才能活下去。

顾明渊坐到床上，蜷缩起身体，如一个垂暮老人一般，慢慢躺下，闭上眼道："让她接着念。"

"是。"灵儿笑笑。

读书声，撒娇声，女孩的嬉笑怒骂再次响起，循环往复，为他营造出一个甜腻的让他忍不住想要微笑的梦。他觉得，自己也许能好好睡一觉了。

他摆摆手，示意灵儿出去。

灵儿沉默了一下，却在床边跪下，"王爷，府中不可一日无人主事……"

他听出了她的潜台词，脸上连一丝波澜都没起，没什么兴趣地说："那你便做王妃吧，出去。"

他说得那样随意，完全没有考虑这句话给灵儿、摄政王府，甚或丰启的世家大族带来怎样的影响。他只是觉得，云罗不在了，什么都没关系了。

灵儿含笑谢恩，敛裙离去，头仰得很高，犹如一滴滚油，落入静水一般的后院，但是，这滴油没来得及炸起波澜——

女子的争斗伎俩或许可以改变一府的局势，但是，在国与国的倾轧中，在天下权势

的风云变幻里，那些小谋算、小心机，根本不值一提。

丰启九年冬，戎狄国主挥军二十万压境。

赵太后的国书没有带来戎狄国主的谅解，只迎来了一触即发的战争。

那个戎狄派来的小个子棕色胡子卷发使者，在丰启大朝会上一连倨傲，不耐烦地挥手，用古怪的音调道："这件事没得商量！你们不处置摄政王，我们就要攻打你们！"

邢向天强忍着对他拱拱手，"这位大人，顾王爷毕竟是我丰启举足轻重的人物，仅凭贵国王子几件不清不楚的证据，就要说我们王爷派人刺杀他，还要将王爷定罪，是否太草率了点？"

"我不听你们讲这些！中原人最狡诈！"那侍者一伸手，手指几乎戳到邢向天的鼻子上，双目怒睁道，"我们王子在刺客尸首的衣服里发现了顾王府的令牌，这就是铁证！"

"所谓的令牌是你们王子说的！真要派刺客谁还会带着令牌？"邢向天也火了。

朝上的赵太后在这时冷淡地开口："够了，都别吵了。"她撩开往日总是落着的珠帘，在文武百官的注视下，在戎狄来使的怒目中，拖着华丽的暗红色的曳尾长裙，顺着金碧辉煌的台阶缓步走下，一步一步，最终来到了使者面前。

众人面面相觑，都不知赵雅想做什么，下一刻，就见那个打先帝死后就将眼睛长到了头顶上的女人，对那戎狄使者微微低下了头，用轻缓哀戚的语调说："哀家代表丰启皇朝，对王子遭受的苦难表示哀悼。"

"……"那使者愣了下，突然跳脚大怒，"什么哀悼！我们王子又没有死！"他倒知道哀悼不是好词。

赵雅抬起头，转瞬又恢复了那一国之母的冷傲形象，"哦？原来王子并无大碍啊，那不知去世的是谁？"

"是我们未来的太子妃，你们国家的云罗郡主！"使者气哼哼道。

"哦——"赵雅拖长音调，"原来贵国国主兴师动众地出兵我丰启，就是为了给我国的郡主讨个公道啊？这倒真是让我们……"她左右看了一圈，无奈地笑开，"让我们受宠若惊了。"

周围的丰启朝臣也配合地哄笑起来。

那使者恼得脸都红了，吼道："笑什么？中原人！郡主虽然是你们的，可她马上就是我们的太子妃了！何况，何况我们还折损了好几名勇士呢！"

"马上就是说明现在就是了？"赵雅漫不经心道，"至于勇士，我丰启最不缺的就是能打的侍卫，贵国要是真急需，我们送你一些都可。"

戎狄使者又急又气，叽里呱啦地都骂开本国话了，眼见是不知如何作答了。

赵太后转头快步拾级而上，猛地转身，"哗"地一甩袍袖坐下，大妆过的面容简直不似真人，肃穆威严的声音在大殿里回荡开："丰启对于贵国王子遇刺事件深表遗憾，有牵涉到我国官员的一定彻查到底绝不姑息，摄政王暂时先圈禁于府邸，事情水落石出之前不许出府一步。"

使者不满意，张嘴才要再说，就见赵雅淡淡看过来，继续道："至于贵国未来太子妃之死，我朝上下亦是痛心，为不影响两国修秦晋之好，哀家决定再挑选皇族高贵女子嫁与王子，并赐下燕山、鹿苑、庞缅三座城池为嫁礼，以慰王子失爱之心。"

"太后！"朝上一片哗然，尤以顾派武将最恼怒。这仗还没打就先赔三座城，未免太落自己威风了！

戎狄使者倒会算账，别管"赐"也好，"赔"也好，便宜是他们占了的。当下乐呵呵地告辞，说要去信与国主商议。

使者才一离开，马上有武将出列奏请："太后，臣认为割地赔款实非良策，戎狄根本是一只喂不饱的饿狼！"

"臣附议——"

"臣也附议——"

接连三名将军站了出来，赵雅则慢慢靠坐到了后面，身体放松，脸上面无表情地扫过几人，"不割地？那是要打吗？不知几位将军可愿领兵出征，迎战二十万戎狄大军？"

"……"几人对视一眼，一时都没说话。

赵雅眯了眯眼，倾身咄咄逼人地继续道："不知几位将军可愿立下军令状，不打退戎狄便马革裹尸再不还朝？"

"……"

她突然拔高了声音，一声吼："不知几位将军可愿散尽家财，募兵造器，供我丰启一扬国威！"

几人终于低下了头。

赵雅看着他们的发顶，不屑地轻笑，那一声笑音，似是砸在每人身上，她轻飘飘道："打仗是要人要钱的，国库已经没有钱再让你们打一次了。"

而上次，你们已经打输了。

邢向天暗暗叹了口气，沉默地出列，朝上首问："太后，您真要将王爷圈禁？"

赵雅面似不耐烦，"那只是缓兵之计，哀家不是说了，只将王爷暂禁于王府？若邢

将军真担心有哪个不长眼的敢去谋害他,哀家就派你监守王府,如何?"

"这——"邢向天动摇,到底还是不敢替顾明渊答应,深深地弯腰道,"臣不敢妄议。"

"不敢?"赵雅嘲讽地扯扯嘴角,忽地侧首问,"他不敢,那王爷你的意思呢?"

顾明渊在这儿?朝上的人皆一怔,下意识往赵太后看的方向望去,就见通往偏殿的门被太监打开,顾明渊半眯着眼,脚步有些虚晃地走出来。

他的脸色看着是不正常的青白,眼骨已有微微凹陷,手上拿着一个鼻烟壶,走出来的时候,还低头深深吸了一口。再抬起头来时,对着朝上的文武百官笑笑:"本王——并无不允。"

散朝后,邢向天跟着顾明渊出来,样子是真急了,"王爷您怎么把自己弄成这样了?您这半个月到底在哪儿呢?您……"

顾明渊不说话,却突然停下,他冷不防差点撞上去,偏头一看,就见当今最受宠的和妃抱着一个黄色绣着金龙的布包冷淡地立在他们前面。

在他们背后是巍峨的宫殿,而淑和的身后,是一片刺目的正冉冉升起的朝阳。秋风寒凉,两方远远地对望着,这一片广阔的青石板地上皆是沉寂,无人说话。

"老臣叩见安王殿下,给和妃娘娘请安……"内阁老开口,打破这静寂,一把年纪了,仍颤巍巍跪下。

"臣等参见安王殿下,殿下千岁千岁千千岁——"在他之后,除顾明渊外的所有人也都跟着跪下。他们的品级或许不必参拜二品妃子,却不得不跪当朝唯一的皇子,隐形的太子。

而淑和,却连看都没看这些人。

她一步步走近,抱着她的儿子,踩着地上被无数鲜血浸染过的地面,来到顾明渊面前,在所有人始料未及的情况下,突然扬手,狠狠地给顾明渊一巴掌!

"啪"的一声脆响,惊呆了百官。

"和妃你干什么?"邢向天跳了起来,顾明渊的侍卫也冷着脸要上前。

而那个男人,却缓缓抬手,止住了他们的动作。

他的舌尖滑过口腔,仿佛点在了那个被打痛的位置,然后又离开,瘦削却依旧英俊的面容,居高临下地盯着和妃,目光冷淡而飘忽,仿佛在看着她,又仿佛透过她看到了别的什么。

淑和微微贴近他,用只能让他们两个人听到的声音,一字字说:"安王继位之日,就是你顾明渊身首异处之时。"说完,她昂着头,眼圈通红却无一滴泪,如来时一般,带着蜿蜒的下人随从队伍去了，踏着一地破碎分裂的阳光。

"和妃疯了吗？"邢向天看着她的背影恨恨道。

"她？她是来讨债的。"顾明渊唇角一勾，却是苍凉。在邢向天惊愕莫名的注视下，抬脚朝着与淑和相反的方向走去。

两个人的背影在日光下越来越远。

"咚——咚——咚——"散朝的钟声一声声响起，终于，响彻了整个皇宫。

顾明渊带兵多年，还是头一次被士兵"押解"回府。奉旨"护送"他的人是禁卫军，皇家的嫡系孙瑜，因着受过赵雅的特别嘱咐，进府时怎么动静大就怎么来。

"立好立好！"孙瑜得意扬扬地站在曾经丰启第一权王的府邸门前，耀武扬威地冲着里面惊慌跑动的下人喊，"你们！全都到我的副手处登记是哪年入府的，签的何种契约，现在在哪个房当差——其间不许串联，不许交头接耳，有妄言政事者杀无赦！那边！那个丫头，你干什么呢？"他突然扬起马鞭指着东边，瞪着铜铃大的眼，厉声喝道。而在他手指的方向，一个身穿粉色丫鬟服饰的二等丫头，正偷偷将自己的玉镯子塞给一个禁卫，哀求他放自己回后院给主子报信。

那卫兵见头领注意到自己了，一改方才的犹豫，将玉镯子"啪"的一声扔在地上摔了个粉碎，一手扭了丫头的胳膊，一脚踢在她的膝窝，强压着她跪下，对上首正义凛然道："报告大人，这个侍女刚刚正想行贿于我，怀疑欲行不轨之事，现在已被属下擒拿，如何处置请您明示！"

孙瑜目光阴狠地盯着那瑟瑟发抖的丫鬟，唇边闪过一丝狰狞的笑，吐出一个轻飘飘的字："杀——"

"是！"那侍卫干脆地手起刀落，完全没给王府里的人反应时间，回身白刃一抽，"刺啦"一刀，鲜血四溅！

那丫头至死还睁着眼。

"啊！"短暂的安静过后，这片曾经庄严肃穆的土地，到处都充斥着恐惧的尖叫。

这场混乱持续了近半个时辰才在一名宫装女子威严的呵斥声中戛然而止。

"放肆！"那清脆冷淡如刀锋般冷厉的语音，竟有几分顾明渊的感觉。众人应声回头，只见灵儿穿着一袭接近正红的玫红色侧妃宫装，头戴全套命妇珠饰，六颗东海珍珠在胸前熠熠生辉，极其庄重肃穆。戴着宝石玳瑁的手稳稳搭在随身丫鬟的胳膊上，目视前方，一步一步走来，终于，停到了孙瑜面前。

"你们，是奉何人之命来摄政王府杀人的？"

"并不为杀人……"孙统领看着她的气势就不由得怯了两分，抿抿唇，稍往后退了些，拱拱手道，"不知夫人您是哪位？"

"呸！主子的名讳是你能问的吗？"流珠上前一步，一身翠绿色新衣裳亮眼得很，映得脸上骄纵又强势，"你只管叫主子娘娘就是！"

孙统领的脸色又难看了几分，但望着脸色淡漠，看都不看自己一眼的灵儿，再瞧瞧她身后跟着的一大帮侍卫丫鬟太监，到底不敢太无礼，哼笑着行了个半礼说："听说王爷拜过天地的正妃早先去了庙里，这位娘娘应是目前府里主事的侧妃吧？您无事的话就

到后头歇着去吧,省得这兵荒马乱的再冲撞了您……"

灵儿轻轻抬眼,仿佛才将注意力放在眼前这个人身上,唇边缓缓勾起一抹嘲讽的笑,"若是能歇得住,我何尝愿意跑到前头来呢?只是这位大人好大的官威,又是杀人又是登统的,眼看就要将我们抄家流放了。"

"呵呵,您这话就严重了。"孙统领干笑几声,为自己辩解,"王爷是主,末将是仆,咱们哪敢僭越呢?只是当今皇上和太后慈爱,体恤王爷操劳多年,让末将护送他老人家回来歇息几日罢了……"

"护送?"灵儿突地变了脸色,厉声喝道,"大胆奴才还敢狡辩!往你家族族谱里追溯祖宗八代也没一个敢在摄政王府亮兵器的!你倒是做了出来!还说什么僭越?你分明就是要造反了——惊了王爷的驾你有几个脑袋能赔?还不给我滚出去!"

孙统领神情极难看,一言不发,阴森的眼神仿佛要将灵儿吃了一般。

灵儿却丝毫不惧,眉宇冷漠,"怎么?我指使不动你?要不要请出太后赐封我为正二品侧妃诰命的懿旨文书?"

两方对峙片刻后,孙统领终于慢慢抬起手,咬着银牙吐出一个字,"退。"然后,带着那些手执刀剑凶神恶煞的侍卫倒退着离去。

守门的家丁忙不迭将大门合上,院内,出现一片短暂的静寂。灵儿的身体微微发抖,后背挺得笔直,仿佛下一瞬就要折断一样,她闭了闭眼,脚下后退一步,险些摔倒!

"娘娘……"流珠红了眼睛,一步上前扶住,低声唤道。

"嘘,别声张,我没事……"灵儿的面容有些苍白,抬起头,环视着周围的奴仆,再次扬高了声音,"你们也不要怕,天不会塌——大管家,劳烦你叫府里所有管事去前厅议事,我半个时辰后到。其余下人各司其位,做好本分。"

"是。"大管家颤巍巍跪地。

奴才们渐渐镇定下来,四散离去。流珠扶着灵儿,小声道:"主子,咱回去歇会儿吧?我让人叫个大夫给您看看好不好?"

灵儿淡淡地摇摇头:"这时候,我哪能歇呢?"她静静抬起眼,望着这座巍峨幽深的府邸,看着廊上先皇亲题下的四个字:忠君爱国——那四个字历经岁月与风霜,仍然闪烁熠熠。这份尊荣还能延续多久呢?

灵儿不知道,但她知道,她必须尽力,尽全力去维护。一入侯门深似海,从此身家荣辱不过寄予上位者一念之间。

她深吸一口气,推开流珠扶着自己的胳膊,年轻娇嫩的面庞上竟隐隐有了绣心那种沉肃端庄的味道，她一步一步走向内院，说："拿名帖传太医，说摄政王小恙，请人来侍疾。"

……

太医为顾明渊做了诊断，证实他是沾染了五石散的毒瘾，幸好服食时间尚算短，戒除也不会十分困难。

王太医从内室走出后，对灵儿一揖到地道："娘娘，五石散实为害人之物，虽能使病人得短期欢愉，但长期来看对身体损伤极大。王爷向来康健，心性坚韧，加上您从旁劝诫，不论有何心结一定都能化解，这五石散却万万不要用了。"

灵儿知道他是多年受着邢将军家恩德的，否则不会把话说得如此透彻，沉默许久后，向太医轻轻还礼道："多谢太医。"回过头，她对心腹流珠吩咐道："流珠你亲自送太医出去，将我准备的礼金带上。"

太医一边道不敢一边倒退出去。

灵儿在外面静了静神，待太医开的药熬好了，才轻轻挥手斥退丫鬟，自己拿着药碗走了进去。

顾明渊看到她进来，眼睛微微睁开，随即又懒洋洋闭上。

灵儿垂下眸，抿唇笑笑，柔和道："王爷，该喝药了。"

她亲自伺候着顾明渊坐起来，将他身后垫靠得舒舒服服的，一勺一勺把药吹凉了再喂进顾明渊嘴里。

"慢慢喝，不要急，等会儿喝完药臣妾亲手给您煮碗浓浓的燕窝汤垫垫，就不苦了……"

"府里什么事都没有，王爷您别多想，安心养身体就是，太医说了您现在情况并不严重，只要按时服药很快会好……"

"杰哥儿这两天一直念叨着您呢，等什么时候咱们一大家子再出去骑马散心，碧云的庄子都打扫好了……"

耳边女子低而温柔的絮叨，宛如午夜里绵绵不绝的缠绵音调，顾明渊本以为自己会厌烦的，可就这么半闭着眼听久了，竟有些困了，现在他不再记挂着那么多事，干脆就这么顺应心意睡了过去。

灵儿扶着他躺好，为他盖严实轻薄的鹅毛被，低头看了会儿男人苍白瘦削却依旧英俊的容颜，忽然弯腰在他脸颊上亲了亲："王爷睡吧，所有事情我都会处理好的……"她的声音有点抖，但没有迟疑。说完，转过身，玫红色的裙摆在半空划下一个美丽的剪影，就这么旋身离去。

屋内有异样的气息动了动,很快又恢复了沉寂。

出门的时候流珠悄悄走了过来,脸色极不自在。

灵儿抬头望了望天上有些刺目的太阳,微微抬手挡了下,语气沉沉地问:"说吧,又出什么事了?"

流珠叹了口气说:"回主子,陈庶妃身边的一个丫头有了。"

"陈盈姗?"灵儿皱紧了眉头。王爷因为云罗的死郁郁寡欢,甚至还染上了恶瘾,她为了保证王府的延续,也是为自身固宠,抬举盈姗让她重新回到顾明渊身边。这种情况下若是盈姗有了还说得过去,但怎的会是一个侍女呢?

"去查查,这里面是不是有什么不规矩的。"灵儿淡淡道,深宅大院里最怕偷龙转凤的龌龊事。

流珠的身体又弯曲了几分,小声道:"主子,奴婢来时陈庶妃就自己交代了,说是那段时间刚刚小产,心气郁结,怕伺候不好王爷,一时糊涂就将身边的奴婢送进房里服侍了。"

"一时糊涂?"灵儿回过脸,神情冷厉,"她好大的胆子!王爷是主她是奴,她将王爷推到侍婢身边是以下犯上!那婢子得蒙王爷宠幸就不该再做奴婢,她竟瞒着此事直到闹出珠胎暗结的荒唐才报上来更是犯了妒忌。不分尊卑,不能容人,还有何颜面忝居庶妃之位?"她抿紧唇,年轻的面庞上没一丝感情可言,"传我的令,褫夺盈姗庶妃位,降为格格,让她好好闭门思过!若不是念在她对王爷还有用处,我绝不会留她。"

"是……"流珠战战兢兢应了,又问,"那……怀孕的婢子呢?"

灵儿静静地望着远方,沉默了很久很久,久到流珠几乎以为自己主子预备除掉那个未出生的祸害了,毕竟现在的王府可以说是灵儿的一言堂了。

出乎意料地,灵儿开口了,语气平静,甚至带了点疲惫,仿佛刚才的怒斥将所有的精神气都挥霍光了。

"……将她接进我的院子,拨四个下人照顾她,告诉她,只要平安生下一个健康的男丁,我为她请封妃位。"

"主子?"流珠抬起头,瞪大眼,不可思议地看着她。

灵儿没有解释,也无从解释。若是在一个月以前,她无论如何也不会做出这样的决定。那时的她,恨不得顾家只有杰哥儿一个男孩,只有这一支所出的孙辈,并且被她牢牢把控在手里。但是如今,在顾王府朝不保夕的时刻,她却希望顾家能多子多福,这样,若这个大家族真的没落,至少——至少还能有一个健康的男丁可以成长起来,靠自己的力量重新屹立到朝堂上,将这个已兴盛了百年的家族荣光延续下去。

"走吧，去议事厅。"她深吸一口气，扶住流珠的手，稳稳地走向自己应走的路。

前院响起了鼓声，很快又停下，一片静寂中女子的声音响起：

"顾王府自开国皇帝起，是为丰启骨肱之臣，为社稷黎民立下血汗功劳无数。只要摄政王府的招牌一日未摘下，顾家就不会倒。在座诸位皆是家里的老人，妾身在此恳求大家，各守其位，对上以诚，待下以严，陪着顾家共渡这一难关。待得王爷身体康健，功在顾家者连升三级，若有趁机滋事者——"灵儿独立于堂前，冷淡的目光慢慢扫过场上诸人，单薄殷红的唇轻轻吐出四个字，"九族不论。"

好不容易将府里或蠢蠢欲动或惶惶不安的人心压下去，灵儿已整整一天水米未进。

流珠看着她用艳丽妆容强撑出来的气势，不由得胆战心惊。

"主子，咱们传膳吧？"她扶灵儿进屋坐下，半蹲在她身边问。

灵儿一手拄着自己的额头，疲乏地半闭着眼，过了好一会儿才摆摆手，声音略微沙哑道："不了，我想歇会儿，你出去吧。"

"主子——"流珠还想劝，但看着灵儿沉寂的面容，终于一偏头，红着眼退了出去。

屋里陷入一片黑暗，太阳渐渐落山，房里变得有点冷，距离她三步之远的榻上就有厚厚的绒毛毯，可灵儿不想动，身体里的力气仿佛都在这一天的奔波里消耗光了。她双腿蜷缩进宽大的绣椅里，胳膊紧紧环绕着自己，脑子里一片空白，只是麻木地计算着她还能做什么，如何才可以让顾王府更安全一分。

父亲不知愿不愿意伸出援手……

淑和姐姐会帮她在皇上面前美言吗……

还有平日那些与顾家交好的官员，现在还有几个愿意来帮他们？

她能去求谁？可以求谁？

慢慢地，灵儿的身体开始微微发抖，终于，伴着一声轻轻的咳嗽，她忍不住哭了出来，也不敢放声大哭，只是压抑地呜咽。

她害怕了，她其实一直在害怕……她想娘了。她不明白，不久之前她还是姨娘膝下受宠的小女儿，为何一转眼就要将一座王府的兴衰存亡扛在肩上。她更不知道，在这个皇帝明显对顾家不满，顾府当家男人都一蹶不振的时刻，凭她一己之力，即使绞尽心机是否也只是蚍蜉撼树，不值一提。

她觉得，自己可能要撑不下去了……

一只手缓缓搭到她的肩上，无声无息的，灵儿的身体陡然一僵！在这个静谧的夜里

险些尖叫出声。

下一刻,男人沉稳的声音让她的身体定住。

"是本王。"

房里的蜡烛被点燃,映出一张熟悉的硬挺面容。灵儿捂着胸口,仍是心有余悸。

过了会儿,她缓缓放下手,眼睛怔怔地望着玫红色的裙摆,"王爷,我尽力了。"

顾明渊沉默了一下道:"本王知道。"

"我其实,很怕……"

"……"顾明渊没有说话。

"我强撑着——"她哽咽了一下,带着眼泪的声音,"我想比绣心做得好,我希望自己能配得上你。"

顾明渊不由得望向眼前的女子,她流着泪,仿佛自己都没意识到自己说了什么。她的话已然僭越,但他无意责怪她。

一个女人,如此柔弱,如此卑微,面对钢刀将侍卫军喝退;没有宝册金印,只凭着名不正言不顺的侧妃之位,一力压下府中派系林立的管事头领;甘冒风险,将怀孕的妾室放到自己身边,把绵延顾家子嗣的责任一力扛下……他想,他应是对她改观了。

"你是个合格的王妃。"他轻轻出了口气,抬起手,犹豫片刻后终是放到了她的肩上,"你比绣心做得好。"

灵儿呆呆地仰起脸,片刻之后,泪水汹涌落下,哭倒在顾明渊的怀里。

男人没有回抱她,但是,由始至终也没有推开她。灵儿知道,从这一刻起,她终于在顾明渊心底占下一席之地,不是一个惹人怜爱的女子,不是一个对他有些用处的女子,而是一个能够与他比肩、共同支持王府的人。宠爱总是虚无缥缈的,但一份尊重却足够她受用一生。

以顾明渊为首的顾派官员开始在朝上向太后施压,要求释放顾明渊。那个男人可以任由自己颓废,却不能容忍自己需要在一个女人的勉力支撑下才能安稳过活,这只暂时收了獠牙的猛兽抖抖鬃毛,要出来猎食了。

可随即而来的很多变故都让人措手不及。

先是丰启使者八百里加急带回了一封戎狄的国书,戎狄王接受了太后的议和条件,却将迎娶丰启宗室女改为由戎狄翁主亲自来丰启挑选驸马!这等于要丰启"嫁"一个贵族男子出去!

不少丰启官员都在朝上大怒,以为奇耻大辱,但向来主战的顾派这次都沉默了。只因顾明渊这回被太后软禁，皆在怀疑他谋害耶律洪杰，影响两国关系，但如果两国成功联姻了呢？是否就代表着以前的事翻篇了？太后再没理由关着顾明渊不放了吧。

戎狄翁主就这样被耶律洪杰护送进了丰启都城，赵牧亲自在宫门口迎接，成百上千的黄衫异族女子载歌载舞送嫁，场面不可不说宏大。过后，赵牧派了自己的两位皇叔和九名一二品大员陪同翁主回驿馆，那些官员这才在驿馆的花厅里见到翁主真容。

摘掉了覆面的纱巾，这个传说在戎狄极为受宠与耶律洪杰同母的贵女赛琪雅竟不过十三四岁的样子，巴掌大的脸蛋显得十分柔弱，她怯怯地对众人行了礼，连两句场面话都没说完就往自己哥哥身后躲。

耶律洪杰哈哈大笑，朝后拍拍自己的妹妹，示意侍女带她下去，然后对丰启王爷客气道："舍妹被父王养得太胆小了，倒叫各位笑话。"

"哪里的话啊？"三王爷倒是丝毫不介意，笑着端起茶碗道，"女子贞洁娴静方为好，不知我丰启哪个男儿能有幸娶得佳妻。"

耶律含笑不语。

三王爷又道："驿馆内的陈设布置都由宗人府精心安排，尤其是翁主的闺房，香巾首饰、胭脂油膏，一应用品皆是由本王的王妃准备，希望翁主能喜欢。"

耶律洪杰听着倒似一愣，拱手道："王爷太周到了，赛琪雅小小年纪怎敢劳动王妃为她费心，她看到必要惊喜了……"

两个人客套着，然而赛琪雅终究没走到那间极尽奢华的闺房。

外头突然响起一声尖叫：

"来人！不好了！有刺客劫持翁主！"

"本埠——谷朝西撒颇由嘿！（戎狄语）"

戎狄语的怒吼和汉话婢女的大叫让厅里的人同时变了脸色！

耶律洪杰转身一脚踹开了关着的木门，奔到廊下，三王爷和丰启官员紧随其后，外头已经乱成一团！

"刺客呢？翁主呢？"耶律洪杰暴怒着拽过一名丰启侍卫。

那侍卫面容青白，眼神发直，抖着唇，竟一个字都说不出来。害怕恐慌的模样简直有违常理。

王爷急得直跺脚，"你倒是说话啊！该死的奴才！"

"翁主——翁主——"那侍卫磕磕巴巴着。

下一刻，众人都呆住，也知道了他之所以会这样的缘故。

约六米高的蜿蜒房梁上，身穿灰衣的男子横抱着一身华美翁主服饰，一动不动的女

子,面无表情地俯视着所有人。

他就是刺客,有着一张在场诸人都熟悉的脸。

"顾、明、渊!"耶律洪杰从牙缝里挤出几个恨入骨髓的字,长剑突然出鞘,撞出金石之音,剑锋直指向他!

"放下我妹妹!"

顾明渊嘲讽似的勾勾唇,在众人的一声惊呼中,抱着戎狄翁主从房梁上一跃而下!就这么消失不见了!

"追……追!给我追!"耶律洪杰双目突出而血红,嘴唇因暴怒直哆嗦,回身一把勒住一个自己的侍卫长,咬牙切齿吼,"带兵去把翁主抢回来!若是追不回来人,就给本王踏平了摄政王府!"

"王、王太子,您息怒,此事或——或有可疑……"三王爷颤抖着上前相劝。

耶律洪杰一挥手就将他推了个大跟头!

他一步跨上前,伸手指着跌坐在地颤巍巍的三王爷,恶狠狠道:"你们丰启真是小人!告诉你,这次我妹妹无事便罢了,若她出了一点儿差错,我耶律洪杰必定亲自带兵跟你们在沙场上较高下!"说完,领着已武装完毕的戎狄盔甲军冲出了门。

同一时间,赵氏母子在宫里也收到了消息。

赵牧气得摔了茶盏,对上首道:"顾王爷疯了不成?朕拘禁他,他逃了出来,如此便罢了,他还跑去劫持戎狄翁主?难道是天要亡我丰启?"

太后垂眸思索片刻,淡淡道:"皇帝,福兮祸所依,祸兮福所伏,不到最后一刻,谁说得清呢?且瞧瞧去吧。"说着,宽大的袍袖陡然一展,她高昂着头起身,艳丽而敦肃地一步步朝外走去。

赵牧紧皱着眉,终是冷着脸跟了上去。走出两步后,却又像忽然想起什么似的,回头对陪侍在下首、现在已站起身的和妃缓缓脸色道:"爱妃先去陪安王吧,朕待会儿回来跟你们用午膳。"

和妃忙上前一步,为皇上整整衣衫,笑道:"皇上先忙正事要紧,不用记挂臣妾,臣妾会带好阿哥的。"

赵牧这才点点头去了。

和妃眉目含笑,姿态恭谨地半福着身,直送着他们走远了,才慢慢站起来,低低地吐了口气,无声又无息,只是凭着口型能隐隐分辨出她说了两个字。

——报应。

耶律洪杰比赵牧等人先到一步。他带着他的虎狼侍卫，一脚踢翻了要求他们通报的门房，打退了孙瑜象征性的抵抗，就这样率兵长驱直入，闯进了后院。侍卫们在一座无人居住的妃子院落里找到了衣衫不整、已经哭到几乎昏厥的戎狄翁主赛琪雅，当赵牧母子赶到时，一切已尘埃落定。

空荡荡的花厅内，顾明渊负手而立，面容沉肃凝滞。碍于他的身份，戎狄侍卫并不敢将其锁拿，但手持刀剑的戎狄人已将他团团围住。

赵牧一甩龙袍跨进门，人未到语先至，声音透着急切，"王太子，其中想必有什么误会。"

耶律洪杰抱着自己的妹妹，皮毛大氅几乎将赛琪雅兜头蒙住，但即使这样也能听到他怀中女子悲戚绝望压抑的哭声。他冷冷道："没有误会。丰启皇帝，本王要求你立刻斩杀顾明渊那个恶贼，否则一切后果由你们丰启承担。"

"这——"赵牧迟疑地环视周围，以邢将军为首的一众武将都虎视眈眈地看着他。他当然巴不得宰了顾明渊，却不想逼得武官集体造反。想到此，他只得强挤出笑容，对耶律洪杰道："太子，如今事情真相未明，草草处置是否有失公允？或者我们问问郡主？她应见到了歹人的相貌，知道到底出了什么事……"

"简直欺人太甚！此情此景还能出什么事？你莫不是要我妹妹在大庭广众之下说出自己被欺负的经过？"耶律洪杰目眦欲裂，强劲的手臂倏然绷紧，怀中哭泣的女孩却猛地掀开了大氅，露出哭得惨白的脸，女子凄厉的嘶喊回荡在厅堂里："说就说！我怕什么？丰启皇族，你们的摄政王既然敢这般侮辱我，就要做好承受我父汗怒气的准备！自今日起，丰启边境必永无宁日！"

"好了，没事，没事，哥带你回家……"耶律洪杰用力搂住妹妹，目光阴狠地盯着赵牧，一字字道，"皇帝，等着接国书吧。"说完，他护着赛琪雅，戎狄的侍卫护着他们两个，就这么满目仇视，步步警戒地一点点退出了王府。

"报！"

"报！"

"报——"

夹着红羽的边疆战报从边关一路被疾驰带回，巍峨古老的宫门层叠开启，太监们尖厉的唱名声回荡在禁宫之内。

"戎狄三十万大军压境！"

"戎狄三十万大军压境！"

"戎狄三十万大军压境……"

丰启十年初,边关告急。

承乾宫的大殿上,几方大臣吵成了一团:

"摄政王简直是色欲熏心!胆敢在光天化日之下,当众劫走了戎狄翁主还毁其清白,如此卑劣荒淫有失国体,不杀他简直不足以平民愤!"

"大人慎言!我们只是隐约见到王爷曾出现在行宫并带走了翁主,可这也不能证明翁主就是被王爷所伤。这般草率地定罪恐边关将士不服,王爷毕竟功在社稷啊!"

"功在社稷?呵呵,如今戎狄人都打到姑苏城外了,生灵涂炭,他就是有天大的功勋也不够抵了!"

……

赵太后独坐在帘幔后,漫不经心地把玩着手上的宝石玳瑁,透过影影绰绰的纱帘,依稀只能看到儿子的背影。前朝大臣们的争执声不绝于耳,但是见不到他们的神态总归不美。或许,这次真是老天在帮她——等到那个男人死了,她就能真正撤掉这层帘幔,跟皇帝一起坐到朝前了。

她轻轻将手搭在纯金打造雕漆得活灵活现的凤凰翅翅羽扶手上,仰起头,慢慢起身,一步步走向前方,所过之处,自有美貌婢子无声地为她掀起帘幔,她甚至连一个眼神都不需要多用。

"王爷不慎被邪气沾染,失了常性,犯下大错,但是他和顾家这数十年来南征北讨,为丰启立下的赫赫战功,哀家与皇帝都不敢忘——"赵雅眉目威严,刻意压得低沉的声音在大殿里回荡,眼睛环视一周,带着极大的压迫感,"今,王爷功在丰启,罪在戎狄,哀家痛彻心扉,若能得戎狄国主原谅,哀家愿与皇帝割地赔款,向戎狄国致歉,以求熄灭战火;然,若戎狄国主坚持要为女儿讨个公道,哀家也只好以王爷一个人之血,护救苍生。请各位大人理解哀家一片苦心。"说罢,一个深福,身穿暗红色金线凤袍,象征着丰启女人最高权力的赵雅,就这样拜了下去!

朝下,众臣慌忙跪地,山呼般的声音就这么响起:"皇太后慈心一片,臣等拜服!"

暗处,跪着的邢向天与几个跟顾明渊交好的重臣无声地交换了一个眼色,轻轻叹了口气,闭着眼将头拜下。

顾明渊被下到了死牢。一张石桌,两只石凳,一张石床,就是这间屋子全部的家什。

男人在门口停了停,目光淡漠地扫视过房间,碍于他的身份没人敢催促推攘他,他也不会做什么失颜面的事,在确定屋内没有能坐的地方后,干脆自己进去随意找了个地

方坐下了。

"有水吗？给本王拿一壶来。"

"王爷，您老恕罪，咱这地儿庙小，没那毛尖、大红袍之类的好东西——"

"白水即可。"顾明渊冷淡地打断了狱卒的阴阳怪气。狱卒被他的话噎了一下，顿了顿只得道，"行吧，王爷您稍候。"

过了会儿拎过来一只断了把手的粗瓷壶，两个缺了口的茶碗，顾明渊白玉一样的手指轻轻拈起那杯子打量了下，唇边扯出一抹讽刺的笑，果真是虎落平阳被犬欺。

邢向天的动作很快，几乎与顾明渊前后脚到的监牢，当他迈进门的时候，顾明渊凉的那杯白水刚刚失了热气。

"来了？"顾明渊淡淡瞟了他一眼，微微摆手示意，"坐吧，正好水能喝了。"说着，将杯子在他面前一放。

邢向天几乎被他气笑，一忍再忍终于没忍住，"啪"地一掌拍到桌子上怒道："王爷您别忙了！末将不是来这儿喝水的！就想问您一句话，您好好地去招惹那戎狄翁主做什么？咱们憋着气让着那窝孙子，不惜割地赔款的就为了将您赦免出来，您闹这一出倒好，让臣等的努力全白费了！您——您——"那个铁血男儿怒目圆睁，初时吼得惊天动地，到最后却是眼圈都红了，嗓子也哑了，含着泪意……

印象中，这还是这位将军头一次如此"不分尊卑"地对他吵嚷。顾明渊一时不知该是愤怒自己被蒙上的不白之冤好，还是感动他对自己的忠心好，最后，那个男人只是长长地叹了口气，微微挑眉问："你们就都认定了是本王劫持了翁主？她既没有沉鱼落雁之貌，又无惊世绝艳之才，本王做甚要冒着两国开战的风险去绑她？"

邢向天被他问得愣住。这件事的蹊跷其实人人都想得到，顾明渊没有理由劫持戎狄翁主，退一万步来说，就是他真被猪油蒙了心对翁主志在必得了，凭着银衣卫的实力他有一千种方法神不知鬼不觉地将翁主弄走，为何选择了最笨的一种——光天化日之下，朗朗乾坤之间，当着两国数十位高官皇族的面，亲自出手把人带走？

"王爷您的意思是……您是被陷害的？"邢向天面容沉重，眼神狠厉，自言自语一样道，"何人会用这么愚蠢的方法来陷害？"

只要一想，就能觉出这件事的不合常理。

"是最愚蠢的。"顾明渊轻轻一笑，"却也是最让本王百口莫辩的。"

在绝对的人证面前，常理不常理的还有关系吗？就像现在，赵太后审都不审便将他打入死牢，不一样叫满朝文武说不出话来？

邢向天面露难堪，忽然单膝跪地，铁青着脸道："都是末将无能，竟让王爷蒙受如

此不白之冤！王爷且在这里委屈两日，奴才就算将丰启皇城翻个底朝天也要把胆敢在老虎头上拔毛的宵小给找出来！"说着，起身欲走!

"慢着。"顾明渊慢条斯理道，阻住了他的脚步，言语间带出一股说不出的冷厉冷漠，"好好的将皇城翻个底朝天做什么？这件事说难查是难查，可说简单也简单。"

"听凭王爷指示。"邢向天一揖到底。

顾明渊骨节分明的食指轻敲着桌面，沉吟道："出现在你们面前的'本王'一定是假的，说不准那个被劫持的翁主也是假的，那两个人能自由出入戒备森严的使臣馆，若非武功当真高强，就是使馆内有人和他们里应外合。戎狄人是跟我结了仇的，他们会出手对付我不奇怪，所以先去查那些戎狄人；再者，本王在朝中多年，素有仇敌，但跟江湖人往来得多的也没几个，着重去查查他们，应该会有发现。"

一番话听下来，邢向天心服口服，拱手道："王爷睿智，末将这就去。"

夜深人静，牢房里的烛光微一摇曳，有细微到几乎不可察觉的动静，床上的男人好似在睡梦中翻了个身，手好像无意识地摸向胸口，感受到里面坚硬的触感，男人的眉头舒展了些。

监牢门打开，身着白色斗篷，从头到尾包裹得严严实实，连男女都看不出来的瘦削人影就那样大大咧咧地走进来，沉默地站到了屋子中央。

"贼"都这么坦荡了，顾明渊觉得自己也没必要遮遮掩掩的了，他将怀中的匕首拔出来，神情冷静地慢慢坐起。

"来者何人？"他问。

"……来取你命的人。"

熟悉的嗓音让他如遭雷劈，手徒劳地握紧，又哆嗦着松开，最终匕首"当啷"一声，落在石床上。

"你……"他双眼圆睁，看不清似的瞪得极大，身体控制不住地微微颤抖，胸腔里涌起一股忽冷忽热的气，冰火两重天的感受几乎要将他撕裂。

怎么可能呢……怎么可能呢……她还活着？整个身体完全麻木着，他除了怔怔盯着她，什么都做不了。

打从知道云罗的死讯以来，他的生活就变得浑浑噩噩，不想清醒，清醒只让他痛苦，为此他不惜借助于五石散麻痹神经。可也不想彻底解脱——他为了所谓的家国天下对自己所爱的女人下了狠手，若在事发之后再后悔懊恼不惜陪她而去，那当初的阴谋算计又算什么呢？

无数次坐在书房里，他目视虚无的前方，看着回忆中的"顾明渊"，那虚空的幻象近乎冷静地吩咐人在软猬甲里动手脚，用虚伪的柔情蜜意将那个女子和她的家人送上绝路，他甚至会产生一瞬间的茫然，这真是他做过的事情吗？他为什么——为什么能对曾经的枕边人这么残忍？

一双手染尽世人血，一颗心在名利场里浸得漆黑狠辣，像他这样的人，老天会给他机会让他再来一次吗？

他不信，不敢信……

顾明渊哆嗦着手扶住床，因为用力过大，胳膊竟一下从床边滑了下去，费了好大劲儿才再次将手缓慢地放置在上面，用力……用力撑着站了起来。步履蹒跚，短短几步路走得艰难，他在这头，她在那头，仿佛已跨越了生与死，走过岁月的长河。终于，他停到了她面前，手指缓缓伸出，又痉挛着收回，往返几次后才摸上了她的帽顶，沉了沉气，将斗篷帽掀开——

"王爷，许久不见了。"面容沉静的女子冷冷一笑。

"你没死？"他低头望进她的眼睛里，嗓音沙哑。

"是，让王爷失望了。"她云淡风轻道。

顾明渊被她的语气激得宛如一头暴怒的狮子，他双目血红，盯着云罗笑起来，笑着笑着又将头转到一边，面无表情得如同要杀人一般，往复两次后他突然狠狠擒住云罗的双肩，一个用力将她推向墙壁，云罗被撞得后背一痛，下一刻他狠狠咬住了她的肩膀！

云罗被那疼痛逼出了泪意，脸上却是由始至终的冷然，她眸底闪过一抹狠厉，挣扎不开时几乎没有犹豫，左手手腕一抖，袖口处"咻"地落下一枚薄如蝉翼的刀片，在黑暗中泛出冷兵器的光芒。然后，"刺啦"一下，那刀片就刺入了顾明渊的小臂，硬物扎入皮肉的触感如此清晰，她甚至能感觉到温热的鲜血流到了她手上。

顾明渊的手仿佛抖了一下，下一瞬却将她搂得更紧，他的目光从头到尾都没低下来看那刀片一眼。

云罗拼命摇头，往后躲，狼狈不堪。

"顾明渊！你放开我！"

顾明渊连理都不理她。

云罗眼睛也红了，用力抽出刀片，又朝着右臂同一位置扎了进去！

血糊了自己一手，云罗在颤抖，即便如此恨他，可她扎不下去第四刀了，她甚至不敢低头去看他的胳膊。

他终于放开她，两个人就那么紧紧贴着，无声地对峙着。

终于，他开口，咬牙切齿，一字一句地问："既然'死'了，又为何要再出现？既

是没死,为何当初不回来……"

云罗几乎想笑,想怒骂,想质问他有何脸面问这样的话!

回来?回来做什么?让他再杀自己一次吗?

但是她没有说出来,没机会,伴着顾明渊的低吼,她清晰地看到一行蜿蜒的泪顺着他的眼角流下。流过他的脸,滴落到她的手上——滚烫。

太可笑了,真是太可笑了……她对着顾明渊血红的眼珠,心里出现了一瞬间的恍惚,明明是他想杀了自己,现在怎么还能做出一副受害者的样子,仿佛所有的伤害都是她加之于他身上的。

她深吸一口气,别过头,冷冷道:"是,我是没死,但你知不知道因为你的利欲熏心,容眠山一战死了多少人!我为什么不回来?在没做好完全准备前,我如何敢回来?"

"……准备?准备什么?"顾明渊哑着嗓子,双目血红笑问。

云罗定定地望了他一会儿,声音轻而缓,"准备杀你啊……顾明渊,这次,不是你死就是我亡。"

这一句话,明明该声嘶力竭,明明该是恨入骨髓,但此刻——一句不死不休之言说出口时,却像万里沙漠无人地的死寂,沧海桑田后的疲乏空灵。累了,倦了……

她无法再与他共生了。

顾明渊只觉胸腔里被插入了一根粗钝的木棍,在他的胸口里搅啊搅啊,搅得五脏六腑都错了位,真疼啊……

他张张嘴,想辩解,想安慰,但又觉时至今日说那些都没了意义。最终,他只是缓缓抬起了已被鲜血浸染得湿淋淋的手,像触碰一个易碎的西洋琉璃制品一样,轻轻摸摸云罗的肩,声音粗粝沙哑颤抖:"……我杀了你娘,你很难过吧?"

云罗却抬起头,盯住他的眼睛,片刻之后,低低地笑了出来,一边笑一边摇头:"这次,你没杀我娘,你处心积虑要杀的人,其实早在五年前就死了,你不知道吗?"

"……"顾明渊震惊,无言……

"怎么会?"他喃喃自语一般道,"五年前……五年前你们被掳走,上了容眠山,是那时吗?"

"到了这时你还不忘推卸责任挑拨离间?"云罗冷笑,望着顾明渊的眼神充斥着憎恶厌烦蔑视等情绪,就像在看什么脏东西似的,"你忘了吗?需不需要我提醒你?我母亲因一枚毒戒指而死,因为一句'君有赐,莫敢辞!'你说,是谁能让我母亲称为君?又是谁,能让她明知有毒的东西都无法丢弃!"

"……"顾明渊怔愣一会儿，扯扯嘴角，低下头，"看来，你是认定戒指为本王所赠了。"

云罗懒得回答他这种问题，心灰意冷道："我母亲这一生最大的错误就是相信你，所以她孤独终老，凄然而逝。"

"是吗？"顾明渊笑了笑，竟然问，"那你呢？"

"我？"出乎意料的，云罗没有发怒，只是淡淡地说，"你不是早就知道了吗？在你伤害我那么多次之后，我还肯收下你的软猬甲，心甘情愿进入你的圈套的时候，你就该知道了吧？"

顾明渊一瞬间血色尽失，连强作的调侃镇定都维持不住，近乎狼狈地别过脸。

云罗的双眸红了，嗓子里像是堵了许多酸涩的硬块，哽咽着，一字一字道："我也错了，所以墨师兄用生命为我弥补了这个错误。顾明渊，阿渊——你曾经是我最亲密的人，你那么了解我，你知道我的父亲早就不在了，你知道我在最困难无助的时候是容眠山收留了我，你以为我的母亲与我在一起，你要我带着你的软猬甲到他们身边，是想杀了我，杀了我母亲，杀了我的恩人，你是要诛我全族啊……阿渊，告诉我，我们到底有什么深仇大恨，我到底有哪一点儿对不住你，你要恨不得将我挫骨扬灰，全家送入阴曹地府方能解恨？"

"不是的，云罗，不是的……"面对她字字诛心的逼问，顾明渊紧攥着双拳暴起根根青筋，眼泪大滴大滴地掉落，他身体颤抖着，从来挺直无法弯曲的膝盖仿佛承受不住身体的重量，承受不住满身的罪孽，伴着那一字一句带血的指控，一点点往下，最终无力地跪倒在地。

"不是的……"低到几乎听不见的呢喃，近乎哭泣，不是——到底不是什么？他说不出来。

云罗俯视着这个在她脚边跪倒的男人，道歉来得那么迟，可她还是等到了。眸底的水花终于掉落，身材单薄的女子深吸一口气仰起头，望着头顶结起蜘蛛网的石壁，声音带泪，低低地说，像是对自己的一生忏悔与总结："我错得离谱，但我不会再错了，因为这世上不会再有一个人那样爱我，肯用生命为我弥补错误了。"她转过身，一步步踏出牢房。

他跪在地上，望着她的背影，一动不动，蜿蜒滴落的鲜血在脚边形成一小摊暗沉的血渍。

从没想过，有一天他心爱的女人会站在他面前说："这世上最爱我的人已经死了。"

从没想到，有一天他会由衷庆幸他百般算计意图谋害的人没死，哪怕这将会给他的国家、他的人生带来毁灭性的变化。

即使现在她恨他，恨不得他去死……

"云罗！"顾明渊突然在后面扬声叫她，"不论你信不信，我要告诉你一件事！我当年从未送过慧娘戒指！那时我——"

那时我还没有今日这么心狠；那时的我，还做不出为了国家安定杀害你母亲的事；而且，而且那时我就已经爱你了啊……

他的话没有说完，他说不出口。此时此刻，讲自己爱她，就像一个笑话。

云罗停住脚步，片刻之后，传出一声笑，她背对着他，微弯的脖颈露出一段柔美如天鹅颈的弧度，"是吗？礼尚往来，我也告诉王爷一件事，我确实是容眠山四大弟子之画，但最擅长的却不是'画画'，而是——"她回过头，轻抚着自己的耳畔，在顾明渊目瞪口呆的注视下勾勾唇角，赫然正是他自己的脸！

薄唇轻启，吐出两个字："画皮。"

琴棋书画——容之画。

云罗才一回到使馆，就有人去禀报耶律洪杰了。身形高大面容俊朗的异族男人顺着长长的走廊一路往翁主房间的方向走，脚下虎虎生风，后面一溜下人都小跑着才能跟上。

"砰"的一声，他一下推开了房门，云罗正端着茶杯喝水，冷不防被吓着，呛得咳嗽起来。

"这里好歹也是你妹妹的闺房，你进来前就不能敲敲门吗？"云罗拍着胸口无奈道。

耶律洪杰大马金刀地往桌边一坐，抢过云罗手里的杯子倒上水，咕嘟嘟连灌了三杯才将杯子啪地放到桌上，表情平静地对云罗道："我好歹是你的兄长，你大晚上跑出去还是去了仇人那儿，就不能差人跟我说一声吗？"

云罗张张嘴，仿佛想说什么，最终也没说出来，只是叹了一声："耶律，我已经长大了，你其实——不用这么紧张我……"

"是啊，你已经长大了。"耶律洪杰别过头，硬朗英挺的侧脸无端露出了一丝软弱无奈，"阿罗，在你心底不光恨顾明渊对吗？你还在恨着我，恨着父汗，祖父……我们在你年幼无助的时候，都没有保护好你。"

"乌克达，你怎么了？"云罗皱眉拉住了耶律洪杰的手，叫出戎狄话里的哥哥，"我从来没有怪过你们啊。当初让母亲嫁到丰启是基于国家大义，何况你的父汗也煞费苦心让侍女跟我母亲调换身份，躲过路上几次暗杀。她会被父皇宠幸是意外，我后来经历的事更与你们无关……"说着说着她停下，只因耶律洪杰已红了眼眶。

那个大男人有些狠狠地用袖子狠狠擦擦眼角，回过头，咧开嘴对她绽放一个大大的笑容："别这么瞧着我，我没事，我只是在想，如果你跟我一起在草原上长大的话该有多好，贝宁他们一定会羡慕我有一个最善解人意的妹妹，还是草原最美的玛琪朵（花朵）。"

听着他颠三倒四的夸奖，云罗"扑哧"笑了出来，摇摇头道："你这夸得我都替自己脸红。"

"我不是胡说八道的。"耶律洪杰换上正容，认真地看着云罗的眼睛道，"阿罗，等这边的事情都结束了，就跟我回草原吧。"

"……回去？"云罗犹豫了。

"是啊。"耶律洪杰微微弯腰，双手握住她的双肩，"你本来就是草原上最尊贵的女儿，为什么要在这里受苦呢？放心地跟我走吧，你的祖父是草原的上王，你的舅舅是如今的戎狄王，你的哥哥是王太子，在草原上你可以横行霸道。我会给你一块最肥沃的土地做封地，为你赐下十个八个美丽的男子为夫婿，为你准备三千奴仆与牛羊，让你每天早上睡醒只有一件事要操心——"

"……什、什么？"

耶律洪杰一本正经地说："如何使用你取之不尽用之不竭的财富。"

云罗哭笑不得，想象着那样的生活，整个表情都皱在一起了，连连摆手道："不用不用，真不用了……"

每天坐在封地上数钱，数好了就睡觉，睡醒了就琢磨怎么花钱，还要养着十个八个美丽的男子与她一起琢磨花钱，这是什么生活啊……

云罗想一想都觉得可怕了，当即便打消回戎狄的念头。

"乌克达，其实我从小在丰启长大，对这边的气候文化都很熟悉了，并不太想回去定居……"云罗婉转地说着，见耶律洪杰变了脸色，赶紧又转圜道，"当然了，隔三岔五地回去小住是应该的，但就不必特意为我赏赐封地和……其余的东西了。"

耶律洪杰看她尴尬的样子想笑，在云罗的一瞪眼下，又赶忙收了，作势轻咳几下，沉吟道："好吧，你只记得家里有人惦记着你就好。南人的水土养人，或者是比大漠的风沙更适合女儿家生活，可是只有一点儿——"他肃容竖起一根手指，"你留下没关系，但我绝不会再让你跟以前那样委屈过活了。"

"我——"云罗刚想说话，就被耶律洪杰拦住。

"妹妹，你的母亲是戎狄王最宠爱的小女儿，你的父亲是丰启的先皇，你身上流着天下最高贵的血。如果真要待在丰启，你也该光明正大地站在朝堂上，作为丰启国的贵女，作为我们戎狄于此处的代言人，跟那个赵太后一起垂帘听政，荣享富贵。"

"垂帘听政？"云罗吓得几乎要跳起来！

"我、我怎么行？"

"为什么不行？"耶律反问，"假如姑母还在，今天坐在帘后的女人本该就是她，是赵雅抢了她的位置，是丰启皇族以顾明渊为首的人处心积虑策划下的结果。为此，他们甚至不惜迫害姑母，你愿意让这些满口仁义道德的伪君子阴谋得逞吗？"

云罗怔怔的，许久说不出话来……

耶律洪杰眸底闪过一丝笑，随即又敛去了，一手拎起她的发辫逗弄似的划划她的脸，一手安抚地握了握她的肩道，"别想太多，一切事情哥哥都会给你安排好的。顾明渊的死会给他们敲响警钟，再没有人敢跟我们对着干了。"说着，转身便要走。

云罗低垂着头，突然站起来，冲着他的背影喊："乌克达！"

耶律洪杰回过头。

云罗抿抿唇,问:"顾明渊……他这次一定会死的,对吧?"

"当然。"耶律洪杰大笑,"我戎狄二十万大军压境,加上妹妹你的功劳,两国权贵都知道这次是丰启理亏,他们能不杀顾明渊吗?"

云罗无话,耶律洪杰这才去了。

屋里安静下来,云罗脑海里仍回荡着哥哥刚才的话……多亏了她的功劳吗?

那她这波折的一生——母亲早逝,身中剧毒,姐妹反目,又何尝不是顾明渊的功劳?

转瞬十年,岁月流金,命运铺开了一张长长的画卷。两个人相爱又相杀,纠缠了这么久,已记不清何时起曾有真情真意,何时起又全是虚伪谎言。只盼——来生再不复相见。

戎狄翁主在驿馆内自尽的消息成了压垮两国关系的最后一根稻草。

三日后,戎狄军队占领了边境的素河城,并且将府尹双手绑着吊到了城楼上。

五天后,戎狄国主的红书送到,表示了戎狄国主无意伤害丰启无辜民众,却必须要以顾明渊的鲜血洗清戎狄皇族耻辱的决心。顾明渊行刺王太子在先,侮辱翁主致其身死在后,不论放在任何一国帝王身上,都是忍无可忍的仇恨,他出兵占了大义。

然而赵雅再一次做出了出人意料的决定。她在朝上宣布:

对下,加赋征兵,严令各州府做好备战准备。

对上,缩减开支,自皇太后以下,所有命妇、皇族、官员的俸禄减少三分之一。

她说:"必倾社稷之力救社稷之臣。"

就是这句话,让丰启从上到下掀起了一股愤怒的浪潮!

加赋,多少贫苦人家在差役的抢夺下哭天抢地;征兵,多少原本幸福美满的家庭妻离子散;削俸,更是直接对上了丰启王朝所有利益团体。在倾社稷之力救了社稷之臣后,社稷里的百姓官员又如何?

一时间,天下人都在喊一句话——诛杀摄政王。

这句话从开始流传于民间胡同的阴暗角落,一直叫到了皇宫正阳门外!愤怒的百姓走上了街头,我们不要打仗,我们要国家交出有罪之臣!国都里,乱了。

傍晚,云罗在软榻上读书,突然窗栏一动,一个黑衣人翻进了屋。

云罗还没来及叫人,那人便离她远远地开了口:"郡主,是我,奉王爷命来跟您说几句话。"

云罗冷下脸,但到底没再呼声喊侍卫进来。

"我跟他还有什么好说的?"

邢向天走近几步道:"郡主你如此恨王爷,不就因为他伤害了您的母亲吗?但王爷

已经说得很清楚了，他根本没有赐过戒指给你母亲，杀手刺杀也是一场误会——"

"不是误会。"云罗"砰"地摔下书，胸膛剧烈起伏着，"大批杀手上容眠山，本就是想杀我母亲，想杀我的。当年的事我也不愿与他分辩了，总之我母亲在天有灵，看着呢，会见到害死她的人受到报应的。"

邢向天沉默片刻后，摘下面罩，眼睛竟红了，"您只想着母亲的仇怨，就没想过您自己吗？末将大胆僭越，我也为人父母，做长辈的只愿儿女平安喜乐，自己如何反倒无所谓了……"

云罗摇头失笑，简直觉得恶心，"哦？你不会想说我与顾明渊在一起才会平安喜乐吧？"

邢向天无言以对，面容沉肃，忽然"扑通"一声撩袍跪地，云罗神情冷漠，由始至终没阻止，没躲闪。

他说："郡主，王爷对您的一片心天地可鉴，打从您入京以来，谁人不知王府里有一位掌上明珠，王爷对她几乎言听计从。他老人家之所以能狠下心对您，一是为了国家大义，二是受我们这些底下人挑唆。或许您不知道，末将在您的事情上是存了私心的，我……我并不想您留在王爷身边。"

"我知道。"云罗突兀地打断了他的话，站起身走过去，在邢向天惊讶的目光中，俯视着他，一字字道，"我从始至终都知道你讨厌我，希望我消失。我虽在自己房里不爱出门，可也不是聋子瞎子，你是为钟氏针对我吧？"

邢向天闭了闭眼。

云罗扯扯嘴角，倒像毫不在意，直起身道："就是你挑唆的又怎样？赠予我软猬甲的是他，想出毒计的是他，下了诛杀令的也是他——你不要为他辩解，我在他身边这么多年，他的行事手段我是很清楚的，凭你，做不出这样周密的计划。你现在来求我，为他说好话，为了什么你当我不知道吗？不过是见局势控制不住了，天下人都想要他的命，才期望我出手救他罢了。可是易地而处，若今日要死的是我，他会救我吗？了不得就是在我墓碑前落两滴泪，鬼节时为求心安上炷香而已，他又会为我做什么呢？"

她的声音轻缓，近乎和声细语，但那话就跟软刀子一样，一句一句，毫不留情，逼得人连逃的地方都没有，难堪到了极致，邢向天反倒没话可说了。

"……郡主您说得都对。"他长叹一声，自嘲一般轻笑，"古往今来，男人为成大事总是不择手段的，而女子往往心软。"他抬头，看进她的眼睛里，"郡主，我来此，赌的就是您的心软。"

云罗大笑起来，笑得眼泪都要掉下来了，"那你还真是赌错了——"她收了笑，微微弯腰看进邢向天的眼睛里，"你以为我为什么会让你跪在我面前？那是因为我受得起！不为身份，就为你们造的孽！告诉你，顾明渊只是第一个，容眠山之战，所有与此相关的人都得死，一个都跑不了。"

她的眸子里带着刻骨的恨意。邢向天沉默许久，终于慢慢站了起来，"既然如此，我也无话可说了。"他低下头，转身欲走，又犹豫着回身，"王爷还有两句话要我带给您。他说落到这步田地都是他咎由自取，他不怪您，但戎狄出兵来得蹊跷，赵太后态度更是反常，两国皇族间或有见不得人的交易。您既然让戎狄翁主死了，就这么死了吧，勿要再跟这件事牵连……"

云罗冷淡地盯了邢向天一会儿，扯扯嘴角，"多谢他的提醒，你可以走了。"说着，回身便往软榻走，明摆送客了。

邢向天见她完全没听进去，疾走两步高声道："郡主，您冒充戎狄翁主的事我们知道了，难保别人也会知道，王爷是一片好意，若是戎狄灭口……"

"我没有冒充戎狄翁主。"云罗停住，纤细的背影一点点回转过来，坐下，金丝袖袍拢在一起，带着皇族自有的高贵优雅，"我是上一任大翁主的嫡女，是戎狄王位的顺位第四继承人。"

没有哪个戎狄人，敢灭她的口。

邢向天惊呆了，再也说不出话来……

以邢向天为首的顾派官员奔波数日，仍旧无法力挽狂澜。朝上风起云涌，赵雅在各方的一致施压下，气得大发雷霆，最后竟一头栽倒晕了过去。太后倒下，自然由皇帝全权理事，赵牧下令"顺应民意"，十日后将顾明渊斩首示众。

那天天气很好，皇都在连续数日的阴霾动荡后，迎来了一个难得的大晴天。顾明渊手上戴着锁铐，左臂被刺伤后也没有经过医治，就那么随便缠绕了几圈纱布，一身白衣站在囚车上，微微眯着眼看着天空。道路两旁充满了围观的百姓，没有人跪下送别他这位曾经叱咤一时，以鲜血戍守边疆的权王，每个人都只是用略微惧怕又难掩厌恶的眼神盯着他，并窃窃私语着。

"这就是那个顾王爷吗？色胆包天疯了吧……"

"对啊，幸好今上圣明，最后还是决定处死他，否则要我们给他陪葬吗？"

"对，死得好，死得好……"

……

这样的议论窸窸窣窣而又无孔不入，顾明渊轻轻笑了下，那落寞的姿态，仿佛遗世

而独立。一生为国为民，鞠躬尽瘁，死而后已，到最后，不过如此。没有人会记得他，百年之后，顾家也许只存在于零星的野史传记里，而他不过一抔黄土。

囚车伴着吱呀吱呀的声音驶进了刑场，几个身材健壮的狱卒将他押解下来。天上阳光刺目，他抬头看了眼上面，又忍不住闭了闭眼。狱卒推攘着他上了刑台，想按着他跪下，顾明渊冷淡的目光凝视着上面的监斩官，只把他看得坐立不安。

"罢、罢了——"监斩官不自在地站起来，以手握拳轻咳两声，"他毕竟曾贵为王爷，不跪就不跪吧。"

"是。"狱卒应声退下，顾明渊只轻蔑一笑。

监斩官恼恨自己竟被一将死之人压制，脸色不善，背着手没好气问："顾王爷，还有一刻钟您就要去了，可有什么话要交代的吗？"

顾明渊别开目光，面容冷淡，一言不发。

监斩官撇撇嘴，"那可有记挂想见的人？"

……顾明渊的眸底微微一闪。他的心里，确实惦记着太多人。明和失踪数月，到现在还音讯全无；王府里只剩下孤儿寡母，文杰和那个未出世的孩子全都压在了徐灵儿身上，只盼徐氏真能扛起这个家，不求将来让他们光宗耀祖，只要能将他们平安带大，为顾家保下最后一点儿香火便好……

还有……云罗。那个一想到仿佛心都会痛的名字。

她在哪儿……

她好不好……

自己死后，她真的能开心吗？

心里一抽一抽疼得厉害，顾明渊忍不住弯了弯腰，脸上闪出忍耐之色。下一瞬，仿佛心有灵犀，他一点儿一点儿抬起头，望向人群深处。

那里，站着一个一袭青衣，头戴斗笠，身材瘦削的女子。她没有任何动作，没有说任何话，不知道她是何时出现在那里的，但顾明渊就是知道，就是能感觉到——那是云罗，他的阿罗。

他张张嘴，喉头里有湿润酸涩肿胀的感觉，他想说话，却一句都说不出来，只是下意识伸出手，朝着她的方向……

台上，监斩官见到他有异动，不禁皱眉，恰好午时将至，他忙不迭拿起令牌，"时辰到，扯白帆——斩！"

狱卒一左一右抬着白布架子上来，一步一步，越来越近，就在这时，不知哪里吹起了一阵风，女子的斗笠轻轻掀起，露出一张木然怔忪的脸，眸底闪着湿润的光。然后，白帆移动到中央，彻底挡住了他与她的视线。

顾明渊控制不住地流出了泪，被压制的身体绷直，双拳攥紧，喉头发出受伤公兽一般压抑痛苦的嘶吼，两个狱卒死死按住他，钢刀悬在脖颈上。他挣扎，疯狂地扭动，却似乎不为逃脱，只是觉得胸口里憋了一团火，想要嘶喊，大叫。他这一生自觉俯仰无愧于天地，为家国可以抛却一切，他对得起祖宗，对得起赵氏皇族，对得起这天下，唯一对不住的……只有一个人。没想到，就是这一个人在他死前为他流了一滴泪。

云罗……

云罗……

云罗！

一块带着刺鼻气味的面巾蒙到了他的鼻子上，顾明渊的思绪慢慢凝滞，身上的力气一丝丝流逝，他虚弱地瘫倒在斩首台上，耀目的阳光仿佛在天上开出一朵花，他有些睁不开眼了……周围每一个人的冷漠表情渐渐远去，只有那张带着泪水的容颜在他的脑海里定格——云罗，如果有来生，我必再不负你。

"刺啦"一声，鲜血淋漓，白布影的背后一个人头高高飞起，一切——都结束了。

京郊五里亭。

丰启十年二月，这个国家仿佛迎来它最寒冷的一季，白雪覆盖在苍茫大地，一口哈气吹出来都能凝结成冰。远处几个走南闯北的货郎以古怪的目光望向一个独自跪在墓碑前的女子，她身上覆满了雪，也不知在这里跪了多久。

"大哥，我们要不要过去看看……"

年岁大些的汉子犹豫了下，终是摇摇头："算了，别多事，没准她都死了呢……"

叹息声渐渐远去。

耶律洪杰踩着一地的雪，伴着咯吱咯吱的声音走到云罗身边蹲下，摘下手上的鹿皮手套，光着手抚上两座墓碑——这是两座无字碑，里面没有尸身，不过是衣冠冢罢了。一个属于慧娘，一个属于墨子琪。

"阿罗，你是想要陪他们去了吗？"他静静道，并不看着她。

云罗一言不发，神情木然。

耶律洪杰吐了口气，转过头，伸手摸上她已经完全没有温度的脸，那冰雪的触感跟石碑竟没有多大差别。他仿佛心中一痛，手战栗开，声音一下哽咽了："墨师兄能为你做的，我一样可以。我也是你的师兄，我还是你的亲哥哥……你能为他不要命，就不能为我好好活吗？阿罗，你永远在追逐死去的人，什么时候能看看我们这些还在你身边的?"

云罗的胳膊一动,麻木的面容仿若在一瞬间龟裂,身体剧烈颤抖开,眼泪大滴大滴落下,模糊了冰雪覆盖的容颜,喉中被压迫被束缚的哭声开始好像冻住了一样,到最后越来越大声,越来越凄厉,到最后,只是无意识的如野兽一样的……

"啊——啊——啊!"她号啕大哭,冻僵的身体被耶律洪杰狠狠抱进怀里,男人的热泪和她的泪水混在一起,已经分不清是谁的。

她这一辈子,一路走来,一路丢弃。失去的永远是最重要的人,然后永远在报仇,永远在失去。母亲、秦家伯伯、墨子琪、顾明渊……她曾经视逾生命的人一个个都走了,她还能失去多少呢?这冰冷的人生啊,她还有多少温暖能抓住呢?

她想拼命——拼命地留住她仅能留下的。

"哥……哥……"云罗哇哇大哭着,像个孩子,抱紧耶律洪杰的腰,拼命抱住,"我、我们回家……我们回家……"

"走,回家啊……"耶律洪杰仰起头,狠狠咽下泪水,"哥带你回家。"

两个人,互相扶靠着,在漫天大雪中跌跌撞撞走远。

五里亭旁,两座无字碑的后面,又起了一个小小的坟包。

云罗回到驿馆后便病了一场,许是着了凉,也可能是忧思过重,烧起来后断断续续总好不了。午夜梦回间,总觉得窗外有人在看着自己。

耶律洪杰听了后神情凝重,马上把驿馆内的守卫加了一倍,夜晚还经常亲自来云罗院外转一转。别说,这样一来那种被人注视的感觉还真的没有了。但她还是不愿再住在丰启了,这里曾经的快乐已经过去,留下的只是无边无际的痛苦悔恨。

"阿罗,走吧。"当耶律再一次劝她时,她静静地望向窗外,点了头。

她往宫里递了拜帖,准备见淑和一面,虽然这会冒着莫大的风险,但淑和在她"死"后为她做的事让她震动,她必须亲自到淑和姐姐面前道一句安好才能心无挂碍地离去。

摄政王府是在去皇宫的必经之路上。云罗一袭命妇装扮,混在车队里前行,帘幔摇动间,明明侧着身子却仍不由自主用余光朝王府看去,也就是这惊鸿一瞥,让她瞬间停住了动作,目光久久地凝视着一名身着浅灰色貂子毛坎肩的小丫鬟。那竟然是"死去"多时的春枝……

云罗慢慢靠回椅背,神情凝重,片刻之后已有了决断。她抬手,轻轻敲敲窗栏,马上有美貌侍女凑上来,低声问:"夫人,怎么了?"

"我想方便一下。"与她本声全然不同的娇柔音调响起。

就这样，深蓝色的马车渐渐靠向了路边。

云罗在丫鬟的服饰下走进路边一家颇为壮阔的酒楼，入了内室，闲杂人等都退了出去。云罗三两下扯掉自己华丽的命妇服饰，双手沾着不知是什么的白色液体在脸上动作轻快地抹了几下。几息之后，一个面容普通、毫不起眼的粉衣丫鬟低着头走出了门，对外头人道，"夫人要些私物，你们在这里好好伺候着，我现去买。"

粉衣丫鬟出了门，初时还是侯府特有的小碎步，到最后越走越快越走越快！终于，一闪身进了小巷，再不见踪影……

王府后的巷子曲径通幽，云罗费了一番功夫才找到春枝的身影，之后她也不敢离得太近，就么远远追着。阴暗的巷子底，一个身披黑色大斗篷、从头遮到脚的人立在那儿，远远看去竟分不清男女。就见春枝在距他几步远的地方便跪下，口道："给二少爷请安。"

一句二少爷，让躲在墙后的云罗几乎站立不住，手颤抖着，身体紧紧贴在墙上，尖厉的石壁硌得后背发痛，她睁着一双茫然无措的眼，却巴不得再痛一点儿，再痛一点儿——让混沌的大脑找到线头，让丑陋的真相永远埋葬于泥沙之下。

顾明和将御赐玉佩送给她，令她遭受毒打……

顾明和进宫求药，顾明渊再次跟皇家爆发冲突……

春枝伪装的死，府里隐现第三股势力……

顾明和意外失踪，下落不明，却又在顾明渊死后不过几日出现在丰启皇都……

一切的一切的串联起来，最后的结果让她不敢想，不能想……

心脏像是被一只手紧紧攥住，痛得她直流眼泪，她顺着墙壁，一点儿一点儿滑坐在地，悄无声息……

一墙之隔，那两个人的对话还在继续。

"奴婢真该死，现在怎么还好叫您二少爷呢？该改口喊王爷了才是。"春枝的声音。

顾明和似是笑了一声："旨意未下，倒是不急。"

春枝巧舌如簧地奉承着："太后娘娘急召您入宫，想必就是为了封王的事。如今大爷去了，您作为顾家唯一嫡系继承王位是天命所归，任谁都说不出什么。"

顾明和再次笑开，低声仿佛承诺了句什么，喜得春枝连连磕头道："奴婢叩谢王爷大恩，叩谢王爷大恩——"然后，便是一阵窸窸窣窣，衣服摩擦的声音。

云罗闭上了眼，双手紧攥成拳。

过了好一会儿，那暧昧的声音才停了。

顾明和起身整理着自己的衣裳，嘴里轻佻道："好了，春枝你先去吧，你的好爷都

记着呢。"

"爷，您不跟奴婢入宫吗？太后她老人家还等着给您拟旨呢——"春枝情意绵绵道。顾明和笑笑："不急，反正那爵位在那儿又跑不了，爷还有点事要做。"

"好吧，那奴婢先去了——"春枝依依不舍道，"您办完事就直接去西宫的交泰殿啊。"

"交泰殿……"云罗脸色怔怔的，嘴唇微动，轻轻重复了这三个字。

宫门口，城墙外的禁卫军远远见到顾明和穿着一身湖水蓝色的袍子一步步走来，俱是一惊。这位小王爷不是失踪有小一年了吗？当初摄政王把京都翻了个天翻地覆就为找他，只是如今……守卫晃晃神，顾不得唏嘘，自己一面迎上来请安，一面对另一个守卫道："快去回报统领，顾家二少爷回来了。"然而，那去回话的人还没走出几步，就与两个禁宫侍卫撞了个对脸。

城门守卫都跪下了，给上峰请安，那两个人却看都没看地下的人，只对顾明和恭谨道："二爷，太后正等您呢，请您这边走。"

去往交泰殿的路上要经过宫河，一队容貌秀丽的低位妃嫔奉承着几个高位妃子远远朝这里走来，禁卫军赶紧带着他退到路边避让。

等那些人走到近前，云罗才发现淑和竟也在里面，正漫不经心地逗弄着奶娘怀里的孩子。

"哎呀，瞧瞧小王爷眉眼长得，简直跟皇上一个模子刻出来的似的，怪不得皇上喜欢，娘娘的大福气还在后头呢……"淇贵人笑成一朵花似的。

"这还要你说，没听皇上之前还想册封娘娘为贵妃吗？"宣嫔道。

"哈哈，其实册什么贵妃呢？要妾身说，娘娘德言容功足以统率后宫呢……"

云罗听着上面那些人的奉承，知道自己不该抬头的，可还是忍不住往那包裹里望——那就是安王，她的小侄儿啊……她沉沉气，看这些人已走到近前，赶紧低下头。

也就在这擦肩而过的一瞬，一阵微风拂过，混着花香，吹动了和妃鬓边的珠穗。和妃略略皱眉，不由得低头看去，在触到蓝色袍子的外男服饰时，很快便收回目光，目不斜视地继续朝前走去。

云罗轻轻舒了口气，起身随着禁卫军继续向交泰殿走。

云罗到了门口时略停了停，迈进门里的顾明和已换上一副兴高采烈的表情，前方挡着珠帘，他也不朝里张望，离得老远便大笑着跪下打了个千儿，朗声道："明和给娘娘请安，恭贺娘娘心想事成！此后朗朗乾坤之间，可不尽在娘娘纤手之内了？"

"哈哈哈……"赵雅愉悦的笑声响起，柔媚而清脆，她扶着一个丫头的手转身出了帘子，朝顾明和抬手，嗔怪地对里头道，"瞧瞧，瞧瞧，这顾二爷真是越来越会说话了。快起来，耶律王子也在，咱们今天须得同喜。"

顾明和起身时仿佛崴了下脚，脸色都跟着变了，春枝已换上宫装，忙过来搀住他。

耶律起身迎接他与太后，见顾明和神色僵硬，心下疑惑，待闻到他身上沾染的一股女儿香时，倒似是了然了，打趣道："二少爷身上好香，都是春枝姑娘的功劳吧？"

春枝红了脸，低头默不言声。

赵雅状似慈爱地笑道："明和身边也确实缺个知冷知热的人，这样吧，等会儿春枝你就还随明和回府去。"

"谢太后恩典。"顾明和瞧着也不知是不是尴尬了，目光始终低垂着。

太后只当他少年面皮薄，微微一笑转了话题："这算什么恩典呢？哀家还有更大的恩典给你呢。"

顾明和故作疑惑地抬起头，恰好与坐在对面的耶律洪杰的视线一碰，又迅速躲开了，只听赵雅用矜持的语调道："牧儿已经写好了圣旨，明日早朝便会宣布你为新的摄政王。"她停下，只等着顾明和惊喜莫名，磕头谢恩。

而顾明和也果然不负她所望，当即激动得热泪盈眶，离座跪下道："娘娘天恩！让明和如何报答啊！娘娘天恩——"

"哎，起来，起来。"赵雅亲身搀扶他起来，慈和地笑着，那目光仿佛就在看自家子侄一样亲切，"这次除掉顾明渊你也是出了大力的，爵位荣华全是你应得的，其实若不是你哥哥太不识时务，也不至于落得如此下场。顾家虽然为丰启立过大功，但天下毕竟还姓赵，普天之下莫非王土，率土之滨莫非王臣，而为臣者，最忌讳的便是失了本分——"

顾明和弯着腰，好像被她吓到了，大气都不敢出，只连连低声说是。

赵雅的眉眼里露出一丝轻蔑，果然还是个孩子，但孩子也好，比顾明渊应是好应付多了。她心里想着，脸上却已换上了懊恼的样子，拉起顾明和的手道："你看看哀家，在这瞎感叹什么呢，今天可是你的好日子呢。明和你从小就是最懂规矩的，相信在你继位后，顾家一定能成为赵氏的好臣子，相助社稷。你的名字也会随着丰启国祚，永留青史——"

"谢太后！微臣定全力效忠太后，鞠躬尽瘁，死而后已！"顾明和抱拳行礼大声道。

"得了，听完你的好消息了咱们也该来恭喜下耶律王子才是。"赵雅挥手示意顾明和上来，早有伶俐的丫鬟拿出羊皮地图在桌上铺展开。

赵雅执起狼毫站在桌边，目光盯视了地图片刻，一手挽袖，一手落笔，在居庸关外画下一道蜿蜒的波线。这样一道线，将边关原属于丰启的十八州都划入了戎狄的境内。

耶律洪杰展颜笑开，起身对赵雅道："多了多了，太后，当初我们的协议是边疆十七州。"

"并不多，这些是王子应得的。"赵雅回身放下笔，淡淡笑道，"以边疆苦寒之地，换我国内平定康泰，这笔买卖哀家并不亏。"

耶律洪杰也不再谦让，只一手搭肩，行了个戎狄礼节道："既如此，耶律洪杰便多谢太后娘娘的慷慨了。"

赵雅笑着拿起两杯酒，将一杯递过去，朗声道："愿两国和平共处。"

耶律拿起酒杯，啪地与赵雅一碰，俊朗笑道："守望相助！"

两个人相视一笑，同时仰脖喝下。几人落座，赵雅关切地对耶律问："听说你的父汗最近很宠爱一位妃子，她生下的小儿子扎卡达也很受你父汗重视？"

"劳烦太后挂念了，不过扎卡达还是个毛都没长齐的小孩子，不足为虑。何况我还带回了太后您的厚礼——"他笑着扬扬手中的地图，傲然道，"父汗一定会明白，哪个儿子才是值得他倾力培养，继承家业的。"

两个人正互相吹捧着，顾明和却不小心打翻了茶，退到后面更衣了，这一小插曲并未引起赵雅和耶律洪杰的注意，仍自顾自聊着天。

云罗叫伺候的丫头退下，自己僵坐在帷幔后，听着两个人的对话，神色木然，身体无意识地一下下抖动着。好冷……真冷……她不由得抱住双肩。原来春枝是太后的人，原来顾明和早就跟赵雅沆瀣一气图谋摄政王位，原来自己哥哥也是他们中的一员……

后面，那两个人不知聊到了什么，耶律忽然发出一声低低的感叹："就是可惜了我那师弟，他虽双腿残废，却有一身好本事，我本来是想搭救他的，但若是他不死，云罗那傻孩子也不肯真的对顾王爷痛下杀手——真真是世事两难全呢。"

赵雅安慰道："耶律王子何须自责呢？你不是也为那墨子琪做了七日的水陆道场了吗？足以慰他在天之灵。权力斗争原就残酷啊……"

耶律沉默了一下，又笑开："也对，成大事者不拘小节，想我那可怜的姑姑不都如此牺牲了？我也不该执着于一个师兄弟。来，太后，我们再干一杯。"

云罗嘴里死死咬着袖角，两眼像是被魇怔了一样睁得大大的，两只漆黑的眼珠里不断渗出泪水，那泪水几乎连成了线。她的身体剧烈颤抖着，哭得几乎喘不过气，心脏里仿佛伸入了一柄木锄，将她的血肉搅烂，搅得她鲜血淋漓，搅得她痛不欲生！胸腔里烧了一把火，烧得她坐不住了，烧得她不想活了！云罗"噌"地站起来，一把撩起帘子就要走出去！就在这时，一只手猛地从后伸过来，一把捂住她的嘴，将她硬拖了回去！

"你不想活了吗？"淑和穿着一身小太监的衣服，将她紧紧压在墙壁上，压低声音厉喝，"就是你真不想活了也想想我！我来这里找你也听见了他们的秘密，你现在出去，我也活不成了！"说罢，也不理会她的反应，强拉起她便出了门。

她带着云罗在曲折的回廊里走了很远，待周围四下无人了，才将她一把推进一间不起眼的厢房内。云罗一被放开就哭倒在了地上，摇着头，状若癫狂："为什么？为什么会是这样……"她起身就想往外冲，声音尖厉而沙哑："你让我去问清楚！他们到底还有多少事瞒着我！"

淑和狠狠将她拉回去，用力之大让云罗直接栽倒在桌上，她指着云罗怒道："问了又怎样？继续去报仇吗？报完仇再来一次假死？阿罗，赵太后心狠手辣可不是那么好糊弄的！你现在出去，再想脱身就难了！"

"脱身……我还要脱什么身？"云罗哭得上气不接下气，"我娘死了，我师兄死了，顾明渊也死了，而害死他们的人可能就是——"

"就是顾明渊。"淑和骤然打断了她的话，用冷静到近乎冷酷的声音道，"阿罗，杀人凶手就是顾明渊，也只能是顾王爷。他已经不在了，你已经为你的亲人报仇了，明白吗？"

云罗呆呆地盯着淑和的眼，泪水汹涌落下。她怎会不懂？她的生命已然千疮百孔，每一次挥起屠刀，割向的其实都是自己最亲近的人，她还能接受几次生离死别之痛呢？

"姐姐，你送我走吧……我害怕……我要离开这儿……"她哭着，神思恍惚，浑身颤抖。淑和轻轻将她抱进怀里，一边抚摸着云罗的长发，一边也红了眼，低低道："好，姐姐送你走……我不会让你有事的，刚才你跪在我身边，我一闻那百合花的味道就知道是你，你不晓得我有多高兴……姐姐不会让你有事的，一定不会……"

淑和的声音仿佛很近，亦好像从很远的地方传来，丝丝缠缠，听不清楚，到最后传到云罗的脑海里时，只剩隐约的一个模糊念头——哦，原来她的香包忘记换了，怪不得耶律会在她身上闻出女子的味道，可笑连淑和都能认出这是她身上的独特香味，而那位整日口口声声关爱她、在乎她，想照顾她一辈子的"好哥哥"，竟会以为这是春枝身上的体香……

世间最可笑，痴人，痴人啊……

轻车简从，卸掉华衣金钗，一身粗布麻衣，一辆黑色篷布小车，云罗就这么上路了。面容朴实的村汉坐在驾车的位置，憨厚地给城门守卫递上两枚铜板，道一句："大爷行个方便，要带婆娘回去探亲的。"

守门嫌弃地掂掂手里的钱，又撩开车帘往里望了一眼，确定没什么油水可捞，这才厌烦地挥挥手，"快走快走，别耽误爷的差事。"

每天日出启程，日落投栈，看相同的风景。晨起一个馒头，中午若是有一份酱牛肉配餐便是难得的美味。半月时很快过去，平静的生活如湖水，翻不起一丝涟漪。

深夜，云罗躺在客栈狭小的木床上，透过窗外的月光扬起双手，看着自己因多日未涂香膏而变得干涩起皮的手指，心里甚至会产生一丝恍惚——这样的生活是真实的吗？或者，以前那些大起大落，金碧辉煌，生死挣扎才不过是南柯一梦？

在这个人迹罕至的乡村，公主，皇帝，太后，戎狄，都遥远得好像另一个世界的事⋯⋯

云罗收回手，闭上眼，侧躺起身体，努力蜷缩着留住温暖，不断地在心里对自己说：这就是你未来的日子，苦难终将过去，你将拥有宁静的幸福。可是，心底的痛分明在不经意间就流泻出来，像一根密实的线，勒住了手指，痛得她想流泪，又不知这眼泪为谁而流的⋯⋯

"你们还好吗？"云罗怔怔地眨眼，一滴带着温度的晶莹的泪流进蓝色的麻布枕头里。

次日清晨，车夫来叫她时比平常晚了些，一见她便笑着行礼道："姑娘，咱们再往前走就正式出了京畿进入山东地界。夫人吩咐了，到了山东咱们就不必赶路，可以走得慢一些。主子您可有喜欢的风光想顺路去瞧一瞧的？"

这车夫一路伺候她十分精心，云罗待他也温和，想了想才说："还是算了，如今冬末春初，是赏雪还是赏花呢？倒不如快马加鞭赶到江南，兴许还能赶上四月的灯会。"

车夫只是奉命要开解云罗的心情，倒不强求她一定要去哪里，见云罗自己提了愿意要下江南，十分高兴道："得嘞，那主子您在客栈稍息片刻，奴才到附近兑两匹脚力好些的马，咱们这就奔南边去！"

云罗笑着点头，瞧着他去，那笑容便一点儿一点儿垮了下来，最终化为一片宁静疲惫。

"小二，拿两个馒头，一碟咸菜，再上一碗羊骨汤。"她一边朝楼梯下走，一边对小二吩咐道，奇怪的是楼下竟没人应声。她下到一楼才看到临窗处坐着四个大马金刀的江湖人，额上刻着刺青，脚下踩着凳子，拿勺子胡乱搅着羊肉汤，一看便十分不好相与。

"这什么玩意？说是羊汤竟连一块羊肉都没有！当你祖宗好欺负吗？"一个大汉将瓷勺"啪"的一声摔在地上，双目怒睁，明显要找碴儿。

那小二苦着脸一个劲儿告饶："几位大爷行行好，本店的羊汤才两文钱一碗，实在只有汤供不起肉啊！小本买卖，大爷见谅，见谅——"

"滚蛋！"大汉一脚踢翻小二，站起身露出一身横肉道，"今日你若不给爷上一只羊来，爷就拆了你的店！"

那小二被踹得一个骨碌到了云罗脚下，当下就爬不起来了，痛得脸色都白了。云罗看着实在不忍，蹲下去扶住他，对几个大汉道："你们若真不喜欢羊汤，退了便是，何必这么咄咄逼人的？"

"哟呵？还有一个小娘子——"那打人的大汉摸着下巴猥琐地笑了，回头对自己几个弟兄道，"虽然长得不咋样，但这小身条还挺不错啊。"

云罗被他猥琐的目光气得脸色铁青，可碍于身边没有侍从，到底没发怒，忍着火气扶起小二，将他交给躲在身后的掌柜手上，然后转身便要上楼，但马上就被大汉轻浮地伸手拦住。

"哎，小娘子别急着走啊？不如坐下陪哥几个吃点喝点如何？"

"多谢，我不饿。"云罗面无表情绕过那手就要走。

"不饿也可以喝喝茶嘛。"那大汉不依不饶地过去，脸色有些沉了。

"不渴。"云罗硬邦邦扔下两个字。

那大汉终于火了，上手便拉住云罗的胳膊，指着她的鼻子怒道："小娘们，你可别给脸不要脸！"

云罗忍无可忍，用墨子琪教过的攀折手一个翻转便将那大汉拧了过去！

"嘎吧"一声脆响，那大汉惨叫一声，竟是被扭得脱臼了！

他的三个同伴顿时大怒拍桌而起，瞧着云罗虽瘦弱也不敢再掉以轻心，抄起家伙便冲了上去。

云罗本身手下功夫就不强，被三个人同时围攻，马上就落了下风，几个狼狈的躲闪后，袖子被弯刀割破，虽没伤到还是吓了一跳。

为首的大汉狞笑一声，回头招呼道："小娘们不行了，大家一起上！押回去给咱们乐呵乐呵！"

"混账！谁敢动！"就在云罗惊惧退后，几乎要撞到墙上时，窗栏骤然被人撞破，方才去牵马的老梁竟翻了进来，手里抄着一根不知哪里捡来的木棍，跳进战圈就与他们缠斗在了一起。三名大汉都是乡野把式，毕竟比不得老梁大内出身，三两下就被他一个扫堂腿，同时踢倒出去。

"宵小！还不跪下认错！"老梁一掀袍边站立于前，平凡的脸上透出不相符的凛然，瞪视着地下几人。

三名大汉对视一眼后，同时跪趴在地磕起头来，"饶命，好汉饶命！"孰料下一刻，作势拍地的手竟猛地扬起一把石灰粉，"噌"地撒向老梁面门！老梁不防还有这种江湖路数，一惊便扭过头去，可还是瞬间就看不清了。

几个草莽一跃而起，云罗沉下脸摸向自己的褡裢，可还没出手就见那几个人在半空中跟忽然被抽掉了筋一样，惨叫着抽搐摔倒在地。

云罗心神一凛，立时警戒四下张望，可周围全是些看热闹的村汉，分明一个高手模样的人都没有。她快步走到老梁身边，先大约检查了下他的眼，然后又低头去看几个贼匪，就见他们的后背脊柱消汇穴的位置，各自钉进三枚石子，那石子入木三分，留下一个带着血的坑，最奇的是鲜血一时三刻竟没渗出来，而是过了稍息才突然喷涌而出——

云罗惊得退后一步，紧皱眉头，沉吟片刻后三两步冲出客栈，朝屋顶、树上等隐蔽地看去，但分明一个人影都没有。

云罗沉默下来，转身回了客栈，让掌柜的帮忙把老梁扶回房，又请了大夫过来瞧。待给他洗过眼，确定老梁并无大碍后，她才歉疚道："今天都怪我不好，不招惹那些人就好了，倒累得你受伤。"

老梁还穿着打斗时的蓝色粗布衣裳，眼睛裹着纱布靠坐在床头，听到云罗这话马上不安地动了动，"小姐您可别这么说，都是我没用，害得您受惊了。"

云罗摇摇头，不再执着这个问题，而是转而问道："对了，你今天不是出去买马了？怎会知道我这边有状况及时赶过来呢？"

老梁神色凝重道："我也正要跟您说这事，当时我才走到村口，正在向人打听集市的方向，突然有人给我扔下一张字条，上书'云罗遇险'四个字，我就急忙赶回来了。"

"字条还在吗？"

"在的，我还留着。"老梁在后腰摸索了一阵，拿出一张宣字条。云罗接过来一看，略微潦草的字迹也难以辨别出是何人所写。

她放下手，无声地吐了口气，先是向老梁示警，再到亲自出手用暗器救人，看来他是一定要保下她了，但是，为什么呢？那个神秘人会是谁的人？

云罗觉得自己好像又回到过去那种处处都是阴谋的生活，让人透不过气来，可此刻面对卧床养伤的老梁，也说不出什么，最终只是拍拍他道："先养伤吧。"

石灰粉这种市井玩意毕竟没有太大杀伤力，四天后大夫就给老梁拆了纱布，并嘱咐最近一定不要让污水染眼。大夫走后老梁就向云罗请求启程。

云罗犹豫道:"大夫才说了你的眼睛要注意别被脏水所污,上路后沙尘又大……"

老梁打断她的话,恳切道:"小姐多虑了。这几天赶路才正好,天朗气清,无风无雨,反倒再过一阵可能就到了雨季,不利我的眼。"

云罗见他坚决,只好应了。

后两日老梁不再像之前那般定时上路定时休息,日夜兼程,倒像后面有什么人在追着他似的。

这天,云罗在连续三个时辰的奔波后终于无奈叫他停下。因为赶路她的脸色也不好,开口便是沙哑的嗓音,"老梁,好了,是福不是祸,是祸躲不过。他若真要跟着咱们,你这样跑也甩不掉的。"

老梁鬓上也多了些风霜之色,疲惫下车对云罗躬身道,"……小姐既然看破了,老奴也不敢再糊弄您。那个神秘人不知道是什么来头,但武功却是极为高超的,凭我一个人之力根本无法与他对抗,唯有快马加鞭赶到凉州府,请当地官兵襄助保护才稳妥。"

"梁师父你未免太乐观了。"云罗苦笑着掀起帘子坐到驾车的位置,"若是连你都不是他的对手,指望几个官兵又能做什么呢?何况要出动官府势力,必须得拿出宫廷信物,要是再暴露了淑和,岂非更得不偿失?"

她这样说,老梁也没了主意,苦恼问:"那依您的意思呢?"

云罗垂下眸子想了一会儿,轻声道:"我想将他引出来。"

老梁大惊,当即反对道:"这怎么行?太危险了——"

"难道这样任他跟着便不危险了吗?"云罗淡淡地看向他,"如今敌暗我明,将他引出来,至少可以看到他是哪一路的。"见老梁犹自要反对,她叹口气又道:"我已经决定了。"

老梁长吐了口气,偏过头,没再说话。

云罗包袱里还是收拾了几件像样的女装的,其实若在京都,也就是普通富家小姐的打扮,但放到这偏僻乡村就十分显眼了。她将故意打暗肤色的膏脂洗去,换上一袭粉红色绸缎衣裳,外罩着兔毛坎肩,头上简单插了一支金步摇就已十分耀目。

一路走过去,碰到乞丐下车布施,遇到人牙子干脆把孩子就都买下来。一个这样貌美又有钱在身的姑娘,还只带了一个随从,很快便吸引到一伙山贼的注意。

云罗带着老梁且行且退,最终被逼退进一处偏僻无人的山坳里。

一个皮肤黝黑的首领状男人出现在他们上方,他眼睛瞎了一只,蒙着破布,挥舞着钢刀,用怪异的口音道:"小娘子和银子留下,你就可以走!"

老梁面露隐忍,回头看了云罗一眼,两手倒是还张着挡在云罗跟前。那首领见老梁不动，脸色一变，冷哼着朝后一挥手。就见他后面就跟雨后春笋一般哗哗冒出十几名手执着弓箭、巨石的贼匪样人！

老梁受惊似的退后一步。

首领将老梁的神色变化尽收眼底，狞笑着挥挥刀子，问："怎么样？想试试是你的脑袋硬还是我们的箭硬吗？"

老梁攥紧双手，咬着牙踟蹰，突然一跺脚，竟对着上头人作揖起来，"不、不！我不试！你们放我走！"

云罗不可思议地出声："你——"

老梁回过头，有些不敢看云罗似的低声道："小姐，双拳难敌四手，您那故意招摇的馊主意我从开始就不同意，你看，如今招来这么多贼人！他们跟附近乡民恐都有勾结，我不想为了保护您再把命搭在这儿，我家里还有小孙孙呢，对不住，您——您一切小心了！"他前言不搭后语地念叨一会儿，突然扑通跪下，磕了几个头，然后就举起双手，对上头人连声喊着投降，往土坡上方爬去了。

山贼们看老梁被劝服，呼喝着在上头又蹦又跳，眼瞧着老梁一个人爬上来，为首的在老梁屁股上踢了一脚，老梁顺势就这么连滚带爬地跑远了！

云罗气得身体发抖，两眼都红了。

山贼们见老梁走远了，执着弓箭那些人仍未放下手，只是下来了几个大汉，一边满脸横肉地笑着接近，一边警告道："小娘子，你最好乖乖听话别反抗，否则上面的爷爷们可是会把你射成筛子的哦——"

云罗一手背在身后，抬头朝上面看了看，面色苍白而凛然，没有一丝要投降的意思，倒像要和这些山贼同归于尽一样。

几个大汉拿着武器，互相对了个眼色后便一齐朝云罗扑去！几乎同一时间，云罗将褡裢掏出来就要向他们撒过去！但是一个人影却比她更快，如鬼似魅地出现在她身后，一只戴着手套略微粗糙触感的手轻轻按在她的腕上，也不知怎么使的力气，就让她胳膊登时无力垂下了，却也不痛。紧接着，就见前方隐约银光一闪，然后扑上来的三个男人身体同时一僵，双眼无神地睁大，整个人还保持着前扑的姿势，就那么倒了下去。

一剑封喉。

黑影一样的男人独站在山坳下，慢慢收回出剑的姿势，沉默地向上看去。烈日之下，他蒙着面的脸看不清神色，唯能见到一双古井无波的眼。那双眼里仿佛有一个巨大的旋涡，无边无际，黑暗，诡谲，能在瞬间吞噬一切生命。

上面，有人忍不住恐惧地脚软了，更多人则扔下武器，转身逃命似的大叫着跑远。

一阵风起,吹动树上的枯枝,发出哗啦啦的声音。

静谧无人,黑衣人背对着云罗,一时没有说话。过了一会儿,才转头看向一边大石后的老梁。

老梁慢慢走出来,看着云罗的神色,犹豫着不知该不该下去。一个武功这样高强,应是戒心极重,但他居然敢长期以对武者来说最危险的命门对着云罗,总归不该有恶意才是。何况,他才刚刚再次出手"救"了他们。

云罗冲他摆摆手,老梁无声退后。她一步步走到黑衣人面前,看着他在自己面前轻轻跪倒。这次别说看他的眼睛里,连一丁点皮肤都见不着了,云罗微微皱眉,对着他的发顶道:"你抬起头来。"

"奴才陋颜,恐污了主子的眼。"沙哑得仿佛泥沙磨砺的声音响起。

云罗微微扬了扬唇,却没什么笑意,"奴才?你是谁的奴才?"

黑衣人将腰又弯得低了一些,一言不发。

这个人的跪姿很有意思,弯曲的身体自然且温顺,没有丝毫不甘的样子,只是两手仿佛总不知该往哪里放似的,显然是个不常下跪的人。一个并非不驯,又不常下跪的人,他的过去就很值得琢磨了。

"你以前是谁家的暗卫吗?"她问。

"奴才曾任暗卫组副统领。"

"暗卫组?"云罗轻哂一笑,"总之你是不愿说出来历是吗?那就请你不要再跟着我们了。"

黑衣人再次恢复缄默,安静的样子仿佛能在这里跪上几十年。

云罗叹了口气道:"我是认真的。不管是谁派你来的,我想那人应该都对我的本事了解几分。论打斗十个我也不敌你,可若只是想隐藏两个大活人,甩掉你,对我来说易如反掌。"顿了顿,她眼梢看向下方,"——说出你的来历,或者回去复命人跟丢了,选吧。"

他仿佛犹疑了,云罗也不催他,就那么气定神闲地等着他回话。

最终还是那黑衣人败下阵来,"奴才……曾有幸在梁王府服侍八年。"

梁王府……云罗眸底闪过一丝阴霾,微微站直了放松的身体,面无表情问:"然后呢?"

黑衣人略略抬头看了眼云罗冷淡的神情,无声叹了口气,声音低了些:"后——被收于摄政王银衣卫,忝居副统领之职。"

云罗偏过头,"哧"的一声笑了,果然如此。

"你是顾明渊安排在梁王身边的暗桩吗？才一去他那儿就给你副统领坐，出手真大方。"

"您误会了，奴才本人跟顾王爷其实并无瓜葛，但是奴才的哥哥一直是王爷身边的亲近侍卫。他向王爷举荐了奴才，王爷看重奴才本事，便也大胆起用了。"

云罗勾了勾一侧的唇，却是嘲讽，"你哥一举荐顾明渊便相信了？他倒是心宽。"

黑衣人沉默了一下，突然仰起了头，寡淡的目光直视向云罗的眼睛，语气平静道："就是这么简单——影卫本来便只是主人手中的一柄剑，没有感情，只懂得效忠和杀人。当年我入梁王府是听命梁王，梁王殿下要我跟随顾王爷，我便尽心服侍摄政王。现在，我受王爷临终托付跟了您，我也会像效忠梁王和顾王那样效忠您，直到您给我新的旨意，让我认新的主人。"顿了顿，他垂下头，将脆弱的脖颈完全暴露在云罗的视线下，"当然，若是您无法信我，也可以一剑杀了我，影卫是为主人服务的，若尽不到他的本分，活着也无用了。"说完，手腕一翻，递上一把匕首，之后便是一片长久的沉寂。

"呼呼……"耳边响起的只有风的声音。一把冰冷的匕首贴在他的颈边，他感到云罗的手腕是蓄了力的，她在犹豫，而他的生死只在她转念的一瞬间。

他闭上了眼，脸上是坦然的，甚至还微微带了一点儿说不清的笑意。

许久之后，脖子上的匕首被移开了，他睁开眼，看到云罗倒捏着匕首，将把的位置冲向他，淡淡地说："刀不错。"

面具下隐藏的脸轻轻一笑，他单手接过，以肉眼不可见的速度塞入腰间，缓缓道："谢主子。"

破庙内，老梁与云罗发生了第一次真正意义上的争执，因为，云罗让他回程。

老梁单膝跪在地上，一副懊恼绝不同意的样子，闷着头不论云罗怎么劝都不吭气。

"梁师父，你不要这么拧行不行？当初淑和让你跟着出来，就是为了护我周全，如今这件事已经有人接替你来做了，你何苦还要白白跟着？"

"代我保护您？"老梁听到这儿再也忍不住还口反驳，手在周围胡乱一指，"就靠那个现在不知道躲在房梁上还是什么石头里的暗卫？"

"我在窗外。"一个抱剑的模糊人影在窗外闷闷道，只是一闪，便又没了踪迹。

云罗忍不住扑哧笑出了声，老梁则气得鼻子都要歪了，恨恨下了断言，"行踪鬼魅，心怀叵测！"

云罗无奈地摇摇头，弯腰一手搀起老梁，"梁师父你也不要这么讲。他是影卫，行踪不隐秘怎么办差事呢？所谓用人不疑，疑人不用，我既决议相信，就没必要再多带一个人了，他的功夫远在你我二人之上，不是吗？"

老梁的神色有些难堪，也不去看云罗的眼，只是慢慢攥紧了双手，声音黯然，"老奴确实学艺不精，一路让姑娘几次跟着担惊受怕，您觉得老奴不可靠也是应该的……"

"梁师父！我不是这个意思！"云罗立即打断了他。

老梁一声不吭，瞧着颇为失落。

云罗没办法，只得对他交了实底，"梁师父，你的来历虽然知道的人少，但江南一行山高水长，难保不会有哪个外臣近侍认出了你。假的顾明和突然在宫里消失了，赵太后若有心去查，一定能查到我假死的真相，到时要是让她发现是淑和助我逃宫的，你说她会对淑和如何？对安王如何？淑姐姐与我姐妹一场，她真被我连累了就当她倒霉，可安王稚子一个，何其无辜？梁师父，就当您帮帮我，别再跟着我了，好吗？"语到最后，她后退一步，一个深深的蹲身福礼下去，慌得老梁马上跪下，连连磕头。几下过去，眼里就含了泪水。

"……姑娘，您这样，要老奴可怎么跟夫人交代啊！"说着，老梁便趴在地上大哭了起来。

他是受过淑和家大恩的，于情于理该听从淑和命令，护送云罗出国。但云罗的顾虑不是没道理的，要是因此再害了安王呢？那她岂不成了家里的罪人？

两难全，两难全啊！

云罗瞧着他痛哭流涕的样子心里也不好受，说了几次你就放心吧，但看老梁的样子也没有好转，她垂眸想了会儿，忽然朝外头拍了拍手，影卫如心有灵犀一般闪现在屋内，从容单膝跪地道："主子吩咐。"

她俯视着地上的人，语气里透着考究和淡漠，"你真愿此后效忠于我，绝不背叛？"

"是。"

"好吧。"云罗笑笑，从褡裢里拿出一颗棕色的药丸，白皙的手指拈过去，递到他眼前道，"这里有一颗七虫七花丸，剧毒无比，若是没有我每月为你配的解药便会五内俱焚，不得好死。你可愿服下？"

"奴才愿意。"他没有急表忠心地打断云罗的话抢药，也没有借词推诿，就那么平平淡淡地等云罗问完，平平淡淡地接过去吃下，就跟用干粮白水一样简单。

云罗看向老梁，老梁终于吐了口气默认了这件事。

送走老梁，暗卫并未出现在人前，而是不知从哪里又雇来一个车夫为云罗驾车。

云罗背靠在用皮毛铺得柔软的车厢内，感受着车内另一个人绵长的呼吸——许是为了让她更信任，他在她面前并没刻意隐藏存在，不过让她好奇的是这么丁点大的车子里，他到底藏哪儿了。不过这话她当然不会问出来，主子就要有主子的威仪。

"咱们下一站去哪里？"她问。

"奴才已为您在湘江道驿站订了客房，今晚卯时左右投栈。"

"驿馆？"云罗皱皱眉，"会不会招摇了些？"

影卫道："主子放心，奴才已为您安排好新的身份，不会有破绽。"

云罗眉梢轻动，点点头说："有劳。"而后，又像不经意一样道："以后不必主子奴才地称呼了，叫我姑娘便是。"

那边安静了一下，低沉的嗓音再次响起："……是，姑娘。"

"你先前可有名字？"

"并无，只有代号。"

"这样——"云罗沉思片刻后道，"那我叫你梁亚可好？烦劳你代替梁伯照顾我了。"

"梁亚不敢当姑娘一声劳烦。"他很痛快道。

云罗满意地笑笑，闭上眼，再次将背靠向后面养神。

到晚膳时分，距离湘江道还有一个时辰的路程，梁亚给云罗准备了干粮，想在路上停下稍息片刻。

云罗瞥了眼小桌上硬邦邦的馒头，也不知是困乏了，还是实在对这东西没胃口，总之摆摆手，不愿吃。

梁亚现身出现，半蹲半跪在小桌边，默道："你气色不好，不吃没法赶路。"

云罗用力揉揉额头，被这一路的石子道颠簸得难受，脸色都泛白，"我吃了这凉馒头更没法赶路。"

梁亚低下头："抱歉，我不敢留你一个在这里去拿热水。"

云罗放下手，忍住不适笑笑："没关系，我并无责怪你的意思。还是赶往驿站吧，到那边吃些汤水许就好了。"

驿站的差役伺候很尽心，听说云罗身子不适，专程为她熬了鸡汤。

梁亚打发车夫出去，自己接了汤碗，坐到床边的小凳上，用勺子搅了搅汤，然后动作略微笨拙地往云罗嘴边送。云罗十分不自在，微微后退了些道："还是……我自己来吧。"

梁亚看了她一眼，戴着银面具的脸庞垂下，无声地将碗递了过去，起身退到床边。

"没事，你坐。"云罗接过碗，小口喝着，一会儿抬起头发现他仍旧站着，倒也没再说什么，只道，"我睡一会儿，若晚上没醒就不必叫我起来用膳了。"

梁亚点点头,看着床榻仿佛想往前走又犹豫了,问:"是否需要给您买个丫头?做些近身服侍的事。"

"不必了,没那么娇贵。"云罗笑着摆摆手,也不知是不是因为那碗鸡汤的功劳,脸色竟慢慢显出一点儿红润来。

梁亚仔细瞧了瞧,略略放心,行了个躬身礼便一闪不见了。

到了晚上,云罗屋里果然没动静。梁亚从房梁上翻身而下,静悄悄进了屋,远远望了她一眼,见她一动不动仿佛睡得沉,便不准备叫她了。然而他转过身正要出门,忽然又皱了眉——不对,这呼吸声不对。

他快步走过去,俯身在云罗额头探了下,脸色顿时凝重,再一把脉,神色更是变了——云罗在发热,且烧得不轻。

这偏远之地的驿站只有一个府医,还是个年近六旬的老人,走路都是颤巍巍的。他开的方子云罗连吃了两日,却一点儿起色都没有,梁亚终于沉不住气,在屋里只有他们三个人时现身出现,戴着银面具低喝一声:"再治不好,就要你的命。"

那老头回头看向他,浑浊的双眼一下睁大,嘴里啊啊两声,扑通栽倒在地,叫人来看,竟是活活吓中风了。

梁亚又接连出去找了两个乡村大夫来,但是乡野之地所用药都药力十分强劲,只求速度降热,不会顾及损不损身子。云罗吃了一回他们开的药就再也不肯吃了。

"罢了,我来想办法。"她斜靠在床上,有气无力道。

梁亚定定地瞧着她,半晌之后,才用异常沙哑低沉的声音缓缓道:"都是我无用,可我不会让你出事的。"说完,转身就出了门。

他这一出去,再回来居然都半夜了,云罗下午耗了心神,明明累极了竟也睡不着,只是半坐在桌边,一手撑着头养神。过了会儿突然觉得有人在盯着自己看,睁开眼,果然是梁亚回来了。

她一瞧便吃了一惊,"你这是怎么了?"早晨出去还干干净净的人,回来竟一身的土,香灰味儿重得很,双膝布料都磨破了也就罢了,右手腕上胡乱裹着些纱布,竟隐隐透着血痕,不知是被什么东西所伤。

云罗紧抿着唇上下打量了一番,问:"你去哪里了?"

梁亚不说话,只是用左手吃力地在怀里掏了掏,最后拿出一枚挂着紫檀木佛珠的络子,小心翼翼地给她挂在了床头。

佛珠上沾了血丝,梁亚笨拙地用袖子去擦,随即就发现衣服实在太脏,反倒将佛珠蒙了尘,顿时停下了,面无表情立到了一旁。

那佛珠……城外一百里，便是有名的迦叶寺。迦叶寺的佛珠，自古便有祈求平安的说法，却要祈福者跪伏三千磴台阶上山以示诚心。一个死士，骑了一下午快马跑去了佛家庙，又在那儿磕了三千个头，这个人……云罗心底长叹一声。

从他进屋开始便僵着脸没有答过自己一句话，但不知怎的，云罗却在他状似冷淡的情状下，看出了些微属于这个男人的内敛的关怀和羞涩。

"你真相信神佛能保佑世人？"她问。

"我希望能如此。"他淡淡道。

云罗笑着吐了口气，明明还是刚才的坐姿，却仿佛放松了些，透着点面对亲近侍从的意味了，"不管怎样，多谢你一番心意，只是下午我自己拟了一张药方，还要劳烦你去为我寻药，毕竟谋事在天成事在人。"

"我马上去。"梁亚毫不犹豫地过来拿纸。

"不急，明天再说。"她按住药方，弯腰拍拍旁边的凳子道，"这里，坐下。"

梁亚站着不动，低头看着地。

云罗皱皱眉，略微无奈地低声道："过来吧，我现在也没劲起身去拉你。"

屋内沉寂了片刻，梁亚到底慢慢挪了过去。

云罗拉过他的右手仔细瞧了瞧，他总想往后闪躲，却被她硬拉住了，不知是不是因为有伤的缘故，他的五指不自然地蜷曲着，不似他的身体总是给人以蕴含深厚力道的感觉。清洗过后，只在他手背上发现一道挺深的口子，云罗却觉得他应还有其他严重伤处，翻来覆去给他检查。梁亚却仿佛非常不自在，几次欲抽回手，又怕伤到云罗，最后忍无可忍一翻腕，粗糙的指尖就这样按到那柔若无骨的皮肤上，目光沉沉道，"谢贵主关心，但我的右肩曾被一个江湖人以掌力击伤，原就使不上力，新伤确实只有手背上的。"

温厚的热度，带着厚厚的茧子，肌肤相接间，云罗慢慢抬起头，对上他如幽深难望见底的深泉一样的双眸，短暂的凝滞后，云罗缩回胳膊，一手攥住自己另一手，转过了视线。

梁亚慢慢直起腰，又恢复了恭敬顺从的样子，仿佛方才逾越的动作不曾存在一样，起身道："姑娘放心，我有伤药，等会儿会好好处理的。何况这只是赶路时被忽然落下的树枝所刮，并无大碍。"

云罗摆摆手，示意他去吧。

梁亚没用功夫，径自朝门口走，就在他即将跨出门的时候，云罗不知怎的却回过了头，沉声问："既是右手有伤，为何不用左手抵挡？这样岂不是伤上加伤？"

梁亚略略侧过头，隐隐地，似乎浅笑了一下："姑娘可听说过，弃车保帅？"

云罗心头一震，再说不出话来。

这一夜她睡得不太好，迷迷糊糊间总会想到梁亚说的弃车保帅，脑子里闪过很多乱七八糟的梦境，一时是赵太后派人来抓捕她，一时是梁亚拼死护着她出逃，最后一个剑客一剑砍掉梁亚的手臂！梁亚却紧紧搂着她，保护着她，还低头对她笑着说："没关系，弃车保帅值得很。"

"噌"地一下，云罗猛地坐起身来，竟是生生被吓醒了！她剧烈喘着气，脸色看着有些泛白的恍惚，手捂着心口缓了半天，才猛地起身冲外喊起来："梁亚！梁亚你回来没！"

外头没人应声。她皱紧眉头，瞧着外面的光线已过了正午，不由暗暗琢磨自己开的都只是一些山里常见的药材，以梁亚的功夫应当很容易采到才是，怎的去了这么久？应该不会出什么事吧……

她的动静惊动了店里，很快有小二在门口敲门，问："刘小姐，小的把午饭给您预备着呢，现在拿进去可以吗？"

刘小姐是梁亚为她安排的一个小吏家的女儿身份。

"都有些什么？"云罗隔着门问。

"凉拌鸡丝，清炒云椰菜，另有一味西红柿炖牛肚。饭是煮得烂烂的粳米粥，小姐可还用得？"

"劳你们费心了，送进来吧。"

小二依言将菜盘子捧了进去，尚算懂规矩，低着头没往榻上的云罗那儿看。云罗却盯着他的动作，见他准备将最后一道西红柿炖牛肚端下来时，出声阻止道："牛肚便不必放下了，且拿到厨房温着吧，待会儿我叫你时再送来。"梁亚在外头奔波一天，估计是没顾上吃饭的，反正荤腥自己现在也没胃口，也不要白白凉着了。

时辰一点儿一点儿过去，已接近傍晚了，云罗渐渐心焦，就在她几乎忍不住要人去找梁亚时，他回来了。

梁亚捧着熬得黑乎乎的药迟疑地探进头，"姑娘，你休息着吗？"

"没有，是梁亚吗？快进来！"云罗立刻撑起身体道。

梁亚慢慢走进屋，在距离她床前几步远的地方站住。云罗从他凌乱的衣服看到那碗明显有些熬过火的药，然后略微惊讶地注视向他。

梁亚清了清嗓子，莫名露出一丝局促的味道："药我配齐了，你试试看。"

云罗已经不知该说什么好了。他不是死士吗？不是暗卫统领吗？为何会连一点儿野外求生经验都没有似的？一碗如此常规的药材都采了这么久，还熬成这样。不过瞧着眼前那人明明都不好意思了还强撑着武林高手冷漠淡定的模样，又觉得他可怜可悯，不管怎样到底是平安回来了。她叹了口气，伸手接过药碗，犹豫着盯了片刻，最后还是一咬牙，仰脖喝了下去。

喝完递给梁亚，那人居然还知道送上一碟子蜜饯，只是眼神比刚才好像更尴尬了。

云罗忍不住笑出了声，又赶紧收了，接过来吃了一颗，是杏子果浇了蜜糖，酸酸甜甜的滋味挺可口。

她抬头看向梁亚，弯弯唇角道："谢谢，很好吃，难为你在这乡野之地找到这样的店。"说着，又执起一颗。梁亚的头低下去，一时没吭声，待了会儿才道："姑娘恕罪，这蜜饯并不是店里买的……"

云罗惊讶地停下动作，"那是从何而来？"

"梁亚该死，从山上下来时偶见一村妇正给自己娃娃喂甜果，那孩子吃得香甜，我便……便进了他们院子，拿走石桌上的蜜饯罐……"声音越来越低，最后几个字，简直要听不到了，突然他又扬高声音急急分辩："但是——但是我有给他们留银子的！"

"哈哈哈！哈哈哈……"云罗原本就憋笑得辛苦，听到最后的解释简直忍不住了，笑得一发不可收，用手直捶床，"想必顾明渊也料不到自己的暗卫统领有去偷人家话梅的一天吧！你可真是……"她笑着盯向梁亚，神情却蓦地变了，弯着的唇角一点儿一点儿落了下来。

梁亚柔和的眉眼也紧跟着严肃了，下意识弯下腰，紧紧看着她。

"姑娘，您怎么了？"

"……哦，没事。"云罗缓缓摆了摆手，低低地，好像自言自语一样道，"我只是忽然想到……"

想到那个男人已经死了，不会冷笑着嘲讽她大材小用，却还是宠溺地容忍着她做一切不合常理的事了。死了，什么都不知道了。

云罗闭上眼，一阵阵恍惚，不知是不是因为心情的缘故，身上越来越软，好像没力气。下一刻，便在梁亚的粗吼声中，慢慢滑倒在床上，陷入黑暗里。

"我这是在哪儿……"云罗从一阵阵昏眩的状态中悠悠转醒,盯着头顶灰败的泥瓦墙许久,一时分不清自己此刻是真实的还是在梦中。

"施主你这自然是在人间了。"身侧床边,一个慈眉善目的尼姑满面带笑,温柔地双手合掌行了个出家人的礼,"你这场病来势汹汹,然而现下既是醒了,足见得施主福泽深厚,以后必定大吉大利。"说着话,她回头,露出梁亚戴着半片铁面具的脸。

"药可还温着?"她问。

梁亚一手扶着屋内唯一的一样家具桌,身体微微弓着,眼睛错也不错神地盯着云罗,好像要捕食的狼一样,几乎有些可怕。在一段不短的寂静后,才慢慢转开目光,对那尼姑合了合掌,用沙哑的声音道:"药一直温着,我这就去拿——师太实乃方外高人,您救了她,以后但凡有命,梁亚莫敢不从。"

云罗惊奇地发现,这个从来沉默的、让人难以捉摸的男人,对这个尼姑说话的时候,竟带着几分真诚的恭顺敬意。

梁亚出去后,净慧师太向云罗讲述了她昏迷期间发生的事。原来,在云罗晕厥后,梁亚几乎急疯,不惜暴露轻功带着她奔袭三十余里,沿途寻找医师。

师太叹气,为云罗掩了掩被角,"可乡野间的医师怎会见过什么世面,一见你那家丁会飞,便以为是强盗歹人。他这一路狼狈得很,却没遇到能帮你的人,直到在村口撞见了我,这才将你们领进了吴村,略施针药,将你唤醒了。"

"多谢师太救命之恩。"云罗苍白着脸,强撑着身体想坐起来,可是实在体力不支,一下便被净慧师太按了回去。

"姑娘你还虚弱着,万万不要动,贫尼也只是略尽绵薄之力而已。"

"师太不要这样说,您这份恩情,云罗总归记下了,将来有机会一定报答。"云罗苦笑一下道。虽然那师太说得轻描淡写,但云罗又怎会不知道在这样闭塞的地方,将他们两个备受防备的生人带进村,还给他们借房子居住,寻药治病,并不是一件容易的事。想必这师太在本村还有些名望,才能做到如此。

"不知屋主可在?叨扰这么久,实在很想跟他问候一声。"若是可以的话,给些银两也是好的。

"姑娘不必过虑,此屋的屋主是个姓廖的大婶,为人十分和气,她丈夫昔年早逝,独自将孩子带大,儿子如今也十分有出息,是附近乡里最有名的年轻木匠。平日他们就住隔壁,并不常到这边来的。"

如此看来,暂住在这里并不会有什么麻烦,而屋主既然拥有两栋房,孩子又有手艺,想必也不是太缺银钱。云罗想了想,对师太欠身笑道:"既然这样,我便等身体大好了再去拜会廖大婶。"

"姑娘，药好了，趁热喝了吧。"门口响起了梁亚的声音。云罗一扭头，就见那人高马大的男人，别别扭扭地立在门外，仿佛不知该不该进来似的。

师太看他那样子倒先笑了，附耳到云罗身边低低道："你这家丁十分守礼，我为你施诊去药时让他稍扶着你些他都不敢。"说着还轻轻眨了眨眼。

云罗脸色霎时红了，羞得不知该说什么好，这师太怕是将他们当成大宅子里私奔的小姐下人了。

"师太，您、您可是方外人，怎如此打趣我……"

师太瞧她那小女儿样子不由得笑了，摇摇头道："我是方外人，姑娘却是红尘中人，红尘中人最难得的就是一份知心，且珍惜吧。"她起身，双手合十弯了弯腰，就这样去了。

"你过来。"云罗侧头到另一边，掩饰般地理理头发，清清嗓子道。

梁亚慢慢走到近前，神态也是极为不自在，云罗蓦地想到他武功高超，必定耳聪目明，刚才师太的话怕是一个字都瞒不过他，不由得越加羞愤，手一指桌子，"药搁在那儿，你出去吧。"然后便再不看他了。

梁亚沉默着没有说话，屋子里一时安静了下来，就在云罗怀疑他是不是已经出去了，转回脸来看时，就见梁亚深深地低着头，整个身体弯成一个古怪的弓形，不住地在颤抖着，握着药碗的手指骨已经发白，药碗里的汤汁慢慢有了沸腾的迹象，而那碗身却丝毫未裂。

他一张嘴，粗哑的音调："你不知道，我有多怕你再也醒不过来。"哆嗦着的唇，仿佛在哭泣一样。

距离那句不合时宜的话过去已有两日，云罗身上恢复了些力气，都可以下地行走了。每次面对梁亚，气氛都很古怪，两个人心里都明白，梁亚在情绪压抑后突然迸出的语句，早已超出了影卫跟主人间的界限。可云罗不知该怎样打破这样的尴尬，接受他？不可能。拿出主子的派头严词拒绝？她也做不到。她虽是金枝玉叶，可如今落草凤凰不见得比梁亚尊贵。何况这一路，他对她的细心周到也不是一个简简单单的忠义能说完的。最后，云罗决定当成什么都没发生过一样，把这一页揭过去。

她穿了件藕荷色外裳，披了件乳白色的兔毛坎肩，略理了理头发，拉开了房门。阳光瞬间洒满了房间，那明亮的光线让已有几日未出门的云罗禁不住抬起手遮住了眼，缓了缓才慢慢放下，深吸了一口这田间乡村的空气，心情也明媚开朗了。她在花园里转了一圈，然后循着声音走到了后厨房，一个宽阔的男子背影正半蹲在灶下烧火，炉台上一个陈旧却被洗刷得很干净的瓦罐发出咕嘟嘟的声音，冒出着阵阵鱼香。

"梁亚，你在做什么？"她拢拢衣服，出声问道。

男人翻柴的手一顿，低下头，手腕迅速一翻，快得几乎看不清动作。然后，就见他回过头来，脸上已经戴着面具，微微弯腰恭顺道："您怎么到这儿来了？后厨烟大，姑娘还是到房间歇息吧。"

"为什么戴上面具？"云罗蹙眉，凭直觉脱口而出。

梁亚下意识抬头看向她，仿佛一愣，然后又低下头，思索片刻后答道："梁亚曾在办差时为人用毒烟伤了脸，面目丑陋，怕吓着了您。"

原来他真的是刻意不让自己看到他的脸……云罗脑子里转过这样一个念头。而面目丑陋不愿示人之类的话，她却是一个字都不信的。梁亚为人，何等骄傲，不过一介影卫，却仿佛连下跪都不熟悉，很多时候云罗甚至觉得，他虽然对自己行着礼，在她之下，却是用一种俯就疼惜的目光在注视着她。若说他脸上真有疤痕，怕是觉得天下人脸上没有疤痕才是不正常的。

"等到将我送到合适的地方，你就要离开了吧？"除了这点，她想不到别的理由。因为缘浅，所以也不必知道相貌。

云罗突然觉得有些乏，再没了说话的欲望，转过身，一步一步迈出了厨房。徒留下一个身材高大的男人，微微扬起手向着前方，眼神空茫而无措，好像……突然望不清前面的方向。

中午一顿饭吃得沉默，云罗想在自己屋里用餐，梁亚没有接她的话，只是自己默默在花园里支起了小木桌，又拿了两个切割打磨得十分圆润的木墩子当凳子，桌子中央放着一盆香喷喷的鱼汤，一碗不知什么野菜用豆油清炒了，再加一盆熬出了米香的大米粥。这样一些东西，他怕是天不亮就得起来准备了。

云罗扶着门框站了半晌，终究狠不下心转身回去，走过去坐下了。

梁亚看起来十分高兴，唇角翘起来一点儿弧度，又赶紧收敛了，俯身给云罗盛好了鱼汤、米粥，又将青菜碗推得离她近了些，然后在原地站了站，见云罗始终无话，垂眸仿佛有些落寞的样子，后退两步就要离开。

云罗就在这时开口："坐下，一起用吧。"

"……是。"梁亚难得连婉拒都没有，自个儿踟蹰了下就坐了。一坐下，便抱着碗米粥开始吃。

云罗心里默默叹了口气，自个儿拿筷子给他夹下鱼肚子位置的肉，放到他的碗里。

梁亚的手一顿，抬头看了她一眼，声音有些哑："谢谢姑娘。"

"是我该谢谢你。"云罗静静地往嘴里送了一筷子青菜道。

吃完饭梁亚利索地收拾了碗筷，拿到井边去洗了，回来一边擦手一边朝云罗望，就见树下，藕荷色衣衫的女子斜靠在枝丫边，轻轻闭着眼，唇边露出一丝惬意的笑。微风吹过，拂动几缕发丝，那画面美得不可思议。

就这么看了一会儿，突然萌生了一个主意。

"晌午了，要不要进屋再睡一会儿？"他走过去，在云罗身前自然地半跪下去，仰起头问。

明明是嘶哑粗粝的声音，却与记忆中的温柔莫名重合，云罗意识有些恍惚，唇角勾起一点儿笑，突然又像醒过来一样收敛了，别过头刻意冷淡了音调："无碍的，你先下去吧，我自己在这儿坐一会儿。"

梁亚却没有接她的话，甚至僭越地久久地盯着她的脸——准确来说是注视着她的侧颜，仿佛刚才那一抹笑，已经永远刻在了那里。

悬空着的膝就这样慢慢触地，他深深地凝望着她的眼，一字字道："影卫只会认一个主人，除非您命令我跟随别人，否则，梁亚不走。"他轻轻弯了弯头，驯服的姿势，却让云罗突然有了重若千钧的压力。

接触时间越长，她便越觉得，这个男人不该是这样的，不该低着头，不该如此沉默地跟在她身后。他本来就是一座巍峨的山，该以最骄傲的姿态屹立在层山重峦间。然而于她，只是遥遥相望。

这一生，她的心里不能再住进第二个人。上一次，已经耗干了血和泪。

昏昏沉沉地歇了午觉，云罗自梦中醒来时神色迷茫，仿佛出现了一瞬间的恍惚。坐起身，脑海中断断续续的还是那许多画面——半跪在地温柔注视着她的男人，与记忆中一张熟悉的脸孔慢慢重合，然却是慧极则伤，情深不寿。

云罗闭了闭眼，长叹口气，望向窗外，天色已经微微擦黑了，和着邻家鸡犬相闻的鸣叫，她这才忽觉自己院里有些安静。起身出门，四下一望，院落里竟真的一个人都没有，蓦地，她的目光停在不远处下午坐过的老槐树下——

只见树下，一架用粗麻绳作链条，厚实的还带着树轮的木板作底板的秋千架正静静吊在那儿。横栏及扶手的位置各点缀了几朵白绿相间的小花，素雅极了，淡得像池间一枝荷。

云罗凝视良久，才默默地走过去，伸出青葱一样白得有些透明的手慢慢摸上去，心里涌动着一股奇怪的情绪，几乎就要压不住。

207

身后响起"咔嚓"一声，脚踩在枯枝上的声音，她回过头，不自觉喊出声："梁亚——"

一个陌生的大婶怔了怔，走过来放下手里的东西问："什么？姑娘你说啥？"

云罗的脸不自觉地发烫，掩饰般地别过头顺了顺头发，"没、没什么……我说天凉了。对了，大婶您要找谁？"

廖大娘颇为奇怪地以手为掌扇了扇风，只觉这太阳刚落山的时候还是挺闷热的，但眼前的姑娘一副细皮嫩肉的样子，许是会感到冷，便也没再执着这个问题，而是笑眯眯道："姑娘既然身体弱，出来就该加件衣服才是。老妇姓廖，是这里的屋主，今天专门来探病的。"

"啊，原来您就是廖大娘？"云罗赶紧福了福身，忙不迭将人往屋里让，"真是失礼极了，暂住在您府上好几日，居然都没去拜会过您，反倒让您跑了一趟。"

"哎呀，没事没事，我们乡下人不讲究这些。"廖大娘一边拿起刚刚放下的菜篮子，一边顺着云罗的搀扶往房里走，"你是净慧师太的客人，便也是我们家的客人，只管安心在这里住着养病，千万不要客气。"

云罗为她倒了杯茶，感激地点点头。

廖大娘喝了口水，打开用蓝底紫花麻布盖着的篮子，露出几棵绿油油的小青菜，一碗玉米面粉，两条腊肉，还有一块盐巴。"乡下没什么好东西，这点子日常家用只是心意，姑娘你收起来吧。"

"哎，这怎么使得？"云罗连忙摆手拒绝，"我们麻烦您这么久，只该我们去给大娘送东西才是，哪能再要您的。"

两个人推来搡去半天，廖大娘最后急了，唬着脸站起身道："原就是些不值钱的，姑娘这么一味地推，莫不是瞧不起我这个乡下婆子？"

"大娘您——"云罗无奈地捧着那篮子，最终也没了办法，放下东西深施一礼，"多谢大娘。"

廖大娘这才满意地笑开，告辞道："那姑娘你歇着，看你没事我就放心了。"

云罗送着她往外走，廖大娘正跨门槛，突然停了步子。

"咦……我记得原来那树下并没有秋千啊。"廖大娘一手扶着门框，一边望着前面迷惑道。

云罗一慌神，马上又镇定下来，"噢，我也没注意呢，许是净慧师太什么时候找人做的？"

廖大娘想了想道："可能是吧——哎，姑娘你留步，别再送了，外头凉。"她回身

拦住云罗道。

"没事没事,我送您到门口吧。"

"你就别跟我客气了。"廖大婶的手温热带着厚茧,十分有力,一把握住云罗双手,就将她推回台阶上,"今儿确实是晚了,不过平时天暖和些的下午,姑娘还是该出去走走才是。不是大娘吃不到葡萄说葡萄酸,你们这些富家小姐若论身体,可不如我们乡下人壮实。坐在屋里绣花哪有去河边跑一跑来得舒爽呢?对不对?"

云罗被逗得忍俊不禁,连连道:"大娘说得有理。"

"你一个人在这儿,生活上多有不便,若碰到什么不好解决的事,千万别客气,只管找我们。"

"一定,谢大娘。"云罗笑着目送她离开。

方才有一瞬间,她真犹豫着要不要跟廖大婶说,自己带了一名家丁的,也省得这个朴实的老人为自己挂心。但是想到乡野间虽民风淳朴却也非常保守,自己一个单身女子和一个男人共同借住,若叫外人知道了,恐怕还会连累得廖大娘被嚼舌根,只得罢了。

回屋坐下,云罗偏头看着那个竹篮子,伸手揭开花布,望着那婴儿拳头大小的盐巴,心里明白这些东西虽然不贵重,却也不是多易得的。这个小村落相对封闭,日常用品可能都需要他们走很远的路出去换。

"唉……"她不自觉叹了口气,不知这份情该怎么还了。

"你别发愁,需要置办什么只管告诉我就是。"门外响起梁亚粗哑的声音。

云罗应声回头,就见男人戴着铁面具,静静立在那儿,手里还拿着一束将放未放的玫红色花苞。

他走进来,不知从哪儿变出一个白色瓷瓶,把花默默插进去。

云罗望着那红彤彤的颜色脸莫名发烫,扭到一边不太自然地问:"那个回头再商量吧——院子里的秋千是你做的?"

"嗯。"依旧沉默寡言的样子。

云罗尴尬,静默中有些没话找话似的说:"费那个功夫干什么,我瞧着打磨得很精细,应该挺费事的。"

梁亚的手略略一顿,银色面具笼罩着的脸突然抬起,深深看了她一眼道:"与你有关的事,都不费事。"

那眼光如有实质,带着温度,滚烫的,几乎要灼伤云罗的皮肤。心跳骤然加快,云罗噌地站起身,低着头自己都不知道咕哝了句什么,就这么跑出了屋子。

走到屋外挺远的地方,晚间的风迎面一吹,云罗才觉得自己脸上的温度微微退下去些。她双手捂住面颊，往桥边的大石头上坐下，那石块被太阳熏烤了一天，暖烘烘的竟是十分舒服，云罗干脆脱掉了鞋，双脚盘了上去，抱着膝发呆。

打从她昏迷过去，梁亚看护她几日几夜，那个男人仿佛一下就大胆起来。过去只是似有若无让她感受到，让她揣测的心情，如今竟是明明白白表露出来。她理解那种几乎失去的恐惧，因为她也曾经经历过，甚至……现在的她已经不敢百分百肯定地说，她对这个男人没有任何其他的情意。因为，他让她觉得那么熟悉，仿佛待在他身边就是踏实的、温暖的。可是，她真的已经无力再去接受一份感情了啊……

云罗闭了闭眼，将头深深埋进臂弯里。算了，还是想想给廖大娘准备些什么回礼吧，她近乎鸵鸟心态地想道。

"廖大娘，廖大娘？"云罗站在一栋十分古朴精致的木屋外轻轻叩门，声音含着笑意。

"哎！谁啊？来了来了——"屋内响起廖大婶疾步奔走的响动，很快，门开了。

廖大娘看到云罗，明显就是一怔，随即喜得一拍掌，"哟！姑娘你怎么出来了？"

"不是您让我多出门走走吗？这不，我来您这儿串门了。"云罗俏皮地眨眨眼，将手里的篮子递过去。

廖大娘一掂自己那篮子便知道里头肯定不是空的，不由得嗔怪道："你也是，来就来，怎的还带东西了呢？快进屋进屋——"说着，热情地一把将云罗拽了进去。

堂屋里瞧着干净也敞亮，家具不多，但样样都打磨得非常平滑，可见屋主是个爱过日子的。云罗微微扫了眼周围后，应廖大婶的谦让坐下。廖大婶正给她倒着水，忽然篮子上面的蓝色花布猛一动，竟是鼓起一个包！

廖大娘吓得"哎哟"一声，险些扔了杯子！后退几步，幸亏云罗反应快，"噌"地过去扶住了。

"我、我的天啊……这篮子怎的会动了？"廖大婶靠在云罗身上，捂着胸口，惊魂未定道。

云罗懊恼地直跺脚，"大娘你别慌，都是我不好，没早点给您看一眼。这篮子里不是别的，是我给您抓的两只小兔子。"她搀着廖大娘坐下，一脸懊悔地将蓝花布揭开，果然见到里面露出一对毛茸茸的白兔子。

廖大娘伸头看了一眼，这才抚着胸口长舒了一口气。

"没事没事，我老婆子皮糙肉厚吓不坏的，只是——姑娘你这兔子是哪里来的啊？"她牵着云罗坐到自己身边问。

云罗笑笑，态度自然地说出早就想好的话："大娘有所不知，我父亲家虽富贵，

可我幼时却是在外祖母家长大的，那儿水清沙幼，丛林茂密，我也是和野兔山鸡玩耍过的，抓个些许并不困难。"

"哦，原来是这样……"廖大婶点点头，又踟蹰道，"其实，老妇一直还有个问题想问姑娘。既然你已经到了你父亲那儿，生活环境又好，怎会一个人流落于此呢？"

云罗垂下眸子，静默一会儿，轻轻叹了口气："这——说来话就长了。我母亲并非什么大家小姐，只是乡村里一个普通的姑娘，一次我父亲行商经过遇到我母亲，心向往之，便郑重其事将她求娶回去。奈何好景不长，父亲家里十分显贵，前头几位夫人也各有娘家撑腰，大宅门里生存不易。我母亲……就这样香消玉殒了。大夫人一直暗暗不喜我，母亲去世后她就更肆无忌惮了，竟跟父亲提议要把我许配给她家一个残疾的侄儿，我心里害怕，便……便趁夜跑了出来……"

"我可怜的孩子啊！"廖大婶眼眶微红，一把将云罗搂进了怀里，咬牙道，"果然是有了后娘就有后爹，看你长得如花似玉的模样，你爹怎么就——"她停住，重重地吐了口气，温和地摸摸云罗的脸，许诺道，"丫头，别怕，以后你就在我们村里安心住下。大娘保证没有人会欺负你的，好不好？"

"谢谢大娘美意。"云罗眸子仿佛微微湿润的样子，低头抹了抹道，"不过我母家还有些亲戚在江苏，舅舅舅母跟我感情不错，如今日子过得也还好，我逃出来前已经跟他们通过信了，他们很愿意收留我，所以等身体养好了，我还是准备去投奔他们的。"

"这样也好，有亲戚照看终归是好一些的。"廖大娘想了想便也罢了，却又拉着云罗的手叮嘱道，"不过若是在那边过得不顺心，记得还可以回来，咱们村虽不富裕，可我瞧你这心灵手巧的样子，要活下去也不难。"

"嗯，谢谢大娘。"云罗点点头，脸上又挂出了笑，"好了，我们不说那些不开心的事了，大娘你预备把这对兔子烧了吃，还是再养些日子？"

"哎呀，这么漂亮的小东西又是姑娘你一番心意，我怎么好吃了？"廖大婶捂嘴笑道，"等下我就去把个篱笆，将它们养起来！"

"好啊，我也可以帮您忙呢！"云罗眉飞色舞道，"小时候我也做过那些呢！对了，大娘家里有没小孙孙，可以带出来一起玩啊。"

云罗说得兴高采烈，却见廖大婶突然脸色一黯，整个人的情绪好像都低落了。

云罗察觉出不对，及时停了话，小心翼翼地打量着她，问："大娘，我是不是说错什么了？"

廖大婶苦笑着摇摇头，"没有，不是姑娘你的问题，只是大娘没福气，连媳妇都没有呢，怎么会有孙孙？"

"不会吧？"云罗这次真愣了，"我听净慧师太讲，您家的长子跟一个不错的姑娘议了亲，正在筹备婚事呢——莫非，是那姑娘不好？"

"嗨，好，就是太好了。"廖大婶一拍腿，摇头叹气道，"我家订婚的儿媳妇本姓张，是隔壁村张大地主家的小女儿，那家人因为比较富裕，行事一直张狂，我其实是不喜欢的，但我儿偶然跟他家姑娘遇到过一回，看到后便朝思暮想再也忘不了，我只能硬着头皮去提亲，好不容易凑够了礼金。谁知道，那家的男丁竟然中了秀才！这下可好，人家彻底瞧不上我们了，大张旗鼓地过来要退婚，还骂我们是癞蛤蟆想吃天鹅肉！我家大庆从小也没受过这样的侮辱，竟连气带急得……一病不起了……"她说着话，再也忍不住，泪如泉涌，将头扭到了一边。

云罗气愤极了："这女子家未免也太嫌贫爱富了，大娘您人这样好相处，岂不比一般富户家的婆婆强多了？他们莫不是只管女儿绫罗绸缎？真是浅薄！"

"唉，姑娘你就不要安慰我了。"廖大婶苦笑着摇摇头，"我也知道这世道不好，处处需要银子，我家虽不愁衣食，可跟真正的大户还是没法比的。我气的不是他们退亲，是他们这般羞辱我儿，若大庆这次熬不过去，我便拼了老命也要跟张家要个说法！"

"大娘——"云罗绷着脸，重重地拦住她的话，"这才哪到哪，您怎么讲这么不吉利的话？廖小哥现下在何处？我还粗通些医理，您若不介意，我便去给他看看。"

廖大婶起身上下打量一番云罗，看起来不太抱希望的样子，到底没拂她的好意，说："好吧，那就麻烦姑娘了，来，这边走。"

云罗跟着她穿过一小片菜园子，进了后厢房，青砖红瓦，直走到一扇紧闭的屋门前，见廖大婶抬手轻轻敲敲门，"大庆，大庆啊？"

房内，一点儿回音都没有。

廖大婶又试探着敲了几下，"快晌午了，大庆你起来吃点东西好不好？"

仍旧没有人回答。

廖大婶叹了口气，低头抹抹眼睛，回身对云罗强笑道："姑娘，我家大庆可能还睡着，要不你下次再来？"

云罗皱皱眉没有答话，反倒后退一步望向四周，见这屋子的窗户都紧闭着，里面仿佛还用深颜色的纸给糊住了，脸色不禁更加凝重。

"廖大庆！廖大庆！"她以手做喇叭状，站在台阶下朝着里面大喊，"我是你母亲找来的大夫！请你开开门，若再不开的话，我们只好强行撞门进去了！"

"哎！姑娘！使不得使不得！"廖大婶慌得大张双手就想去拦云罗，却又不知该如

何下手似的,"你这样会吵醒我家小子的,他还病着呢!"

"病什么啊?"云罗左闪右躲地继续朝里喊,"我数到三,再不出来就撞门了啊!"她声音越发拔高。

廖大婶仿佛真生气了,一下扯住云罗的手,几步将她带到台阶下,"姑娘,我敬你是师太的客人,但你也不能拿我家大庆的身子开玩笑啊!你这样会加重他的病情的。"

"大娘,唉,可他根本就没病啊。"云罗无奈地长出口气,被拽住手,抽都抽不回来,只好就着这样别扭的姿势道,"您再这样任由他关在屋里,那他才真要没活路了呢!"

"什……什么?"

云罗点点头,加重语气道:"须知天地万物都不会凭空生长,它们一要自行汲取养分,二要吸取天地精华。于人而言,养分便是粮食,不吃不喝就要饿死;天地精华莫过阳光雨露,不被太阳晒,不被风吹,便会身体孱弱。我听您方才的语气,廖小哥闷在屋里不吃不喝也不是一两天的事了,这可不是要出事吗?"

廖大婶沉默地站在原处,忍不住犹疑,在她的老思想里孩子身子不爽利就该闭门静养,可又觉得眼前这姑娘说的话有理有据,叫人忍不住信服。最终她一咬牙道:"好吧,老婆子也没念过书,比不得姑娘你来自大都城的,老婆子信您一次。"说完,携起云罗的手,将屋门"砰"地硬生生撞了开。

"谁?"屋内,靠着最里面墙角的床上,隐约可见一个男子抬起手臂挡住了脸,喉中发出一声沙哑含糊的质问。

"大庆,是娘啊……"廖大婶抿抿唇,慢慢上前一步,声音都有些变了调,让云罗看着心生不忍。

大庆撑着身体缓缓坐起来,好像还是适应不了外面的光线一样,头微微往外望了望,又立刻朝里偏了回去。只听男人叹息道:"娘,我不都说了自己没事了,你让我静几天就好了。"

"静几天?那到底是几天?"廖大婶还没说话,云罗便忍不住开口了,张嘴便没好声气,"你以为你这么不吃不喝不出门的,能坚持多久?你可知道身体发肤受之父母,你这样糟蹋自己,那个姑娘就会回心转意吗?真正谁会为你伤心你不明白吗?"

床那边,许久没有声音,过了半晌,才听到那个男人闷闷地,好像要哭泣一般,一字字道:"是我不孝……"

总算这个男人还没彻底被蒙了心,云罗暗暗松了口气,缓和了口气,轻轻走过去劝道:"既然知道自己不孝,就该尽快起来吃东西,别让母亲担心才是。要知道,你娘——"她顿了顿，扭头望向身边的廖大婶，眼中不无怜悯，"你娘她失去了丈夫，没有再嫁，她膝下没有其他子嗣，只有你一个儿子。若你真去了，且不说她心神如何受损，你要她一个老妇人如何在这世道活下去呢？"

听到此处，廖大婶再也忍不住，坐到椅子上哭了出来。廖大庆更是悲怆之下难以自抑，从床上一下翻倒下来，哭着跪爬到老母脚边艰难地磕头道："娘！儿子不孝！儿子不孝啊，呜呜呜……"

母子两个抱头痛哭的场面，让云罗心生不忍，低低地叹了口气。直过了好一会儿，她觉得再哭下去就要伤身体了，才上去劝慰。

"大娘，廖小哥，你们都别难过了。如今话讲开了，以后好好过日子才是正经事。廖小哥，你现在可还有什么不舒服的吗？"最后一句话，却是专门对廖大庆问的。

"哦，对对，看我这脑子，怎就让大庆你跟我窝在地上了。"廖大婶抹着眼泪扶起儿子，"快起来，地上凉。"

云罗也一手撑地，一手搀住廖大庆的胳膊，一起使力将他扶起。

廖大庆低头看了眼她的手，仿佛不太自在一样，别过头。

云罗心下不由得好笑，觉得这个男孩还挺内向。

廖大庆躺下后，云罗搬了个凳子坐到床边，为他细细诊脉，凝神静听片刻后，她放松了表情，微笑着将他的手放回被子里，回头对廖大婶道："大娘别担心，廖小哥并无大碍，他身体底子很好，饿这几顿并没有造成什么影响。只是他有肝火郁结于胸，恐怕需要针灸调理一番，再加上一些营养滋补，多出门走走，很快便可大好。"

"哎，好！好！"廖大婶拍手道，喜不自胜的样子，可很快便又愁眉紧锁，"但是这针灸……我们这里也没有什么好大夫，姑娘你又——"她为难地盯着云罗，眸底却闪烁着希冀渴求。

云罗眉眼弯弯，整个人都很柔和的样子，主动拉起她的手道："大娘不必过虑，医者没有男女之分，何况我借住大娘家里，又承蒙您这样照顾，很该回报一二才是。"

廖大婶仍是一脸抱歉，欲言又止，云罗则直接抬手挡住了她的唇，笑着摇摇头，将廖大婶半拖半扶地送到门口，"劳烦大娘去给我烧壶开水，再守住门，我针灸的时候切不可叫人进来打扰。"

"哎，好吧，姑娘的情意我们可怎么报答才好。"廖大婶终究敌不过让儿子康复的诱惑，攥攥云罗的手，叹着气转身出门。

"来，廖哥，烦劳你自己脱一下上衣。"待屋门被关上，云罗推开一扇窗，借着这样的动作背对着廖大庆道。

廖大庆红了脸，默默解开衣扣。身后一阵窸窸窣窣的动静，初时背上还能感到一阵尖尖的轻微的痛，到最后，他所有的触觉都被一只柔软的，似有若无会碰触到他的手占据。

……

小半个时辰后，屋门开了，云罗擦着额头的汗笑着出门，脸上带着些微的疲惫。

廖大婶几步迎上去，一边止不住朝屋内望，一边对云罗忐忑地问："怎么样啊？姑娘还顺利吗？"

"效果不错。"云罗弯弯唇道，"针灸完了我又给他把了一次脉，发现廖哥气血通畅了许多，或许过几日不需要再针灸，只靠廖哥他身体自行修复即可。"

"这、这不妥吧？"云罗话音才落，就见廖大庆披着衣服匆匆忙忙从屋里出来，脸色瞧着果然好了许多。他望了眼云罗，红了脸，扭过身不敢再看，对着自己母亲磕磕巴巴道："儿子方才确实难受得很呢，可经这位——这位女神医一诊治，顿时觉得舒畅很多。不然……不然母亲还是多付些诊金，让神医看顾我到病愈为止吧？"

"不不，不用，并不是钱的事……"云罗连连摆手，面带难色，"只是这针灸也不是越多越好的……"

廖大婶的目光在自家儿子羞涩又坚定执拗的眼神上打了个转，又回到云罗略微躲闪的脸庞上，最终"扑哧"一声笑了出来，一把搂过云罗道："别管是不是钱的事，就烦劳姑娘啦！当老婆子拜托你！"

云罗张张嘴，面露无奈，想解释都不知该从何说起。

房梁上，一对喜鹊在绿荫投影下交颈而站，亲昵地叽叽喳喳着。唉，这要命的春天。

回朝

第十六章

云罗回到自己住的地方，离得很远就觉得有点不对劲，按说现在都过了晌午，家里那位"出得沙场，入得厨房"的暗卫应该都做好饭等得着急了才是，怎么里面看不到一点儿炊烟的气息？

她疾走几步，带着疑问推开门，只见老槐树下，圆木凳旁，一个蓝衣男子背对着她坐着，腰微微弯着，很郁闷的样子，不就是梁亚？

云罗松了口气，喊了一声："梁亚，干什么呢？"

梁亚竟不搭理她！

云罗皱紧眉走到他正面，这才看到桌子上居然是有饭菜的，但东西却叫人有些哭笑不得。

一碗清澈见底的"米粥"，一盘子可怜巴巴都蔫了的小青菜，就是她——甚或是他们两个的午餐？

"你不是给家里留了些肉食吗？"她叹了口气坐下，一手搭到桌上，摆出谈心的架势，"为什么不烧那只兔子？"

"兔子不是该养起来吗？"梁亚沉默片刻后才闷闷道。

云罗觉得他语气有点怪倒也没多想，"好，就当你养起来了，那咱们院里不是还放着廖大婶送来的几条腊肉吗？怎么不烧来吃？"

她自觉话说得没什么问题，却不料梁亚就跟被踩到尾巴一样噌地跳起来，粗声粗气道："我又不是不能给你吃好喝的，为什么要吃她家的东西？"

云罗怔住，半天回不过神来，"你、你这是怎么了？"顿了顿，又道，"我也没说是我吃啊……我胃口小，偶尔一两顿光用青菜也没什么，可你吃这些吃得饱吗？"

梁亚一声不吭地盯着云罗，过了会儿，好像泄气的囊袋一样耷拉下去，无声地坐回树墩上。

"你为什么给他针灸？"他突然冒出一句话。

云罗几乎没反应过来，下意识问了句："什么？你、你跟踪我？"

她简直不知该气好还是该笑好，搞了半天，这个别扭的男人就为这件事在不高兴？

"我学医出身，治病救人不应当吗？"她问。

"可你毕竟是女子，该遵守男女大防才是。"梁亚闷着声音道。

云罗握紧手，莫名觉得怒从心起，使劲儿压了压气，努力平静着语音问："这么说，你是在替顾明渊——你的前主子看着我守贞？"

梁亚噌地抬起头，铁甲覆盖的脸上头一次让云罗感觉到惊慌失措的味道："我并没有那个意思！"

而云罗根本不听他的解释，转身就往屋里走，连那青菜稀粥也不喝了。

梁亚急了，快步追上去，他腿长步大，没几步就追上云罗，一把扯住了她的胳膊，急道："你有话不能好好说吗？都到今时今日了，还没吃够乱发脾气的苦头吗？"

"我今时今日如何了？"云罗怒火中烧，加上羞愤，回身瞪视着梁亚道，"对，我现在落魄了，身边就你一个人，可我不稀罕，你也可以走！"

梁亚盯着她通红的双眸，久久没有说话，却一点儿一点儿松开了钳制着她的手。最终，他低头道："是我不好，说错话惹你生气了。"

云罗别过头，咬着唇，一手揉着自己方才被抓的地方，一言不发。

梁亚轻轻吐了口气，一撩袍子就跪了下去，"你别这样憋着，我就在这里，要打要罚都由你。"

云罗放下双手，目光凝视远方，树上的知了一声一声叫过几轮，她才终于回过头，低眉正视他，开口，却如叹息一般："梁亚，我知道你说那些是好意，但你可知有些好意我永远无法接受。廖大庆如是，你亦如是。"说完，再不看他一眼，径自进了屋子。

而后几日，云罗没再跟梁亚说过什么，自然也没有再去廖大婶家探病，不料，廖家母子却在一个午后带着东西上门了。

"快快，大庆，帮姑娘把这些东西搬进去！"云罗一拉开门，就见廖大婶心急火燎地丢进来几袋东西，一边还招呼儿子往里进。

"哎——大婶您、您这是……"云罗拦也不是，不拦也不是，一个犹豫间就让他们挤了进来。

廖大庆抬眼看了她一下，又迅速低下头，表情极不自然。

廖大婶看起来就乐呵多了，一手拍拍云罗的胳膊道："好孩子，没事的啊，我带大庆来给你盘盘篱笆，还弄了几只小鸡来。等以后养大了每天都能给你下鸡蛋吃！哎，大庆！还愣着干什么？快到后院挑处好地方先给你妹妹打扫了啊！"

就这么一会儿工夫，她就从"姑娘"变成"妹妹"了。云罗十分无奈。这会儿任是她想装傻都不成了，廖大婶摆明相中了她，想让她长长久久地治疗她儿子了，但这怎么可能呢？

廖大庆已经快步朝后院走去，云罗见廖大婶也想跟过去，赶紧一把扯住她，拉着她往边上走几步，低声道："大娘，您别这样，您这么照顾我让我——让我怎么回报您呢？"

"大娘想让你怎么回报，你不懂？"廖大婶攥紧她的手，打趣一般眨眨眼。

"唉。"云罗避开她火热的目光，踌躇道，"您忘了吗？我很快就要去投奔亲戚了。"

"那就不要去了啊。"廖大婶理所当然似的说，"姑娘啊，我跟大庆都商量过了，这一路南下你一个女娃不定会遇到多少危险，就为投奔几个早就不联系也不知道能不能处得来的亲戚？你还不如就留在这里。我跟大庆的为人以后日子长了你会清楚的，我们不敢说能让你过得比在亲戚家富裕，但肯定让你过得舒心。这栋房子我回头让大庆好好给你修葺一下，将来就给你们小两口住，我在隔壁也没几步路，炖个菜烧个肉直接就给你们端过来。彩礼上你有什么需要的就提，我们尽量满足。"

"大娘！您、您这是说什么呢！"云罗跺着脚，也羞也恼，脸都红了。

"哎哟，你看我这张嘴。"廖大婶愣了一下，随即抬手作势轻轻扇了自己一下，笑着道，"你们女娃娃都害羞，大门户里可能就更讲究了。不然，我跟净慧师太商量可好？你便等着作新嫁娘。"

"她不会给你当儿媳妇的。"一声低沉的音调在身后响起，戴着银面具的男人再也沉不住气，从树上一跃翻下！

"啊！强盗啊！"廖大婶吓得险些坐到地上，捂着胸口便尖叫出声！

"娘！怎么了？"廖大庆慌慌张张地从后院跑过来，抬头看到梁亚也是一惊。

云罗赶紧挡在两个人身前，背对着梁亚，安抚道："别怕别怕，大娘，这是——这是我从家中带来的护卫，不是强盗……"

"可、可他怎么会飞？"廖大婶脸色苍白，手还有点哆嗦，心有余悸的模样。

云罗回头狠狠瞪了梁亚一眼，再转回身来又是一脸歉然："大娘，我这护卫曾在少林寺待过，会些拳脚轻功。"她扶着廖大婶在树墩上坐下，为她按摩舒缓穴位，这样折腾了好一会儿，廖大婶的脸上才恢复了血色。

梁亚一直沉默地立在一旁，见廖大婶没事了才递上去一块干净的手帕，云罗很自然地接过去，为廖大婶擦拭头上的汗珠。

廖大庆的目光在两个人之间打了个转，最终落到地上。

廖大婶也一边抚着心口，一边蹙眉探究地盯着两个人——什么护卫，瞧他们这默契的样子还有那个男人眼睛错也不错地瞅着云罗的样子，说这两个人没点关系可能吗？

"你们两个，去给老婆子烧点热水。"她沉下脸道。

廖大庆不吭声地去了，梁亚却还站在原地。

廖大婶深吸一口气看着他道："怎么？我这把老骨头指挥不动这位武师吗？"

云罗立刻向他使了眼色，梁亚这才面无表情地走了。

待院子里没人了，廖大婶拍拍自己身侧的树墩示意云罗坐下，云罗依言坐下了，伴着下午的风，两个人一时都没说话。

"那秋千，是他给你扎的吧？"廖大婶望着不远的地方，突然开口问道。

云罗沉默，仿若默认。

廖大婶叹了口气，转过脸正视云罗，"丫头，你给大婶说句实话，你从富贵家里跑出来，不光因为你爹要把你嫁给一个残废是不是？还因为你家这个家丁，你喜欢他？"

"不——"云罗下意识反驳，可视线与廖大婶那双饱经生活仿佛洞悉一切的视线一碰，声音却又低了下去，她别开视线，"大娘，你多想了。"

廖大婶静静盯了她一会儿，忽然一拍大腿，"好！既然你跟那个家丁并无关系，那你便嫁给我儿子吧。我家大庆虽不会什么拳脚功夫，可也是身强体壮的，最重要的是我们家世代清白，没有出过官，却也没人入了奴籍。你一个富家小姐出身的姑娘，真要跟着一个武师漂泊流浪，他能带着去哪里？沿路卖艺吗？孩子，别傻了，听大婶一句劝，踏踏实实在一片土上植根才是正事。"

廖大婶一句一句说得有条有理，让云罗无法辩驳，干脆也就不辩驳了，只是一直低着头，久久之后，她才慢慢说了句："大娘，真的对不起。"

这，便是无论如何都不可能了。

廖大婶长叹一口气，站起身道："罢了，是我儿子没福气。你且好好养着，我们便不打扰了。"说完，就告辞出了门。

晚上云罗叫梁亚给廖大婶送去了三角碎银，廖大婶没说什么，直接收下了。这倒让云罗自在了许多，若廖大婶一味客气推让，她真才无地自容无法再住下去了。而今廖大娘都这样大大方方的，她也不至于尴尬了。

"廖大婶是个心胸开阔的人。"云罗坐在老槐树下，一边慢慢择菜，一边冒出了这样一句话。

梁亚正在绑篱笆柱的手一顿，语气闷闷道："不相干的关系当然开阔了，若真成了婆婆就说不准了。"

"你胡说什么呢？"云罗拿了一把菜就朝他扔过去，哭笑不得道。

梁亚也不躲，被扔了一头的碎菜，整个人周身的气场倒奇异地柔和了许多，他低下头，扎紧绳子，好像漫不经心一样道："你将来不会真去嫁给廖大庆这种人吧？"

廖大庆那种平凡的农家汉，若在以前与云罗当然有天壤之别，八竿子都打不着的人，云罗不可能也绝对没机会看上他。但今时今日的云罗，却真让梁亚有点担心，这个女人受了太多伤了，未来的人生她可能最怕的便是再进朱门。若有一日，她自己累了，倦了，想找个人做伴了，可能真会选在一个山明水秀的小乡村，找一个朴实憨厚的乡下男人。可若真到了那时，他怎么办？

他本以为云罗会待一会儿才给出回答，不料，她几乎没有考虑便淡淡否定："我不会。"

他抬头，几乎讶异地望向云罗。

云罗垂眸笑笑，却仿佛带了点自嘲的味道，"像我这种被两个国家通缉的要犯，若真隐姓埋名躲在哪个农家人身边，岂不要害得人家被株九族？这辈子我作孽够多，已经不想再连累人了。"

梁亚缓缓攥紧手中的木头，半晌都沉默着，也不知过了多久，他一步一步走到云罗身边半蹲下去，抬头望进女人的眼睛里，将手轻轻搭到她柔嫩的手背上，他的手在抖——

"若是有人不怕呢？"他问。

他手下的那只小手微微一颤，云罗看着他，看进他的眼睛里。他能听到自己心跳的声音，几乎感觉——这一刻便是决定他一生命运的时候。

他看到云罗抬起了垂在身侧的手，一点儿一点儿，向着他伸来。梁亚能听到自己犹如擂鼓般的心跳声。

那一瞬仿佛被无限延长，时光就在这一刹那驻足，云罗的手落在他的发顶，轻轻地，柔柔地，抚摸着他的发，仿佛母亲对自己的子女一般。那种久违的触觉，热得他几乎想要流泪。

"你真傻，太傻了……"他听到云罗叹息一般道。

梁亚就这样走到了人前，为云罗砍柴狩猎，为她把篱喂禽。每到晚上便会独坐在云罗屋外的大树枝丫上，像一柄屹立守护的剑。

早上云罗一拉开门，脚下就已经放着一盆撒满花瓣的清水，伴着露珠的清香气息。她低头望着，沉默了一下，终于弯腰端起回到屋里。片刻之后，梳洗完毕，她捧着水盆再次跨出来，一个不留神却在跨门槛的地方绊了一脚。

"啊——"云罗一声惊呼还未落地，眼前一道黑影迅速闪过，一手拿住水盆，一手握住她的腰身稳住她的身体。

那一刻，两个人离得很近，彼此间几乎呼吸可闻。

云罗抬起头，蝴蝶羽翼般的长睫在风中轻颤，又极快地转开了视线。

梁亚的呼吸乱了一下，他眸色沉了沉，不落痕迹地放开云罗，退后一步双手端住盆道："以后水不必倒掉，只管放到屋里，我会去收的。"

云罗无声地点头。

这片小山村仿佛进入了它的雨季，每到半夜都会下起稀稀拉拉的小雨。云罗晚上偶尔会被那稀疏的声音惊醒，然后便久久地凝望着远处高高的树丫，她知道那个总是安静的男人一定不会寻个地方躲水去，只是一动不动在上面独坐到天明。

这一夜，那雨好像格外大，呼啸的风声吹着房顶的茅草盖哗哗作响。

云罗支起身体，将靠床的一扇窗推开一点点缝隙，冰冷的风立刻夹杂着雨滴打到脸上。

"咔嚓——咔嚓——"外面树枝被吹断的声音此起彼伏。

云罗忍了又忍，终于抑不住叹口气，披衣服起身。

"梁亚？梁亚你在吗？"她站在屋门口，手扶在门把手上，对着外面轻声唤道。

"我在。"那一句答唤，由远及近。仿若"我"字还是从很远的地方靠内力推过来，而"在"的时候，他就已经到了自己头顶上。

云罗后退一些，抬头看着正对着自己的房顶，"你下来吧，外头雨大。"

上面安静了片刻，很快响起梁亚犹豫的声音："恐怕不便吧？如今挺晚了……"

"无妨的。"云罗轻叹，"你这么淋一夜，真病了我也不安生。那边有个拐角，你就在那儿吧，如此也不算我们共处一屋。"

这间房不像廖大婶他们现住的那么宽敞，还分着堂屋内房之类，这个小茅屋只有一进，外头是个院，推开门便放了个水缸。转过来就是床和唯一的一张桌。后头一个狭小的石间既是灶房也是杂物房。梁亚除了那个小转角，也无别处可待了。

这次梁亚没再推拒，大概于他心底深处也想能离云罗近一点儿，更近一点儿。

窗外有风声雨声，漆黑不见月色，屋内一灯如豆，清浅的呼吸声萦绕在两个人身侧。

梁亚微微闭上眼，只觉得这一刻的感觉很好，已经太好。过去种种如同慢镜头一样在眼前回放，一瞬间，几乎分不清是前世还是今生。

"还恨他吗？"他一惊，猛地张开眸子，因为太过放松竟然将心里转瞬的念头问了出来。只是话已出口，收回也不可能了。他屏住呼吸等待云罗的回答。

而云罗，不知在想什么。安静了很久很久，半响之后，才传来淡淡的犹如叹息一样的话："我早就不知道该恨谁了。"

"……为什么？"

一墙之隔，女子好像笑了一下，带些怅然的味道："因为，这世道跟我想的不一样。这一生，我许是信错了很多人，也怪错了很多人。"

"没关系，还有以后。"梁亚沉默了一下道。

云罗一怔，随即笑了，眸子里闪过一点儿光："嗯，还有以后。"

火苗跳动了一下，短短一息间，两个人好像都放下了许多东西。"以后"——蕴含着无限希望与生机的两个字。

"云罗，明天我把廖大婶送的那些腊肉炒了吧？"他头一次叫出了她的名字。

"……嗯。"云罗轻轻应了声，"你再跟我去山上摘点荠菜，那个炒肉干味道最好。"

"好。"梁亚笑开。

岁月静好，现世安稳。他们几乎以为这样的日子会如流水潺潺般一直继续下去。直到——远方响起了战争的炮火。

"轰"的一声，戎狄和丰启开战了。

公主，将还朝。

——第二卷 完——

意林品牌书系推荐

意林女生文学·《小小姐》品牌书系 中国女生文学第一品牌，纯正、阳光、向上，优质女孩必选文学读物

萌灵小说系列
《悠莉宠物店Ⅰ》	18.80
《悠莉宠物店Ⅱ》	18.80
《悠莉宠物店Ⅲ》	19.90
《悠莉宠物店Ⅳ》	19.90
《封印之书·九尾狐》	19.80
《封印之书·独角兽》	19.80
《玛丽晴异闻录》	19.90
《薇妮天使旅行》	19.90

冒险励志系列
《迷藏·海之迷雾》	18.80
《花与梦旅人Ⅰ》	19.80
《花与梦旅人Ⅱ》	19.90
《萌侦探纪事Ⅰ》	18.80
《萌侦探纪事Ⅱ》	19.80
《萌侦探纪事Ⅲ》	19.90
《迷宫街物语》	19.80
《艾蜜儿宇航日记》	19.90

幸福蔷薇系列
《蔷薇少女馆Ⅰ》	18.80
《蔷薇少女馆Ⅱ》	18.80
《蔷薇少女馆Ⅲ》	19.80
《蔷薇少女馆Ⅳ》	19.90
《蔷薇少女馆Ⅴ》	19.90

浪漫古风系列
《七寻记Ⅰ》	18.80
《七寻记Ⅱ》	19.90

果绿年华系列
《蝴蝶飞过旧时光》	19.80
《第一女执政官》	19.90
《风之少女琪格》	19.90
《霓裳小千金》	19.90
《两生花开时》	19.90

月舞流光系列
《前方江湖请绕行》	19.90
《三色堇骑士之歌》	19.90
《守望彼岸星海》	19.90

萌淑女驾到系列
《萌淑女驾到之美女训练营》	19.80
《萌淑女驾到之天使候补生》	19.80
《萌淑女驾到之人鱼的信奉》	19.90
《萌淑女驾到之天鹅公主成人礼》	19.90

星愿大陆系列
《星愿大陆①：天命巫女》	19.90
《星愿大陆②：白银蔷薇》	19.90
《星愿大陆③：幻月手杖》	19.90

浪漫星语系列
《处女座：完美年华初相见》	20.90
《天蝎座：假面黑桃Q》	20.90
《双子座：闯进你的孤单星球》	20.90
《巨蟹座：追梦的水晶鞋》	20.90

最佳少女文学读本
《青春在歌唱（新版）》	16.80
《盛夏的幸福时光（新版）》	16.80
《遇见最美的年华》	18.80
《踮脚跳支圆舞曲》	18.80

淑女风尚馆·气质养成系列
《我要我的淑女范儿》	18.80
《优雅女孩的秘密》	18.80

小MM迷你爱藏本
《蝴蝶停在十六岁》	18.80
《焦糖玛奇朵天使咒》	18.80
《那一年，花开半夏》	18.80
《雨季微凉时》	18.80
《只穿一天公主裙》	18.80
《月色银蔷薇》	18.80

重磅作家系列
《薄荷香女孩》	19.80
《不说再见好吗（上）》	17.90
《不说再见好吗（下）》	17.90
《风走过树林》	17.90
《忆棠的夏天》	17.90

唯美新漫画系列
《钢琴小淑女（第一季）》	17.90
《钢琴小淑女（第二季）》	17.90
《钢琴小淑女（第三季）》	17.90
《七寻记·鎏金龙纹镯（漫画版）》	15.00
《天鹅座·鹅黄》	18.80
《天鹅座·柳青》	18.80
《小叶的幻想夜（第一季）》	15.00
《悠莉宠物店漫画版①》	15.00
《悠莉宠物店漫画版②》	15.00
《紫阳花之夏（第一季）》	15.00
《紫阳花之夏（第二季）》	15.00

绘色缤纷系列
《淑女绘·花的学校》	22.00
《淑女绘·童话诗人》	22.00

纯美小说系列

《少女果味杂志书①：甜心草莓号》	14.80
《少女果味杂志书②：蜜桃慕斯号》	14.80
《少女果味杂志书③：焦糖布丁号》	16.80
《少女果味杂志书④：香草海绵号》	16.80
《少女果味杂志书⑤：可可森林号》	18.80
《少女果味杂志书⑥：果果米苏号》	18.80
《少女果味杂志书⑦：香橙泡芙号》	18.80
《少女果味杂志书⑧：樱桃芝士号》	18.80

蝴蝶蓝系列

《蝴蝶蓝·千面桃花姬》	19.90

班花朵朵系列

《班花朵朵①·我是艺术生》	20.90
《班花朵朵②·电影初体验》	20.90

小MM四周年主题书

《现在是女生时代！》	28.00

欢乐联萌系列

《养只萌呆镇镇宅①》	19.90
《养只萌呆镇镇宅②》	19.90

天使在身边系列

《路过心上的哈士奇》	20.90
《当心！浣熊出没》	20.90

《意林·轻小说》·轻文库品牌书系　　引领校园小说阅读新潮流

绘梦古风系列

《公主驾到》	23.80
《花颜错》	23.80
《山寨世家》	23.80
《倾世迷迭书》	23.80
《凤九卿1》	23.80
《凤九卿2》	23.80
《美人千千泪西楼》	23.80
《郡主驾到·壹》	24.00
《郡主驾到·贰》	24.00

恋之水晶系列

《致淡玫瑰色的你》	22.80
《宁负流年不负君》	22.80
《世界第一的假面殿下》	25.00
《脱线萌星易容记》	25.00
《指尖花凉忆成殇》	22.00
《欢歌犹在意微醺》	22.00

《见习保镖呆呆兽》	25.00
《可可少女梦想纪》	25.00

奇幻仙境系列

《天命玄鸟·蜃世歌》	23.80
《玫瑰帝国·荆棘鸟之冠》	25.80
《玫瑰帝国·黑羽蝶之翼》	25.00
《彼渡少年与妖怪契约》	23.80
《神典·末夜公主》	23.80
《御灵骑士团·诺茵与彩狸》	23.80
《逆世界之瞳》	23.80

暗影迷踪系列

《终极推理事件簿》	22.80
《超级学园探案密码》	22.00

新炫武侠系列

《邻家武圣》	23.80

星光璀璨系列

《轻星球·仙女星云号》	19.80

《意林·小文学》品牌书系　　阳光阅读·快乐写作

成长物语系列

《艾丽鲨半成年》	19.90
《换双翅膀飞翔》	19.90
《琥珀青春》	19.80

魅力悦读系列

《校园七日谈：隐形的录像带》	19.90

《塔罗谜案：消失的魔术师》	19.90

幻之星球系列

《地球假日①：寻找洛神》	19.90

意林青少年国际大奖小说系列（少年励志正能量丛书）　　总统的选书标准，世界级童书大奖

国际大奖小说系列

《鲸武士》	22.90
《囧男孩日记》	19.90
《阿萨的心事》	14.90

《冬天的小木屋》	12.90
《河豚少年》	12.90
《林克的流浪之旅》	13.90
《墓地低语》	16.90

书名	价格	书名	价格
《铅十字架的秘密》	19.90	《所罗门王的宝藏》	16.90
《少女骑士变身记》	22.90	《汤姆·索亚历险记》	15.90
《雪橇犬之歌》	14.90	《小飞侠彼得潘》	16.90
《沼泽女孩》	25.90		

意林动物小说馆系列

一生必读的经典名著系列

书名	价格	书名	价格
		《彩虹鸽》	12.90
《80天环游地球》《海蒂》	19.90	《黑骏马》	16.90
《吉卜林动物故事集》	16.90	《林间歌声》	13.90
《木偶奇遇记》	15.90	《灵犬莱西》	19.90
《青鸟》	15.90	《牧牛小马斯摩奇》	16.90
《森林王子》	12.90		

意林百年励志经典系列 只出版读与不读人生命运迥然有异的成功学精华

书名	价格	书名	价格
《意林百年励志经典——巴比伦富翁》	35.00	《意林百年励志经典——伟大的励志书》	38.00
《意林百年励志经典——命运之门》	35.00	《意林百年励志经典——我的人生思考》	35.00
《意林百年励志经典——穷理查智慧书》	35.00		

意林全世界最美的课文系列 中高考"提分阅读"丛书

书名	价格	书名	价格
《世界名校大"淘课"(第1卷)》	25.90	《世界语文·美国语文(第3卷)》	25.90
《世界名校大"淘课"(第2卷)》	25.90	《意林家教馆——孩子,你要学会担当》	24.80
《世界名校大"淘课"(第3卷)》	25.90	《意林家教馆——孩子,我无法对你不残酷》	24.80
《世界语文·英国语文(第1卷)》	25.90		
《世界语文·英国语文(第2卷)》	25.90	《意林家教馆系列——孩子,毅力就是坚持一小步》	25.90
《世界语文·德国语文(第1卷)》	25.90		
《世界语文·德国语文(第2卷)》	25.90	《意林家教馆系列——孩子,在父母眼里你最棒》	25.90
《世界语文·美国语文(第1卷)》	25.90		
《世界语文·美国语文(第2卷)》	25.90		

奇思妙想,萌点全开
《见习保镖呆呆兽》&《可可少女梦想纪》
携手爆笑上映 我们不见不散!

《见习保镖呆呆兽》
【最萌最囧最呆的乌龙传奇惊艳大派送】
她来自英勇的保镖世家,却出人意料地懦弱胆小;
他是深藏不露的贵族少爷,表面柔弱,实则骁勇披靡;
武功高强的女孩VS"弱不禁风"的男孩
颠覆传统,笑料百出。

《可可少女梦想纪》
【唯有朋友和美食不可辜负!】
不知矜持为何物的吃货少女VS不知低调为何物的傲娇少男
天降奇缘,这对冤家竟然心灵相通!
一场不怕斗,斗不怕的较量爆笑登场!